镜花缘

镜里奇遇记

方瑜 —— 编撰

九州出版社

JIUZHOUPRESS

图书在版编目（CIP）数据

镜花缘：镜里奇遇记 / 方瑜编著. -- 北京 : 九州
出版社，2018.12

ISBN 978-7-5108-7805-3

Ⅰ. ①镜… Ⅱ. ①方… Ⅲ. ①章回小说－中国－清代
Ⅳ. ①I242.4

中国版本图书馆CIP数据核字(2019)第019519号

镜花缘：镜里奇遇记

作　者	方　瑜
责任编辑	张艳玲
出版发行	九州出版社
地　址	北京市西城区阜外大街甲 35 号 (100037)
发行电话	(010)68992190/3/5/6
网　址	www.jiuzhoupress.com
电子信箱	jiuzhou@jiuzhoupress.com
印　刷	三河市兴博印务有限公司
开　本	787 毫米 ×1092 毫米　32 开
印　张	9.5
字　数	180 千字
版　次	2020 年 8 月第 1 版
印　次	2020 年 8 月第 1 次印刷
书　号	ISBN 978-7-5108-7805-3
定　价	50.00 元

用经典滋养灵魂

龚鹏程

每个民族都有它自己的经典。经，指其所载之内容足以做为后世的纲维；典，谓其可为典范。因此它常被视为一切知识、价值观、世界观的依据或来源。早期只典守在神巫和大僚手上，后来则成为该民族累世传习、讽诵不辍的基本典籍。或称核心典籍，甚至是"圣书"。

佛经、圣经、古兰经等都是如此，中国也不例外。文化总体上的经典是六经：《诗》《书》《礼》《乐》《易》《春秋》。依此而发展出来的各个学门或学派，另有其专业上的经典，如墨家有其《墨经》。老子后学也将其书视为经，战国时便开始有人替它作传、作解。兵家则有其《武经七书》。算家亦有《周髀算经》等所谓《算经十书》。流衍所及，竟至喝酒有《酒经》，饮茶有《茶经》，下棋有《弈经》，相鹤相马相牛亦皆有经。此类支流稗末，固然不能与六经相比肩，但它各自代表了在它那一个领域中的核心知识地位，却是很显然的。

我国历代教育和社会文化，就是以六经为基础来发展的。直到清末废科举、立学堂以后才产生剧变。但当时新设的学堂虽仿洋制，却仍保留了读经课程，以示根本未隳。辛亥革命后，蔡元培担任教育总长才开始废除读经。接着，他主持北京大学时出现的"新文化运动"更进一步发起对传统文化的攻击。趋势竟由废弃文言，提倡白话文学，一直走到深入的反传统中去。论调越来越激烈，行动越来越鲁莽。

台湾的教育、政治发展和社会文化意识，其实也一直以延续五四精神自居，以自由、民主、科学为号召。故其反传统气氛，及其体现于教育结构中者，与当时大陆不过程度略异而已，仅是社会中还遗存着若干传统社会的礼俗及观念罢了。后来，台湾朝野才惕然憬醒，开始提倡"文化复兴运动"，在学校课程中增加了经典的内容。但不叫读经，乃是摘选《四书》为《中国文化基本教材》，以为补充。另成立文化复兴委员会，开始做经典的白话注释，向社会推广。

文化复兴运动之功过，诚乎难言，此处也不必细说，总之是虽调整了西化的方向及反传统的势能，但对社会普遍民众的文化意识，还没能起到警醒的作用；了解传统、阅读经典，也还没成为风气或行动。

二十世纪七十年代后期，高信疆、柯元馨夫妇接掌了当时台湾第一大报中国时报的副刊与出版社编务，针对这个现象，遂策划了《中国历代经典宝库》这一大套书。精选影响国人最为深远的典籍，包括了六经及诸子、文艺各领域的经典，遍邀名家为之疏解，并附录原文以供参照，一时朝野震动，风气丕变。

其所以震动社会，原因一是典籍选得精切。不蔓不枝，能体现传统文化的基本匡廓。二是体例确实。经典篇幅广狭不一、深浅悬隔，如《资治通鉴》那么庞大，《尚书》那么深奥，它们跟小说戏曲是截然不同的。如何在一套书里，用类似的体例来处理，很可以看出编辑人的功力。三是作者群涵盖了几乎全台湾的学术菁英，群策群力，全面动员。这也是过去所没有的。四，编审严格。大部丛书，作者庞杂，集稿统稿就十分重要，否则便会出现良莠不齐之现象。这套书虽广征名家撰作，但在审定正讹、统一文字风格方面，确乎花了极大气力。再加上撰稿人都把这套书当成是写给自己子弟看的传家宝，写得特别矜慎，成绩当然非其他的书所能比。五，当时高信疆夫妇利用报社传播之便，将出版与报纸媒体做了最好、最彻底的结合，使得这套书成了家喻户晓、众所翘盼的文化甘霖，人人都想一沾法雨。六，当时出版采用豪华的小牛皮烫金装帧，精美大方，辅以雕花木柜。虽所费不赀，却是经济刚刚腾飞时一个中产家庭最好的文化陈设，书香家庭的想象，由此开始落实。许多家庭乃因买进这套书，而仿佛种下了诗礼传家的根。

高先生综理编务，辅佐实际的是周安托兄。两君都是诗人，且侠情肝胆照人。中华文化复起、国魂再振、民气方舒，则是他们的理想，因此编这套书，似乎就是一场织梦之旅，号称传承经典，实则意拟宏开未来。

我很幸运，也曾参与到这一场歌唱青春的行列中，去贡献微末。先是与林明峪共同参与黄庆萱老师改写《西游记》的工作，继而再协助安托统稿，推敲是非、斟酌文辞。对整套书说不上有什么助益，自己倒是收获良多。

书成之后，好评如潮，数十年来一再改版翻印，直到现在。经典常读常新，当时对经典的现代解读目前也仍未过时，依旧在散光发热，滋养民族新一代的灵魂。只不过光阴毕竟可畏，安托与信疆俱已逝去，来不及看到他们播下的种子继续发芽生长了。

当年参与这套书的人很多，我仅是其中一员小将。聊述战场，回思天宝，所见不过如此，其实说不清楚它的实况。但这个小侧写，或许有助于今日阅读这套书的大陆青年理解该书的价值与出版经纬，是为序。

镜里有乾坤

方　瑜

　　谁没有照过镜子呢？从明洁镜面中，我们认识了自己的形象。但是，除了桌前、壁上有形的镜子之外，还有许多无形的镜子。所以，唐太宗才说："以铜为镜，可正衣冠；以古为镜，可知兴替；以人为镜，可明得失。"如果学会照这种无形之镜，不仅可以清清楚楚看见自己的外貌，更可以深入认识自己和周遭的人，从表面的行为举止一直看透到内心深暗角落，甚至对人与事，今与古，时与空都能有更丰富、深度的洞烛。然而，这种镜子，却并非人人会照，即使有缘与"镜"相对，也可能相见不识，失之交臂！

　　《镜花缘》这部书，最主要也最引人入胜的情节就是唐敖海外游历的种种奇遇，以及唐小山寻父途中的艰危苦难。这些极富趣味性，不断开展的故事，正如一面又一面在读者眼前辉映的明镜，将人性中平日隐秘掩藏的弱点：自私、虚骄、浮夸、奢靡、吝啬、作伪、诡诈、凶狠，等等，全都昭然揭发。犹如面对能透视血脉、纤毫毕现的镜面，任何脏污、斑点、创痕、纹路全都无所遁形。在原作者李汝珍嘲谑夸张，而又始终旁观而不介入的冷静笔法下，我们往往随着主角的遭遇而哄然大笑。但是，笑过之后，从心底翻涌而上的却是惶惑自疑和莫名的愧疚，《镜花缘》就是这样一部值得用心咀嚼、内省的书。

书中同样也对人性有肯定的描绘，例如君子国、大人国这两个"乌托邦"式的地上乐园，其中的大人、君子，正是凡人洗净污垢之后可能臻及的理想典范！照照这正面的明镜，不禁油然而生自惭形秽又心向往之的慨叹！

至于唐小山寻父途中的艰危，固然和全书的神话结构呼应，是百花仙子谪降人间早已注定的命运。然而，这类似"天路历程"的朝圣之旅，特别强调的正是人之意志所能发挥的力量，真可悲天泣地、惊动鬼神。一个纤弱少女凭借坚定不移的毅力不断追寻，终能克服种种试探、诱惑与磨难，达到"灵山即在心头"的真如之境。虽然，唐小山最后的抉择是舍弃人间才女的荣冠，同归蓬莱仙乡，但她这趟下凡历劫却并非徒然，以血肉凡躯遍历生死关头，这种深刻体验是对生命所做最真实的投入与认知。原作者对不生不灭、清净无垢的仙界所持的质疑态度，从这反面的"镜子"中，已清楚投映出来。

《镜花缘》全书共有一百回，为了保持故事结构完整，气势一贯，不减损读者阅读的兴趣，同时也因篇幅所限，改写本以原书的前半为重点，原著许多炫学、考据、冗赘、重复的部分，都加以删除，人物也集中于唐敖父女、林之洋和多九公。原书提及的一百位花仙，很多都仅有姓名，并未做深层描述，因此，改写本只择取散居海外的十二名花来陪衬唐敖和百花仙子。对于原著幽默、讽谑的笔法、冷静剖析人性的特色，则尽量保存，并予以强调。希望这面新制的旧镜能满足读者先睹为快的心意！

如果对原著有深入探讨的兴趣，希望不要忽略书后的附录《蓬莱诡戏——论〈镜花缘〉的世界观》，这篇精彩的学术论文，是我十分敬佩的学长乐蘅军的大作，征得她的同意，收入书中，在此深致谢意。细心品读这篇论文，更可证明"镜花缘"蕴义的丰厚，直像上下前后交相辉映的明镜，所谓"横看成岭侧成峰，远近高低各不同"，见仁见智，实在有太多不同的影像，可以启发我们。

目　录

附录一 蓬莱诡戏

海上游踪
——奇异风俗大历险

一、一局棋误

古老相传，有些名山洞府是神仙的家乡，最著名的像昆仑山住着王母娘娘，海上三神山：蓬莱、瀛洲、方丈分别住了许多不同的神仙。这些仙山，气候四季如春，美丽芬芳的鲜花永不凋谢，奇木青翠，珍果累累，各种可爱的动物，和乐相处。住在这里的神仙，长生不老，天长地久地过着逍遥自在的日子。不过，每位神仙都有工作，分别掌管天上、人间大大小小的事情，如果疏忽了分内的工作，后果十分严重，一定会遭受处罚。据说，天上的刑法有时比人间法律还要严苛得多呢！这本《镜花缘》的故事，一开始就要说到掌管天上人间所有鲜花的百花仙子，如何因为一次偶然的失误，就被处罚下降到凡间受苦历劫的经过。

百花仙子本来住在蓬莱仙山的薄命岩红颜洞，已经不知住了多少年，她掌管天下所有的鲜花，称为群芳之主。此外，还有百果仙、百草仙子和百谷仙子，大家常常来往，是很要好的朋友。这一天，刚好是王母娘娘的生日，举行"蟠桃会"，所有神仙几乎只要受到邀请，都高高兴兴赶去向王母娘娘贺寿。四位仙子也约好一起去。

到了昆仑山瑶池，群仙齐向王母祝寿，百鸟仙、百兽仙更率领各色禽鸟、各种奇兽表演精彩的歌舞。

宴席中，嫦娥忽然向百花仙子提出要求说："如果仙姑肯下令让百花同时开放，岂不更有趣吗？"

众仙也都觉得这确是"锦上添花"的乐事，一起向百花仙子要求。

"我小能答应！鲜花开放各有一定的时间季节，不像歌舞，随时都可表演。如果小仙混乱开花的时令，玉皇定会严责，请嫦娥姐姐别开玩笑吧！"

"今天是王母仙诞的好日子，你让百花齐放，不过是举口之劳，一件小事，偏偏装腔作势，实在太扫兴了！"

"小仙奉玉帝之命执掌百花，除非玉帝下令才能不按时节开花，否则即使人间天子的命令，也不能遵从，这事只好得罪嫦娥姐姐了！"

"好吧！你说即使人间帝王下令，也不肯不按时节开花。从今以后，有朝一日，你如果违背这个诺言，要如何受罚？当着王母和众位仙长的面，你自己说吧！"

"人间帝王也是四海九州之主，怎会颠倒阴阳，乱下命令？如果小仙真有一天糊涂到让百花齐放，不遵节令，情愿堕落凡间受苦，绝不反悔！"

王母娘娘在玉座听了这番争论，不禁悄悄叹息！

寿诞过后，群仙各归洞府，日复一日，年复一年，又不知过了多少岁月。

有年冬天，百花仙子空闲无事，出洞访友，想不到百草、百果、百谷三位仙子刚好都不在家。她又去访麻姑，来到麻姑洞府，只见漫天雪花飞舞，麻姑就留百花仙子在洞府中饮酒、下棋，长夜清谈。谁知道这局棋一下，百花仙子红尘历劫的命运就再也逃不过了。

二、百花下凡

当时中国正是唐中宗在位，但大权却握在中宗的母亲太后武则天手中。中宗称帝不到一年，就被废为庐陵王，贬到房州（今湖北省）。武太后自立为帝，改国号叫周。

武后自称皇帝后，重用武姓的亲戚，残害唐家李姓子孙。于是，忠于李唐皇朝的豪杰之士，纷纷起兵反抗，其中最著名的是徐敬业和骆宾王。但是，最后都被武后派军讨平。徐敬业、骆宾王的家人，以及同时起兵抗周的许多志士都远走海外，以逃避武后的追捕。

乱事平定后，武后自觉政权稳固，十分得意。这年冬天，大雪纷飞，武则天和公主、宫中才女上官婉儿等人赏雪、饮酒、吟诗，见到腊梅盛开，清香扑鼻，非常欢喜。

趁着酒意，武则天突发奇想，说："从古至今，妇人登帝位的，能有几人？现在我在这里饮酒为欢，却只有腊梅开花，未免美中不足。我偏要力挽天地造化，叫百花齐放，遂我心愿。想来区区花卉，怎敢不遵命而行！"于是，提起笔来就写了四句诗：

明朝游上苑，

火速报春知：花须连夜发，

莫待晓风吹！

写完之后，还盖上皇帝的大印，命人拿到御花园中挂起来。武则天自己醉意醺醺然地回宫睡觉去了。

这一来，御花园中的腊梅仙、水仙花可着了慌，连忙赶到蓬莱仙山红颜洞中来禀报百花仙子。谁知百花仙子偏偏去麻姑洞府中下棋，一夜未归。洞中留下的牡丹仙、兰花仙到处去找，百草、百谷、百果几位仙姑洞府都找到了，毫无踪影。

天色已晚，雪越下越大，只好回来，大家商议。有的说，不去会受罚；有的说，大家同心一起都不去，人间帝王也没有法子。七嘴八舌，议论不休，眼看天已快亮，最后，生性胆小，赞成奉命而行的花仙占了多数，兰花、菊花、莲花这些比较有骨气的花仙居下风。寡不敌众，只好勉强跟着群花一齐到御花园中去了，只有牡丹花，坚持一定要找到百花仙子再说，绝不肯去。

武则天第二天一觉醒来，酒意已醒，想起昨天下令群花齐放的事，不禁有点后悔。万一御花园中没有鲜花开放，这件事传扬出去，岂不羞愧？想不到，就在这时，司花太监已来禀报说，各处群花盛开，整片御花园上林苑已是满眼春光，不再像昨天的寒冬景象。

武则天高兴得心花怒放，不免得意忘形，遂命人细细查看苑中是否还有花未开。结果发现只有牡丹未放，武后大怒说："我一

21

向爱花，尤其喜欢牡丹，冬日遮霜，夏季防晒，加意照顾。如今偏是牡丹如此忘恩负义，不遵号令！"

武则天不怪自己乱下命令，反而命人在每株牡丹根旁生起炭火烧烤。烤未多时，终于牡丹也开花了！但武后怒气未消，下了一道旨意，把御花园中所有牡丹连根挖起贬到洛阳，不再留种上林苑中。从此以后，中国的牡丹花就以洛阳最盛了。

再说那百花仙子和麻姑足足下了一夜的棋，刚下完第五盘棋，天也亮了。忽有女童入洞来说："外面鲜花盛开，一片美景，两位仙姑去看花吧！"

百花仙子和麻姑出洞一看，果然已锦绣如春，满眼芳菲。百花仙子心中惊疑，连忙暗自推算，明白了经过情形："原来昨日下界帝王偶尔兴起，命群花齐放，我只顾在这里下棋，未去奏明玉帝。属下群花不敢违命，造成这个局面！想不到，数百年前和嫦娥在蟠桃会上的赌约，竟然输了，这该如何是好？"

麻姑叹息说："只怪我们道行不深，只能知已往，不能探知未来，谁料数百年后，竟真有此事！你还是赶快向玉帝自行请罪，并且去嫦娥宫中道歉，也许还可挽回！"

"嫦娥自从蟠桃会后就不和我说话了，我何必去道歉！当初我原本有言在先：如果违背誓言，情愿堕落红尘。如今事已如此，也是在劫难逃，只有静候玉帝之命。自行请罪，也就不必了。"

百花仙子和麻姑道别，回到红颜洞，早有嫦娥派来的女童，请百花仙子到月宫去见面。百花仙子满面羞红，说："你回去告诉你家仙姑：我既已背约，情愿堕落红尘受轮回之苦。只请嫦娥留神观看，我在那红尘之中，是否迷失本性，才知我道行的深浅。"

接着，百草、百果、百谷仙子都打听了消息来告诉百花仙子。百草仙说："听说已有一位神仙在玉帝面前上了弹劾的奏章，告了你一状。"

百花仙子长叹一声，问道："不知状子上说些什么？"

百果仙说："大概是说，下界帝王酒后戏言，怎可不加奏闻，就擅自颠倒时序、谄媚人间君主？而且身为群芳之主，既不能事先约束部属，事后又不自请处分，实属不该。听说要让百花也都和你一齐谪入红尘。你被谪的地方是中国的岭南，你在人间不到十五岁，就要遍历惊涛骇浪之险，以应当初誓言。"

"我是罪有应得。但拖累百花一齐受苦，于心何安？不知她们都被贬谪到什么地方？"

百草仙说："据我打听的消息，有的分在中土各地，也有人散居海外，但终有团聚之日。只要仙子将来历经劫数，尘缘期满，那时王母娘娘自然会命我们前往相迎。"

这时，织女、麻姑也都赶来探望，大家叹息。接着几天，平日交情亲厚的神仙，纷纷设宴为百花仙子及群芳饯行。这天是红孩儿、金童、青女、玉女在入梦岩、游仙洞请客。席中，百花仙子说起红尘种种未知的风波灾难，不免担心忧惧。于是，在座群仙一齐保证说："大家素日都是好友，将来如有危急，我们一定不能袖手旁观，立刻会去相救，你放心吧！"

从此以后，众位仙子各按被贬的期限，陆续降生凡间。百花仙子自己也投生到岭南唐敖家中。

三、海外探花

　　唐敖是岭南海丰郡河源县人（今广东省河源市），妻子姓林。弟弟唐敏，娶妻史氏。一家四口，靠着祖先留下的几百亩良田，生活也很过得去。唐敖、唐敏都是秀才，唐敏自从进学考取秀才之后，就无心功名，以教学生为业。唐敖虽然求取功名的心很强，但因为太喜欢游山玩水，一年中常有半年出门在外，没有专心读书，所以每次考试都未取中，仍是一个秀才。

　　唐敖的妻子林氏就在百花仙子被谪下凡的期限，生下了一个女儿，生产的时候，整个房间充满奇怪的香气，像花香，又说不出是哪一种花的香，香味不断变换。整整三天，竟有百种不同的芳香，散布四邻。从此，邻人就将唐敖家住的这条街巷称作"百香衢"。在这个女孩出生的那个晚上，林氏梦见自己登上一座山，山上有一面五彩峭壁，醒来后，女儿就出生了，所以给她取名小山。

　　小山长得又美丽又端雅，而且聪慧过人。才四五岁就喜欢读书，读过的东西绝不遗忘。家中书籍收藏丰富，又有父亲、叔叔指点，不到几年，已经很会写文章。唐小山不仅好文，也好武，她胆量大，见识高，常常自己舞枪弄棒，父母都管不住。她也学针线女红，然而，就是没兴趣，学也学不好。吟诗作赋却是一把好手，连叔叔唐敏也常常比不过，所以大家都称小山是才女。她还有一个小两岁的弟弟小峰，一家人亲密相处。只是唐敖总是常常出门，不肯在家闲住。

这回唐敖又去京城赴考，想不到居然考中了第三名的进士，称作"探花"。正觉兴高采烈，想不到却被朝廷中的官员告了一状说：唐敖当初曾经在长安城和徐敬业、骆宾王、魏思温、薛仲璋等"乱党"结拜为异姓兄弟，徐、骆等人起兵造反，唐敖虽然没有参加，但既然是乱党一伙，将来做了官，总不会安分，请皇上取消他的功名，降为平民百姓，以为警诫。这份状子到了武则天手上，她派人查访唐敖的行动，发觉他并没做什么坏事，于是，就取消了他"探花"的资格，但仍让唐敖保留秀才的名衔。这道命令一下，唐敖眼看多年来好不容易才考到的功名，刚到手又成空，这一气，实在非同小可，他本是聪明绝顶的人物，越想越深，从此对功名富贵慢慢看淡了。干脆离开京城，带着弟弟刚从家里寄来的路费，背着简单行囊，到处游山玩水，从秋天、过了冬，眼看又到春天，不知不觉已从北方走回南边，到了岭南。

这天，唐敖信步而行，走到了大舅子林之洋家附近，这里离唐敖自己家只不过二三十里，但他觉得心灰意懒，没脸见妻子、兄弟，正不知如何是好，忽然看见前边有座古庙，上写"梦神观"三个大字。唐敖叹道："我已经五十岁了，回想这一生所做的事，真像一场好好坏坏的梦。如今已无心再求功名，不知今后遭际如何，何不求神明指示一点消息？"

唐敖走进庙里，朝神像暗暗求祷，然后就在旁边席地坐下。恍惚之间，看见一个小童走来说："我家主人奉请先生，有话面谈。"

唐敖跟着小童到了后面，有一老翁出来相迎，说："老夫姓孟。因为先生似乎有看破红尘的意思，所以请您进来谈一谈。"

"我本来一心努力求上进，想恢复唐朝天下，解除百姓的困苦，在朝廷中任官职，好好尽力做事。谁知才考取进士，就遭受意想不到的打击，真是无可奈何。老先生有什么话可以指点我呢？"

"先生有志未成，实在可惜。不过，塞翁失马，焉知非福？四海如此广大，怎会没有机缘？我听说百花遭受贬谪，全都降落人间。其中更有十二种名花，飘零流落海外，如果先生有怜悯之心，不辞辛苦，到海外细心寻访，用心护惜，让名花能返本还原，不致沦落，也是一桩大功德。先生再努力行善，一旦到了小蓬莱，就可名登仙界。因为您本来就有宿缘，所以才告诉您这些事，千万不要懈怠啊！"

唐敖听完，正想再追问清楚，谁知老翁忽然不见了。他揉揉眼睛，四面一看，自己还坐在地上，刚才的事原来只是一场梦。抬头看看神像，又和梦中老人完全一样，真是疑幻似真，弄不明白。自己暗想："如果到海外走一趟，也许真有奇遇。但是所谓百花受谪降生人间，究竟是怎么回事？以后一定要小心留意，凡是遇到好花都加意照顾。"

唐敖一面想，一面走，来到林之洋家。只见大门口人来人往正在准备货物，匆匆忙忙，看起来好像又要出远门的样子。

原来唐敖的大舅子林之洋果然是要出海去做生意。林之洋是河北人，迁到岭南来住，娶妻吕氏，生了一个女儿叫婉如，才十三岁，也是又秀丽又聪敏，平日常跟着父母漂洋过海。林之洋做的是国际贸易，用大船载了货，远航海外各国到处做买卖。这次已备好商品，正要出发，想不到妹婿唐敖来了。

大家一起进了内室，吕氏和婉如都出来见礼，聊起家常。林之洋虽然不是读书人，但是热心爽朗，说到唐敖的遭遇，很觉不平。唐敖乘机说："小弟这次从京城回来，心情郁闷，身体也不大爽快，正想到海外看看异域风光，解解愁烦。大哥刚好要出门做生意，真是太凑巧了，不知肯不肯让我搭个便船走一趟？饭钱船费一定遵命照付。"

"妹夫，咱们是骨肉至亲，你怎么说起饭钱、船钱来了？"

吕氏也说："我们海船大得很，多载一个人，根本算不了什么。只是海上风浪大，一路上还有很多想不到的惊恐，我们常常走，习惯了，不在意。妹夫是读书人，又从来没出过洋，何必去受这种苦呢？"

林之洋又说："每次出海，要看风向，往返一趟三年两载说不准。万一耽误妹夫的正事，那可怎么好！"

"小弟如今早已对功名绝望，只希望玩得尽兴，越迟回来越好，有什么耽误？"

"既然如此，我们也劝不来。只是你要出远门，有没有告诉我妹妹呢？"

"我一向少在家中，到处玩惯了。大哥如果不放心，小弟现在立刻写一封信托人送回去，告诉家里的人，这可行了吧！"

于是，大家收拾行李，林之洋把岳母接来照顾家务。然后选个风和日丽的好天气，上船启程。

船行到大洋中，唐敖望着四面无边无际的青天碧海，不觉心情大为舒畅。

林之洋一向敬重妹夫这位读书人，又知道妹夫最喜欢游山玩水，所以凡是可以停船靠岸的地方，都让唐敖上岸去玩。吕氏也细心照应唐敖的饮食，他在船上的日子过得很舒服。闲来无事，就教侄女婉如念诗作文，婉如本来聪慧，又十分好学，教这个学生，唐敖一点儿也不费事。

林之洋船上有位掌舵的老人，姓多，排行第九，年纪已八十多岁，大家都称他多九公。多九公和林之洋也是亲戚，虽然年纪大，可是身体结实，精神矍铄，走起路来，年轻人也赶不上。年轻时候也中过秀才，后来因为考场上不得意，干脆抛了书本，帮人做海船生意，专门负责掌舵。

多九公肚子里不但有墨水，而且见多识广，海外各地的山水风景、奇花异草、珍禽怪兽，几乎没有他不认识的，所以，船上的人反而给他起了个绰号叫"多不识"。唐敖、林之洋每次上岸游玩，都要邀多九公一起走，以便随时请他指点。这"三人行"一路上经历许多奇事怪事，彼此的交情也一天比一天深厚。

四、灵芝仙草

这天，正在海上航行，迎面忽然出现一座大山。唐敖说："大哥，这山和别处的山大不一样，特别雄壮，不知叫什么名字？"

"这是东海外第一高峰，叫东口山。我经过好几次，可是从来没上岸去玩。妹夫如果有兴趣我们就停船靠岸，一起上去走走！"

于是，邀了多九公，三人一面游玩，一面往山上走。唐敖忽然被空中落下的一块小石头打了一下，他摸着头说："奇怪，这石子从哪里落下来的？"

"妹夫，你看那边一群黑鸟，都在啄山坡上的石块，一定是它们打了你。"

唐敖走近仔细一看，只见那些黑鸟，形体像乌鸦，羽毛又黑又亮，嘴白得像玉一样，两脚鲜红，头上的羽毛还有花纹，十分美丽。它们正忙着啄石头，飞来飞去。唐敖和林之洋都认不出是什么鸟，多九公说："这就是衔石填海的精卫鸟。它们每天衔石头吐入海中，想要把大海填平呢！"

唐敖叹说："精卫鸟虽然痴傻，想以小石填沧海，但这种志气，实在难得。如果世人都能像精卫鸟这样立志，不畏艰难，何事不成！"

三人继续前行，看见一片树林绵延，树木都非常高大。迎面一株大树，高约五丈，树干粗壮，好几个人都抱不拢。最奇怪的是树身并无枝叶，只生无数垂须，恰像稻穗一样。上面结的果实也和稻谷形状相似，只是每粒长约一尺多，真是有其树必有其实！

　　多九公说："这就是'木禾'，可惜现在还没成熟，要不然带几粒'大米'回去，可真稀奇！"

　　林之洋说："我们分头在草丛中找找看，说不定有掉在地上的，带回去也让大家看看，长长见识。"

　　找来找去，果然被林之洋找到一粒大米，长五寸，宽有三寸。唐敖说："生米就这么大，如果煮成饭，岂不要有一尺长啦！"

　　多九公说："这还不算大呢！我以前在海外曾经吃过一粒大米，足足饱了一年。那米宽五寸，长一尺，煮出饭来，清香扑鼻。吃过以后，精神特别好，一年都不想吃东西。当时，我也不明白其中道理，后来想到古书上记有一种'清肠稻'，每吃一粒，终年不饥，才知道那回吃的大概就是清肠稻了！"

　　林之洋说："难怪听说现在有些人练习射箭，明明射出的箭离那靶子还差了好几尺远，他却叹道：'可惜只差一米，不然就中了！'我一直不懂，天下哪有那么大的米？如今可明白了，原来他那'一米'就是九公说的煮熟了的清肠稻啊！"

　　"哈哈！大哥，你这'煮熟'两字，未免太刻薄了！小心射歪箭的人要揍你啊！"

　　正说得开心，忽见远处一个小人，骑着一匹小马，只有八九寸高，往前飞跑。多九公一眼瞥见，连忙追去，唐敖也跟着追过来。多九公虽然腿脚灵活，毕竟上了年纪，而且山路高高低低不好走，一不小心，绊了一跤，扭到了筋，只好停下来。唐敖一直追下去，跑了半里多路，终于捉到。谁知一拿到手中，忽然变成了灵芝草，唐敖连忙吃下肚去。这时，多九公扶着林之洋走过来说："唉！一切都是缘分，唐兄真是有仙缘的人，毫不费力就吃到了！"

"什么仙缘？小人、小马是什么东西？"

"这小人、小马叫作'肉芝'。当初我也不懂，今年从京城回来，一路上，看些古人服食养气的书，其中恰好有一条说：山中如见小人乘车马，长约五七寸的，就是肉芝，吃了可以延年益寿。也不知是真是假！"

"妹夫吃了肉芝，可不要成仙了吗？我走了这老半天，肚子可饿了，刚才那小人、小马，妹夫还有没有吃剩的，让我填填肚子？"

多九公在草丛中找了一遍，摘了几根青草，说："林兄，吃了这个，你不但不饿，还会觉得特别有精神呢！"

林之洋接过来一看，原来那草很像韭菜，中间茎上开着几朵青绿小花。一面吃，一面点头："好吃！好吃，又有清香。九公，这草叫什么名字？我一吃果然就饱了！"

"这种草也不容易找到，名叫'祝余'。而且只能吃嫩茎，一离开泥土，很快就枯掉，枯的就不能吃了。"

走不多远，唐敖忽然俯身也折了一根青草。这草的叶子和松针一样，叶上生着一粒像芥子似的种子。唐敖摘下种子，把青草放入口中，说："大哥，你吃了'祝余'，我就吃这个奉陪吧！"

然后，对着掌中那粒芥子吹口气，说也奇怪，种子中立刻又生出一茎青草来，也像松针，长约一尺；再吹一次，又长了一尺，一连吹三口气，长了三尺。唐敖边嚼边吃，一下子全吃光了。

"妹夫，没想到你这么爱吃草！这芥子变青草，是什么缘故？"

多九公说："这就是'蹑空草'，又叫'掌中芥'，人如果吃了，可以站在空中，不会掉下来，而且跳得特别高，所以才叫蹑'空'草啊！"

"有这种好处！我也找来吃吃看。"

"林兄不必找了，此草并非常见之物，不吹气不生。我在海外这么多年，今天也是第一次看见。唐兄如果不吹气，我还认不出来呢。"

"妹夫，你真能站在空中，我才相信，试试看吧！"

"刚吃下去，哪会马上有效？好吧！姑且试一试。"

唐敖用力往上一跳，想不到真的离地而起，约有五六丈高，仿佛仍踩着地面似的，立在空中，一动也不动。林之洋拍手笑道："妹夫今天可真是'平步青云'了，再往高跳跳看，行不行呢？"

唐敖果真用力再往上跳，谁知身子像断线风筝似的，立刻直落下来。

多九公笑道："你在空中，双脚没地方着力，再想往上跳，当然会掉下来啦！"

三人边说边行，走了一阵，大家都闻到一股清香，随风钻入鼻中，不免又引起好奇心，觉得今天遇到的奇事太多，好像冥冥中真有机缘似的。于是，循着香味来处，三人分头寻觅。

唐敖穿越树林，绕过峭壁，闻到香气越来越浓，仔细一看，原来路边石缝中生出一茎红草，长约二尺，香气就从草上发出。那红草红得鲜艳欲滴，十分可爱。唐敖猛然想起，书上说"朱草茎似珊瑚，汁流如血，人如服之，可以超凡入圣"。于是，连忙把朱草摘下，放入口中，只觉清香沁入心脾，精神顿时大振。唐敖今天屡逢奇缘，吃了很多难得的珍物，不禁想试试自己的力气有没有增加，刚好路边有块大石，大约六七百斤的样子。唐敖走过去，弯下腰，毫不费力就举了起来，用力一纵，居然捧着大石在空中站了一会儿，才慢慢落下。

这时，多九公和林之洋一起走来，多九公说："唐兄吃了什么？怎么嘴这么红？"

"我刚找到一茎朱草，没等两位，就先吃了，真是抱歉。"

"我也知道朱草的好处，一向在海外也留心寻找，偏偏从来不见。如今又被唐兄遇到，真是仙缘！"

话未说完，唐敖忽觉腹痛如绞，肚子里响了一阵，忍不住放出臭屁来。

林之洋、多九公都赶快捂住鼻子。

"奇怪，这阵腹痛一过，平素自己所作的文章诗赋，倒忘了一大半，再也记不起来，不知什么缘故！"

"这有什么奇怪？据我看来，妹夫想不起的那一大半，已经化为刚才那股臭气，被朱草赶出来啦！你现在还记得那一小半，必是好的，你说对不对呢！"

大家哈哈大笑。正预备下山回船，忽然一阵大风，刮得林木乱响，三人慌忙避入树丛。只见一只斑纹大虎从高处跃下，山崩地裂般大吼一声，唐敖三人吓得不敢动弹。忽然，对面山坡边飞出一箭，直向老虎脸上射去，老虎中箭，吼声震天，向上一跃，离地数丈，重重落下，四脚朝天，已经死了。原来那支箭正中老虎左眼！多九公喝彩道："好箭！果然是'见血封喉'！"

"什么叫见血封喉？"

"这是山中猎户射的药箭，箭头都用毒草泡过，遇到血，立刻凝结，喉咙出不了气，马上就死。但老虎皮非常厚，箭最难射进去，这支箭居然能射中老虎眼睛，所以药力发作更快。这射箭的人，本领实在高强，我们一定要见一见！"

五、奇女杀虎

　　就在这时，山坡边走出一只小虎，忽然人立而起，蜕去虎皮，原来是个美丽少女！身穿白布猎衣，头裹白巾，手上拿着一张雕有花纹的弓。她卷起虎皮，走到老虎尸体旁，从腰间拔出刀来，剖开胸膛，取出虎心，提在手中。然后，向唐敖三人这边走过来，行礼道："请问三位贵姓？从哪里来的？"

　　"他们两人，这位姓多，那位姓林，我姓唐，都从中国来。"

　　"中国岭南地方有位唐敖先生，不知是否和您一家？"

　　"我就是唐敖，小姐怎么知道？"

　　那少女一听，连忙下拜行礼，说："原来是唐伯伯，侄女不识，还请原谅！"

　　唐敖赶快还礼："小姐贵姓？为何如此称呼？您府上还有些什么人？"

　　"侄女叫骆红蕖，是中国人。父亲和敬业伯伯一同起事，失败后就不知去向。祖父怕官军追捕家属，带了母亲和我，逃到海外来，住在前面不远的古庙中，勉强度日。谁知道去年山中老虎又伤了母亲，母亲伤痛难治，终于去世。我从此立誓杀尽此山老虎，为母亲报仇。刚才剖取虎心，就是要拿回去在灵前上供的。

常听祖父说起唐伯伯当初曾和父亲结拜，所以才敢这样称呼！"

"哎呀！真想不到，原来是宾王兄弟的千金。幸好你们逃到海外，未遭毒手。不知老伯身体是否康健？请侄女带路，让我拜见一下。"

三人一起跟着骆红蕖走了不多远，来到一座古庙前，庙门上有"莲花庵"三字，但四面墙壁都已半倒，庙中一个人也没有，左右厢房都破败不堪。幸好四周碧树丛生，怪石纵横，环境倒很清幽。骆红蕖先进去告诉祖父，不久，一位须眉皆白的老人家迎出来，唐敖认得正是当年见过的骆龙老伯，连忙上前行礼。多九公、林之洋也都招呼见礼，大家坐下细谈。骆龙说："宾王当初不听贤侄的忠告，准备未周，轻举妄动，终于弄到全家分散。我如今已经八十多岁，体衰多病，媳妇又不在了，每天担心红蕖孙女，不知如何安排。今天能和贤侄相逢，可真是'万里他乡遇故知'！我这风烛残年的人，今生也不想再能重回故土，只求贤侄念当初结拜之情，认红蕖为义女，把她带回故乡，将来为她了结终身大事。我不论死生，都感激贤侄的恩情！"

"老伯千万不要这么说，我和宾王兄弟，就像同胞手足一样，红蕖也如自己骨肉没有分别。既有老伯之命，我一定带她回乡，为她好好找个归宿，老伯放心就是。论情论理本该也奉请老伯同回故土，侍奉余年，稍尽孝心，只是近来武后滥行杀戮，任意胡行，很多忠臣义士都死于非命，生怕老伯一旦回乡，反而受到牵累，所以不敢奉请。"

"贤侄如此仗义，实在感激不尽。这破庙也不能留客，就让孙女认了义父，跟你们走吧！别耽误了做买卖的正事！"

骆红蕖流着泪走到唐敖面前，拜了八拜，认了义父。

"女儿有两件心事，要先禀告义父：祖父年高，无人侍奉，实在不忍远离；而且这山中还有两只老虎未除，大仇未报，誓言未践，也不能就此离去。请义父留下家乡的地址，他年如果有大赦的消息，女儿再和祖父一同到岭南去投奔义父。要我现在撇下祖父，独自离开，就是铁石心肠，也难以忍心啊！"

骆龙再三劝说，红蕖执意不听。唐敖说："既然如此，老伯也不要太勉强她，还是成全红蕖的一片孝心吧！"

于是，取了纸笔，仔细写下家乡地址，留给骆龙。红蕖说："不知义父这次行程是否要经过巫咸国？当初薛仲璋伯伯的家人也逃到海外，女儿和薛蘅香姐姐曾经结拜为异姓姐妹，并且相约：如有机会回故乡，一定要相携同行。去年得到消息，知道他们寄居巫咸。女儿想写一封信，请义父顺路转交，不知方不方便？"

多九公说："巫咸国是我们必经之路，将来林兄也要上岸卖货，带封信去，没有问题！"

唐敖趁红蕖写信的时候，赶回船取了一些银钱来送给骆龙，贴补日常生活的费用。等信写好，唐敖接过信，又想起薛仲璋，不禁更增感叹。大家互道珍重，红蕖一直送到庙外，才依依告别。

三人走往归途，一路上对骆红蕖的懂事、知礼、孝顺、勇敢、赞不绝口。到了船上，林之洋取出"大米"给太太、女儿看。吕氏、婉如大开眼界，觉得真是名副其实的"大"米!

船在海上又走了几天，到了君子国。

六、君子之争

　　唐敖早已听说君子国是海外有名的国家，居民都谦让不争，很想亲临其地，看看他们的风俗习惯。船靠岸，林之洋带着助手，载着货物去做生意。唐敖就约了多九公去观光。

　　来到城门前，只见门上四个大字"惟善为宝"。进了城一看，人来人往十分繁华热闹，仔细听听，语言也大部分和中国相近，可以听懂。多九公说："这里的人，不论贫富，举止言谈都非常有礼，没有人争先抢路，一片祥和之气，真不愧这君子之称啊！"

　　"我们再到处看看，不要这么快就称赞人家！"

　　边说边走，已经来到热闹的市集。只见一个佣仆模样的人正在买东西。他对那卖货的人说："您这么好的货色，却只要这么低的价钱，我买下来，怎能心安？无论如何，请您再加一点儿钱，否则，我不敢买！"

　　那卖货人说："您的意思我很明白，但刚才要的价钱已经太高了，心里觉得很不好意思，想不到您反而说价钱太低，这是从何说起？俗话说：'漫天要价，就地还钱。'如今我要的价钱，您不但不减，反而要加，这生意怎么做得成呢？"

　　"您的货色好，要的价钱却这么少，我怎么买得下？凡事总要讲公平哪！"

说了半天，买的人付了钱，但只拿了一半的东西走。卖货的人一定要他全部拿走，拦住不放。路边走来两位老人，替他们俩公平论定，让买货的人拿走了八成的东西，才算解决了问题。

唐敖悄悄对九公说："凡是买东西，只有卖的人叫高价，买的人还价。'漫天要价，就地还钱。'这话也只有买东西的人说，想不到如今都反过来了，真是有趣！"

两人继续前行，走不多远，又见一个小兵也在买东西，他对卖货人说："您说我付的钱太多，其实按您的货色，我这价钱已付得太少啦！"

"我卖这个东西因为已经不太新鲜，没有别家好，所以不敢要价，随便您出。结果您却出了这么高的价钱！只要一半的钱，都已经太多啦！"

"您说哪儿的话！我难道连货好货坏都认不出吗？"

"您如果诚心要照顾我的生意，只有收回一半的钱去，才算公平，否则，实在没法成交！"

唐敖听了，暗自寻思："'货物不太新鲜，没有别家好。'这种话居然由卖东西的人口中说出来，实在怎么也想不到！"

多九公和唐敖到处闲逛，只见市集中全是这种情形，买卖双方争论的缘由，竟然和中国完全相反。总是卖的人说钱拿得太多、价太高了，要买的人少给一点儿；买的人则总是觉得自己给的钱比起买的东西来，实在不够多，坚持要多给一点儿钱，否则就少拿一些货。

唐敖对多九公说："看这种交易、做买卖的样子，实在不愧有谦让公平的君子之风啊！我们再多逛逛，增长一下见识，一定很有好处。"

就在这时，走过来两位面色红润、须眉皆白的老人家，满面慈祥，风度文雅，向唐、多两人行礼说："两位是从外国来的吧？不知贵国是什么地方？"

唐敖、多九公连忙还礼，把姓名、籍贯说了。

"原来是从中华大国来的！我们是兄弟俩，姓吴，我叫吴之祥，弟弟叫吴之和。难得今天巧遇从圣人之国来的贵客，如果两位没事，何不到寒舍坐坐，喝杯茶，好好谈谈？"

唐敖、多九公反正有空，就高高兴兴跟着吴氏兄弟走。来到一幢房屋前，只见四面翠竹围绕，墙上都是青碧藤萝，两扇木门一推就开，庭院中有一口池塘，塘中种着菱角、莲花，非常清幽雅静。客厅宽敞凉爽，厅中悬着一块木匾，居然是君子国国王题的字。多九公想："这两位老先生看来并非公卿大臣，为何国王却为他们题字？一定有点特别的地方！"

大家落座，喝茶闲谈，唐敖、多九公都虚心请教。两位吴老先生越谈越高兴，原来他们都读了很多中国书，对中原的历史、文化、风俗、人情了解得极为透彻。唐敖越听越佩服。吴之祥、吴之和说到中国种种浪费、残忍、贪婪不公的习俗，唐敖不禁全身流冷汗没法子辩白。因为和君子国人比起来，中国人实在太自私了，面对两位诚恳又博学的老人家，他们只有洗耳恭听。

两人正觉得难堪，幸好有仆人进来说，国王要来见两位相爷，有军国大事商量。唐敖和多九公连忙告辞，吴氏兄弟一直送出大门外，行礼告别。唐、多二人到这时候才明白，两位老人家原来是君子国的宰相，难怪这么有见识。他们那种谦恭和气待人接物的态度，和一般官位不大、架子却很大，随便瞧不起人的官吏比起来，实在不能不让人佩服。

　　唐敖、多九公回到船上，林之洋也回来了。正准备开船，想不到吴氏兄弟派人送来很多点心、水果，还送了君子国的土产燕窝十担。燕窝这种东西，在君子国并不值钱，当地居民也不觉得好吃，可是中国因为产量稀少，当作酒席上的珍贵佳肴。刚才多九公和他们闲谈中曾向吴氏兄弟提起，谁知他们竟然送来这么多燕窝做礼物！林之洋当然最高兴，因为仅仅这十担燕窝带回国去，就可以卖一大笔钱了，他一面收拾一面说："难怪这两天一直听到喜鹊对我叫，原来注定要发这笔财！"

　　欢欢喜喜离开了君子国首都，又继续海上的航程。

七、杀蚌取珠

这天，航行到黄昏时分，正预备停船休息，忽听到外面有人喊"救命"！唐敖连忙走出船舱一看，原来岸边停着一艘很大的渔船，船上却用草绳绑着一个少女，喊救命的就是这个少女。

多九公、林之洋都到船头来看，只见那少女穿着皮衣、皮裤，水淋淋的全身湿透，但长得唇红齿白，非常美丽，腰上系着袋子，胸前斜挂一把宝剑。她身边站着一对夫妇，看来是渔船的主人。大家都不明白，这三个人是怎么回事，唐敖先开口问道："请问这个女孩子是什么人？你们为什么把她绑在船上？这里是什么地方？"

那边船上的渔翁说："这里是君子国的领土，我们夫妻却是青邱国人，靠打鱼为生。因为君子国海边一向渔产很多，我们常来这里捕鱼。这次运气不好，来了几天，都没网到什么大鱼，想不到今天撒网下去，恰好就网到这个女孩。我们想带她回去，多少也可以卖点钱。谁知她一直求我们放她，不瞒三位客人说，我们从青邱到这里也有几百里路，如果网到的还要放掉，那可不要喝西北风啦？她看我们不肯放，干脆喊起救命来了，真不像话！"

唐敖转过头，问那女孩："你是哪里人？怎么这副打扮？是不小心掉到海里，还是有什么事情？老老实实说出来，我们好想法子救你！"

那少女听到唐敖问话，两眼含泪，轻声说："我是君子国的人，住在水仙村，今年十四岁。从小也读书识字，父亲是朝廷中的大官。三年前，邻国被敌人侵略，派使者来求救，国王命我父亲做参谋长，一同带兵去救。谁知作战不利，陷入敌人的包围，损失了很多兵马。回国后，父亲就被贬谪到很远的地方，不料却病死异乡。家里立刻穷下来，仆人都走了。母亲本来身体就不好，受到这样的打击，病更重了，一吃药就吐，只有吃了海参才觉得舒服。偏偏我们这里没人卖海参，只有邻国才有得卖。可是，自从父亲去世，家中实在没钱。我想了很久，只有自己到海中采参，苦苦用心练熟了游泳、潜水的本领，可以在水中潜一整天。于是，常常入海取参，煮给母亲吃，只盼母亲能早日恢复健康。谁知今天忽然被渔网网住，不能脱身，想到母亲在家，不知如何着急，心里真是难过极了。"

说到这里，那女孩眼泪已不断流下来，再也说不下去。

"姑娘，你刚才说从小读书识字，可不可以把姓名写出来告诉我们？"

那位少女点头答应，于是唐敖命人拿了纸笔来，递给她。少女提笔想了一下，匆匆写了一行字。唐敖接过一看，原来是一首诗：

不是波臣暂水居，	我并非龙王的臣子，不过暂时到水中去，
竟同涸鲋困行车。	想不到竟如鲋鱼落到干涸的车辙里。
愿开一面仁人网，	希望仁人君子网开一面，
可念儿鱼是孝鱼。	可怜我这条网中之鱼的一片孝心吧！

诗的后面写了名字叫廉锦枫。

唐敖现在完全相信少女说的全是实话，再不怀疑。于是对渔翁说："这位姑娘确实是位千金小姐，我送给你十贯钱买酒喝，请你放了这位姑娘，这也是做好事啊！"

林之洋也帮着劝说："你做了这件好事，包你以后每次撒网，都会丰收。"

可是，渔翁摇头说："我要靠她发一笔大财，好好过后半辈子，这么一点儿钱，哪里能放？你们少管闲事吧！"

林之洋忍不住生起气来，大声说："鱼落在网里，由你做主；可是，她是人，不是鱼，你眼睛睁大一点儿，不要看错了！你不放她，我们也放不过你！"

渔婆一听，在旁边大哭大叫说："光天化日之下，你们这些强盗要抢人啊？我和你们拼命！"

一面就要跳到这边船上来。船上的水手都纷纷劝解，唐敖说："你老实说，究竟要多少钱才肯放这位小姐？"

渔翁看对方人多，真的闹翻了也占不了便宜，就说："至少也要一百两银子。"

唐敖当即回到舱中，取出一百两银子付给渔翁。渔翁收了钱，才解开草绳放了廉锦枫。锦枫走到林之洋船上，向唐敖三人拜谢，请问他们的姓名。唐敖问她家远不远，如果不远就送她回去。廉锦枫说："我家就在前面水仙村，离这里只有几里路，村内向来水仙花最多，所以叫这个名字。可是，刚才采到的海参，都被渔夫拿去了，我想再下水去取几条参，回去煮给母亲吃，不知恩人能不能稍微等一下？"

唐敖点头说好，锦枫纵身一跳，投入水中，看不见了。林之洋有点担心，多九公说："她既然时常下海，水性精熟，又有宝剑防身，林兄尽管放心！"

于是，三人一面闲谈，一面等候。过了半天，仍然不见踪影。林之洋不由得着急，怕廉锦枫遇到怪鱼被吞吃了。多九公说："我们船上有个水手，他可以在水里换五口气，请他下海去看看也好！"

水手听了，答应一声，跃入海中。一会儿，浮上来说："廉姑娘正和一个大蚌相斗，已经杀了大蚌，马上就上来了！"

果然，廉锦枫皮衣上染有血迹，跳上船来。先脱掉潜水的衣裤，手中捧着一颗圆大光彩的明珠，向唐敖行礼说："刚才在海中，恰好遇一大蚌，得到这粒明珠，请恩人收下。"

唐敖不肯接受，再三推辞，最后见廉锦枫确实一片诚心，要赠珠以报救命之恩，只好勉强收下，命水手开帆，向水仙村行去。

锦枫也进船舱拜见了吕氏，又和婉如行礼，两个女孩，一见就仿佛早已认识似的，十分亲热。

到了水仙村，唐敖知道廉家清苦，下船前已带了银两，和多、林两人跟着锦枫，来到廉家。锦枫请三人在书房入座，再进去扶母亲出来，拜谢救命之恩。谈了一阵，说起家常，才知道唐敖家与廉锦枫曾祖辈还有亲戚关系，廉锦枫的曾祖本是中国岭南人，南北朝时期，因为避乱，才迁到君子国来成家定居的。这一来，彼此更觉亲厚，情分也更不同了。廉夫人说："本来也不好意思开口，如今既然是表亲，就拜托您了！我们家现在只有三口，锦枫还有一个弟弟，年纪幼小。自从丈夫去世，别无亲人，又没有产业，实在艰难，本想迁回故乡，可是万里迢迢，孤儿寡妇弱女，真是动弹不得。恩人将来回家的时候，不知是否能顺路带我们回去？大恩厚德，永远不忘！"

"这是顺便的事，容易得很，只是我们到处做买卖，什么时候回乡，没法说定，表嫂您身体不好，千万不要太记挂！"唐敖同时请夫人唤公子出来见见。只见后屋走出一个约莫十二三岁的小男孩，长得眉目清秀，气度不凡。唐敖问他有没有读书，叫什么名字。孩子回答叫廉亮，跟姐姐学读书，没有请老师。他说话口齿清晰，条理分明，是个聪明孩子。

廉夫人说："我们这所住宅，虽然旧了，倒还很宽敞，空屋也有两三间，本来可以请老师来教他读书，只是家中实在没有余钱。平日只靠我们母女做些针线，勉强过日子罢了！"

唐敖连忙从怀中取出准备好的银两交给夫人，说："这点钱请留下暂时贴补家用。表侄是极好的读书料子，千万好好栽培，不能耽误，否则太可惜了！表嫂有这样的佳女、佳儿，将来一定可以享福的。"

　　廉夫人垂泪道谢，又再三以儿女终身大事拜托唐敖，因为她自知精神、身体都已消耗殆尽，不可能再活太久了。唐敖安慰夫人，又聊了一会儿，才起身告辞。

八、大人之行

君子国再往北走，就是大人国。语言、风俗、土产都和君子国相似。唐敖想去玩，约林之洋、多九公同行。

"以前就听说大人国的人都乘云而行，不是用脚走路，很想看看，想不到今天真的到了大人国！"

多九公说："从这岸边走到他们有人家住的地方，还有二十多里路，我们要走得快点才行，不然今天就赶不回来了。而且途中还要爬过一座山，山上路不太好走呢。"

三人加紧脚步，走到离山不远的地方，已有田地、人家。原来大人国的人比别处的人身高大约要长出两三尺，行动的时候，脚下有云托住，离地约半尺高。若站定不动，云也不动；若行走转身，云也随着移动。唐敖看了，觉得又新奇，又有趣，刚好迎面来了一位老翁，就上前询问："贵国的人脚下都有云雾，是不是从生下来就如此呢？"

老翁说："这云是从脚底自然生出来的，按颜色而分，五彩云最尊贵；黄云次之，其余颜色没什么差别，只有黑色最低贱！"

多九公顺便请问了山中的路径。三人越过高山，来到大人国市区。只见熙来攘往，每人脚下踩着五颜六色不同的云，十分热闹好看。唐敖忽然问道："九公，据那老先生说，云的颜色以五彩最尊贵，黑色最低贱，但是，您看那个乞丐，脚下却是五色云啊！"

"当初，我到这里来，也曾询问人家，原来他们这云的颜色全由心而变，如果心中光明正大，脚下自然就出现彩云；如果满心阴险诡诈，就会出现黑云。云虽然从脚底而生，颜色却随心而变，丝毫没法勉强，和地位高下，贫穷富贵也不相干。不过，这里的人都以脚下现黑云为耻，遇见坏事，大家退后；要做好事，踊跃争先。所以民风淳厚，邻近的国家因为他们毫无小人恶习，才以'大人国'称之。远方人不明白其中道理，都以为大人就是高大的意思，真是大错特错！"

"原来如此！以前听人说，海外有大人国，人人身长数丈，今天到这里一看，只不过比普通人高一点儿而已嘛！"

"那身长数丈的是'长人国'，这'大人'和'长人'可不一样哦！将来到了长人国，唐兄一看就明白了。"

忽然，街市上的人纷纷向两旁避开，让出中间大路，一位大人国官员，头戴官帽，前呼后拥走过来。奇怪的是，他脚下围着一圈红绸子，看不见云的颜色。唐敖说："这里的官也省事，行动方便，不必车马。可是为什么要挡住脚下的云彩呢？"

"他一定暗中做了什么亏心事，脚下云彩变成了黑不黑、灰不灰的晦气色，瞒不住人，只好用绸布遮盖。其实，越遮越明显，真是'掩耳盗铃'！不过，幸好云色随时会变，只要他能痛改前非，一心做好，云彩立刻就改色。如果长久踩着晦气云，他这官位也保不住了！"

林之洋听到这里，忍不住叹气："唉！这老天爷做事也太不公道了！只有大人国才有这脚下云做招牌，如果天下所有人都挂出这种标志，谁还敢做坏事呢？"

"世上那些坏人，脚下虽没踩黑云，头顶上可是黑气冲天哪！"

"可惜头上黑气，我们看不见呀！"

三人说说笑笑，又逛了一会儿，怕天黑赶不回船，就匆匆离开了大人国。

大人国再往前走就是"劳民国"。

唐敖本来不懂为什么叫"劳民"，等到上岸一瞧，才恍然大悟。原来这里的人不管走路也好，站立也好，甚至坐着不动，身体永远摇摆不停，没有片刻静止。林之洋说："我看他们好像都患了羊痫疯。像这样乱动，晚上怎么睡得着？如果我当初出生在这里，用不了两天，骨头就都摇散了！"

唐敖说："这个'劳'字用得真恰当，他们整天这样劳碌不安，大概寿命都不会太长吧？"

多九公说："我听说海外流传两句俗话叫：'劳民永寿，智佳短年。'这里的人虽然忙忙碌碌，动的只不过是身体筋骨，并不劳心，而且劳民国不产米麦杂粮，居民都以水果当粮食，从来不吃炒的菜肴，所以都很长寿！真正短命的反而是整天操心的智佳人，唐兄将来就会看到了。"

饮食清淡,全身运动,想不到劳民国的人早已明白现代人提倡的养生之道啦!

三人闲逛一回,到处都是摇头摆手、全身乱动的人,看多了忍不住头晕眼花,只好赶快上船,继续航行。

又在海上走了几天,来到聂耳国,也就是大耳朵国。这里的人身体面貌都和中国人没有什么差异,只是两只耳朵一直卜垂到腰,走路的时候必须用手托着耳朵走。

唐敖说:"听说耳朵下垂的人特别长寿,这里人一定都活得很久喽?"

"没有的事,我也问过人,据说从古以来,这里没人活过七十岁的!"

"这是怎么说呢?"

"想来是'过犹不及'。耳朵太长,反而没用。其实,聂耳国的人耳朵还不算最长,当初,我曾经到过海外一个不知名的小国,那里的人两耳下垂到脚背,就像两片大蚌壳似的,人的身体刚好夹在中间。晚上睡觉,一片耳朵当作褥子,另一片耳朵当盖被,生下儿女,也可以睡在爸爸妈妈耳朵里。如果说耳朵长就会长寿,这些人岂不都成神仙啦?"

大家听了哈哈大笑。

聂耳国过去不远就是无肠国,唐敖想上去玩玩,多九公说:"这里一点儿也不好玩,今天又碰上顺风,船走得快,干脆到元股国、深目国再上岸吧!"

"多九公说不去就不去算了。可是，要请您把无肠国的事说来听听。以前也听人讲，无肠国的人，吃的东西都直穿而过，马上就要拉出来，有没有这回事？"

"一点儿不错。这里的人，还没吃东西，就先要找厕所，否则等吃完再去，就来不及了。因为没有肠子，食物在肚子里不能停留，一溜而过。"

"那怎么吃得饱呢？"

"只要食物在肚子里一经过，也就饱了。别人看他们肚子里空空如也，他们自己却觉得充实得很。这也难怪，各人看法不同啊！更可笑的是那些根本什么都没得吃的人，明明肚中一无所有，也要装得饱饱的样子，脸皮真厚！他们这里有钱人不多，寥寥几家有钱人，他们做的事一般人也学不来！"

"什么事呢？快说来听听。"

"无肠国的人，食量最大，胃口好，很容易饿，每天花在饮食上的钱实在太多，所以一般人家存不下什么钱。那些有钱人，想在饮食上省钱，就想出一个法子，因为大家肚中无肠，吃下去的食物一通就过，立刻拉出来，虽说是粪，却并未腐烂发臭，所以，他们就把这些粪好好收存，让用人、婢女吃，天天如此，省下不少花费，慢慢就有钱了。"

林之洋说："他们自己吃不吃呢？"

"自己也吃。可是，往往第三次、第四次拉出来的粪，还要存起来叫奴才吃，必定要吃到一入口就想吐的地步才肯丢掉，实在太过分了！"

林之洋说："既然如此节省，那他们应该把吐出来的东西也留起来，自己享用才对！"

正谈得高兴，忽然闻到一阵酒肉的香气，唐敖问："好香啊！不知是谁在烧好菜？这里又是什么地方？"

多九公说："这里是犬封国，又叫狗头国，人都是狗头人身，再过去就是产鱼最丰富的元股国啦！"

"犬封国的人都很会做菜吗？怎么香气一直传到大海上来？"

"嘿，嘿，犬封国的人虽然狗头狗脑，却最讲究吃喝，每天挖空脑袋，只在饮食上用功夫，变尽方法想出新奇好吃的菜来享受。除此而外，什么长处也没有，所以海外的人都称犬封国人叫'酒囊、饭袋'！"

唐敖听了觉得好笑，也就不想上岸去玩了。船在海上顺风而行，走得特别快，不久就到了元股国，也就是黑腿国。

九、元股无继

海边沙滩上好多元股国人在捕鱼，大家都头戴斗笠，上身披着蓑衣，下身穿一条皮短裤。他们和其他地方的人最大的不同是，大腿和脚完全漆黑，但上半身的皮肤却一点儿都不黑。因为元股国鱼最便宜，林之洋船上的水手都要停船买鱼，唐敖、林之洋也就趁此下船玩玩，只见四处一片荒凉，和君子国、大人国的繁荣富庶差得太远了。

就在这时，海边一个渔人网到一条怪鱼，一个鱼头却有十个身体，大家都不认得是什么鱼。林之洋弯下腰，凑近鱼身闻了一下，忍不住眉头一皱，"哇"的一声吐出几口水来，说："哎呀！臭不可闻！简直比妹夫那回吃了朱草肚子里赶出来的臭气还臭！"

说着就踢了臭鱼一脚，谁知那鱼忽然开口叫了几声，和狗叫一模一样，真是怪鱼！

林之洋这么一闹，引起了渔人的注意，有个白发渔翁突然走过来，向唐敖说："唐兄，你还认得我吗？"

唐敖看那老渔翁全身打扮都和元股国渔人一模一样，腿脚也都漆黑，没穿鞋袜。再仔细看看他的脸，不禁大叫一声："哎呀！

原来是老师啊！"

这装成元股国渔夫的人，本来是唐朝的御史尹元，也是唐敖以前的老师。看到老师变成这副模样，唐敖忍不住一阵心酸，连忙行礼，问道："老师什么时候到这里来的？怎么这副打扮？我是不是在做梦啊？"

尹元叹气说："说来话长，这里谈话不方便，你到我家里去坐坐，好好聊一聊。"

唐敖介绍多、林两位向尹元行礼，彼此请问姓名，一起来到尹元住的地方。只有两间茅屋，非常矮小，屋顶上的茅草都已腐烂，看起来很凄凉。走进屋内一看，竟然连桌椅都没有，大家就坐在地上。尹元先开口说："我当初在朝中做御史，眼看武后废了皇上，自己掌权，任意而行，我觉得纠正君王的缺失，本来就是御史的职责，所以曾经三次上奏章，请武后迎回皇上，不要再乱杀忠臣，但一点反应都没有。我想这个官再做下去，也没有意思，就辞职回家，住了几年，这些事我想你都已经知道。本来以为就这样过完下半辈子也就算了，哪里晓得，忽然有人写了奏章告我，说当年徐敬业先生他们起事，我是出主意的参谋，不能不治罪。听到这个消息，怕家人也跟我一起受罪，只好带着老妻、儿女逃到外洋来。但是，你也知道，老师本来就没什么钱财，逃走得匆匆忙忙，行李也带得不周全。来到这个地方，看大家都打鱼过活，也想学着打鱼，想不到这里的人不许外人分他们的衣食饭碗，只有靠女儿编结渔网，卖一点儿钱勉强糊口。后来，邻居看我们可怜，就教我一个法子，用漆把腿脚涂黑，又认我是他的亲戚，这才能参加大伙一块儿打鱼，日子才过得下去，说来也真辛酸哪！"

"原来老师是遭受谗言，才流落异乡，说起来，和我的遭遇也差不多啊！"

唐敖将自己中了"探花"，又被取消资格的种种情由，叙说一番，彼此相对长叹。唐敖请问师母身体如何，要求拜见。尹元说："内人到这里不久就去世了，现在身边只有一儿一女，你以前也都见过的。"

于是叫尹红萸和尹玉出来见唐敖，大家行了礼。红萸今年十三岁，生得非常美丽，眼睛清亮灵动，嘴唇自然鲜红，举止行动端庄有礼，虽然衣服破旧，仍然一看就是读过书的大家闺秀。尹玉比姐姐小一岁，也长得斯斯文文，很淳厚的相貌。唐敖说："当年见到世弟、世妹时，都还小得很，想不到已经长得这么大了。老师将来一定有福可享的。"

"我已经是六十多岁的人了，还想什么后福？现在过日子固然艰难，想回乡又怕陷入罗网，真是进退两难。"

"这里如此荒凉，举目无亲，实在不能长住。老师纵然不能回乡，为什么不搬到君子国、大人国那些民风善良、富庶知礼的地方去住呢？"

"我哪里愿意住在这里？只是搬到别处，又靠什么过活？只盼你将来回程的时候，再来看看我。如果到时候我已经不在人世，请你念师生之情，把两个孩子带回家乡，也免得让他们漂流海外。"

唐敖听了，低头想了半天，忽然想到廉锦枫的弟弟廉亮正想聘请老师，他们家又正好有多余的房间，觉得真是再凑巧也没有，连忙说："如果请老师去教孩子读书，老师会不会觉得委屈呢？"

"是在什么地方？"

唐敖把途中救了廉锦枫的事说了一遍："廉夫人家有空房三间，但没钱请老师，只好耽误下来。我现在立刻写一封信，请老师到他家教书，顺便再招几个附近的小学生，另外世妹再做些针线贴补，生活也可以过得去了。我这里再拿一百两银子送给老师，以防万一有什么急用。君子国的环境比这里好得多，将来我回程的时候，一定会再到水仙村接老师一起回乡的。"

尹元听了，非常高兴。

"我从打鱼的又变成了教书的，至少可以不受风霜之苦，儿女都能专心读书，将来回乡也方便，又蒙你赠送银两，你这么帮忙，我不知道说什么才好。"

"老师千万不要这么说，本来就应该为您效劳。我刚才偶然想到，廉锦枫和廉亮姐弟和世妹、世弟不仅年纪相当，家世也相配，我想做个媒人，成全这两份姻缘。这样，老师住在廉家，彼此也更有照应。不知您的意思如何？"

尹元道："听你刚才说的话，就知道是难得的一对好孩子，我怎么会不赞成？只不过我现在处境如此贫困，怕人家不肯答应吧？"

唐敖极力保证说绝对没有问题，同时把廉夫人托他留意儿女终身大事的话也告诉了尹元。唐敖又拜托老师安定下来以后，到东口山走一趟，为唐小峰聘骆红蕖为妻。尹元听到骆红蕖杀虎、孝亲的事，非常高兴，说："骆龙老先生当初和我同朝为官，本来就是好朋友，这门婚事，一定为令郎安排妥当，你放心好了。"

于是，唐敖和多九公、林之洋一起向尹元告辞，回到船上，写好信，又带了一百两银子，几件衣服，亲自送到尹元家来。尹元也已和儿女一起收拾了行李，就此雇了船，朝君子国水仙村航去。

唐敖拜别老师，走回海边，离船不远，忽然听到很多婴儿啼哭的声音。原来有个渔夫网到许多怪鱼，多九公、林之洋都在旁边看。唐敖走近前去，只见那些鱼上半身和女人一样，下半身却是鱼尾巴，腹部长了四只脚，叫的声音和婴儿的哭声简直不能分辨。多九公说："这就是所谓的'人鱼'了，唐兄大概第一次看见吧？要不要买两条，带回船上去？"

"这些鱼啼声凄惨，实在可怜，怎么忍心买下带回船去？不如全买了，放回海中去吧！"

唐敖付了鱼钱，把人鱼全放回海中。人鱼投入海水后，很快又都浮出头来，朝着唐敖他们不断点头，好像道谢似的，眼中都露出依依不舍的神情，过了半天，才向远海泅泳而去，不见了踪影。

唐敖他们上了船，继续前行。在舱中教婉如读了几篇诗赋，唐敖又走上船头，和多九公闲谈。

"上次在东口山，大哥曾说，过了君子国、大人国就到黑齿国，怎么现在还没到？"

"林兄说的是陆路，走水路可没这么近。前面过了无继国，再过深目国，然后才到黑齿国呢。"

"我听说无继国的人，从不生孩子，是真的吗？"

"我曾经上岸去看过，那里的人根本没有男女之分，当然不能生育。"

"既然如此，这些人一旦死去，岂不后继无人？国中的人会越来越少才是，为什么从古到今，这个国家还能存在呢？"

"他们虽然不生孩子，可是却有再生轮回的能力。死后尸体不腐，过了一百二十年，又复活。活了又死，死了又活，所以国中的人，永不减少。奇怪的是，他们明知死后还会再活，却对争名夺利、荣华富贵一点儿也不看重。觉得人生在名利场中竞争，好不容易争到一点儿成绩，也差不多该死了。等到百余年后醒来，时代早已改变，今昔完全不同，又是另一世界，投身其中，重新争斗，一切又重来一遍。经历几次之后，把生死都看得很透，争名夺利的心自然就淡了。所以无继国的人从来不说生、死，他们把活在世上称为'做梦'，死了则说'睡觉'，实在很有意思。"

这时，林之洋也过来听多九公说话，他插嘴说："照这么看来，我们这些人岂不都是傻子？人家死后还会复活的人，都能把名利看淡，我们这些注定要死，一点儿希望也没有的人，反而要钱要名，为了权利争得你死我活，真要被无继国人笑死！"

"大哥既然怕被人笑，为何不把名利看淡一点呢？"

"我也不明白。只知道每逢名利当前，就不顾一切朝前冲，好像人生再也没有比这更要紧的事了。以后，碰到这种情形，有谁能提醒我一声就好了。"

"我也想提醒你，只怕你到那时候不但不感激，还要骂人呢！"

唐敖说："很多事情，一旦投身进去，本来就不容易看破，这就是所谓'当局者迷'吧？其实，只要稍微看开一点，忍耐一下，也就少了很多烦恼。真的看破，哪有那么容易？九公，我还听说无继国的人向来以泥土做粮食，有没有这回事？"

"确实如此，这大概也是多少年代代相传下来的习惯吧！"

林之洋反应很快，笑着说："幸亏无肠国那些有钱人家不知道泥土可当饭吃，要不然啊，恐怕连地皮都要被刮光来吃喽！"

三人哈哈大笑。这时船已行过无继国，来到深目国。他们仍然没有下船，只在船上远看。原来深目国的人，脸上没有眼睛，每个人都高高举起一只手，手上却生着一只大眼睛，如果要朝上看，手掌心就向天；要朝下看，掌心就向地；看左、看右、看前、看后，十分灵活方便。林之洋说："幸好是眼睛长在手上，如果是嘴巴长在手上，吃东西的时候，谁抢得过他们？不知道深目国有没有人患近视？把眼镜戴在手上，不知什么模样，一定很好玩。为什么这里的人眼睛长在手心里呢？真不明白。"

"大概他们觉得正面看人不容易看清楚，眼睛长在手上，四面八方都可以看，再也不会被人骗了！"

"九公，您这话说得有意思！"

谈谈说说，时间很容易消磨，不久就到了黑齿国。停船靠岸，林之洋整理货物，去做买卖了。

十、黑齿受窘

唐敖约了多九公上岸来玩。只见黑齿国人，不但牙齿漆黑，全身皮肤也墨黑，只有嘴唇鲜红，两道红眉，又多穿红衣，远远望去，各人面貌如何，看不清楚。唐、多二人都认为，黑得如此厉害，一定很丑陋，也就并不细看，快步往市区中走来。

市集上人来人往，非常热闹。因为黑齿国的陆地与君子国紧邻，语言很相近，唐敖他们大致能听得懂。信步闲行，来到一处十字街头，旁边有条小巷，唐敖、多九公转进巷子，走了没儿步，看见一户人家门口挂块牌子，上写"女学塾"。唐敖说："这里的女孩子也读书呢，不知道她们读些什么书。"

正在说话，门内走出来一位老态龙钟的儒生，向多、唐二人行礼说："两位大概是从外地来的吧？进来坐坐，喝杯粗茶，好不好？"

唐敖正想找人聊聊，询问当地风土民俗，于是拉了多九公一起进去，大家坐下。两位女学生捧茶出来，差不多十四五岁，一个穿红衣，一个穿紫衫。唐敖仔细打量，觉得她们皮肤虽黑，但朱眉秀目，鲜红小嘴，长长秀发，衬出一股灵秀之气，看起来十分清丽，一点也不难看。

这位老儒生是位秀才，年纪已经八十岁，耳朵不太好，唐敖他们费尽力气才能交谈。他说自己姓卢，年老体衰，很久就已无意功名，只招几个女学生教读，以维生计。因为他们这个国家，每十年考试一次，专门让会写文章的少女报考，成绩最好的，颁给"才女"的匾额，父母亲友都有光彩。所以，女孩子读书的风气极盛，绝不输给男人。不论有钱没钱，女儿长到四五岁都一定送到学塾去读书。卢老先生说到这里，顺便介绍那两位女学生说："这个穿紫衣的是我女儿，那位穿红衣的姑娘姓黎。明年就是举行考试的年份，所以她们都在加紧用功。如今遇到你们两位从天朝圣人之国来的大学者，如能顺便指点一下她们的功课，实在感激不尽，请千万不要推辞。"

两位姑娘也非常客气地行礼求教。唐敖一直推辞，自称书本已抛开很久，恐怕不能回答。但多九公却跃跃欲试，他想异乡黑女，年纪幼小，才读了几年书，哪会有自己答不出来的问题？于是，慨然答应，请卢、黎二位姑娘尽量发问，自己一定知无不言，言无不尽。

谁知道见多识广的多九公，偏偏在黑齿国栽在这两位黑肤少女手里！她们提出四书、五经、声韵、字义方面很多问题，从前人书本中都无法找出现成答案，必须博学旁通，更要有独特见解，才能回答。多九公接连几次答不出来，两位姑娘的态度就越来越不客气了，渐渐露出讽刺的意味，词锋锐利，多九公简直招架不住，急得老脸发红，恨不得有地洞可钻。

卢老先生一直坐在后面角落看书，加以耳朵又有毛病，并没听见他们的谈论，这时，忽然抬起头来，看见多九公脸上红一阵、白一阵，额头不断冒汗，以为他是怕热，连忙递过一把扇子说："您也许不太习惯我们这儿的气候，请先凉快凉快，慢慢再谈，不要生起病来。出门在外的人，身体最要保重！哎呀！这汗还是止不住，怎么办呢？"

　　又拿毛巾给多九公擦汗，说："上了年纪的人，受不住这种热天哪！可怜！可怜！"

　　多九公接过扇子，只好说："这里天气果然比较热。"

　　正在为难，走又不是，坐又坐不住，不知怎么办才好。忽听外面有人问说："请问有哪位姑娘要买胭脂、香粉吗？"

　　原来是林之洋提了货物包袱走了进来，多九公、唐敖松了口气，高兴极了，赶快站起来说："林兄怎么现在才来？只怕船上大家等得太久了，我们回去吧！"

　　于是，三人一起向卢老先生告辞。林之洋走了半天，口渴得很，本来想喝杯茶再走，谁知还没坐下，就被他们拖出来了。

　　三人匆匆走出小巷，来到大街上，林之洋细看他们两个，脸色都很难看，就问："究竟发生了什么事？你们为什么这副模样？"

　　多九公神色未定，唐敖把经过情形大略说了一遍。

　　"我从来没遇到过这么有学问的女孩子！而且口齿伶俐，能言善道，真是不得了！"

　　多九公也说："我被她们问得简直无言可答，这个教训真不小。活了八十多岁，还是头一回碰到！怪来怪去只怪自己当初太小看她们了，也恨自己没有多读十年书，学问不够扎实！"

"如果不是大哥来救，我们真不知道怎么走出他家的大门呢！"

"别提了，今天运气不好，没赚到钱。以前没到这里来做过买卖，不知道什么东西有销路。我猜想既然他们皮肤这么黑，一定喜欢化妆打扮，所以带了脂粉上岸来卖，谁知这里的女人说越擦粉越难看，根本不肯买，大家只要买书，你们猜这是什么缘故？"

"这个实在不明白。"

"我也是向人打听才知道。原来他们这里不论男女，都看重读书，学问才识高的就尊贵，不读书的就卑贱。并不以贫富而论，女孩子如果没有才学，不管多富有都嫁不掉。所以，大家都努力读书！"

一面谈一面走，三人已经走到市集中心来了，唐敖这时才仔细打量黑齿国人的面貌，觉得以前的成见实在大错特错，他对林之洋、多九公说："这里的人，皮色虽黑，但仔细看来，人人都满脸书卷气，清秀悦目，简直没有一个丑人！我们处在他们中间，反而觉得自己满身俗气，难看得很。唉！还是赶快回去吧！"

林、多二人也都有同感。大家快步而行，走出城外，才觉得轻松自在。林之洋说："热死我了！从刚才到现在连一口水都没有喝到，又这么拼命赶路，好累，好累！九公，你手上那把扇子，借我扇扇吧！"

多九公这才想起自己一直拿着卢老先生送他的扇子。于是，把折扇打开，三人一起停步欣赏。只见扇上正反两面都用非常工整秀丽的小楷写了古人的诗文，署名是黎红薇、卢紫萱，想来就是那两位少女的芳名。多九公说："两个黑丫头这么会写字，肚子里又有墨水，为什么她们学塾中书架上却没放什么书呢？她们如果诗书满架，我也有个防备，不会自讨苦吃了！"

林之洋摇着扇子说："要诗书满架容易得很，但要肚子里真有墨水，不用功可不行哪！"

"是啊！大哥说得不错，看我们今天的遭遇就是榜样。请问这一路上，还有哪些国家文风最盛？我要先好好做准备，免得又去出丑。"

"我向来只晓得买货卖货，哪知道文风、武风？还是问九公比较清楚。"

"咦，九公怎么不见啦！"

唐、林两人只顾说话，不知多九公跑到哪里去了，只好在原地等候。

过了半天，九公才走来，一开口就说："你们猜他们架上不放书，是什么缘故？"

唐敖笑着说："九公为这点小事又跑去打听，真有兴头！您这样处处留心，难怪无事不知。我们一面走，一面听您说吧！"

"原来这里就是缺书！每次从我们中国运出来卖的书，刚到君子国、大人国就销完了。黑齿国人读的书都是用高价从那两国买过来的，买不到的，只有辗转借来抄写，想得一本书，不知费多少力气。偏偏这里的人，不论男女都绝顶聪明，书更不够读了。

所以，黑齿国的人为了一本书，可以不择手段，偷啊、骗啊都做得出来。这里根本从来没有小偷、强盗，银子掉在地上，也没人捡。只有书，一定要好好收藏，除非至亲好友，绝不出借，生怕一借不还。这就是他们架上、桌上都不放书的原因了。我们刚来的人，哪里知道。"

三人边走边说，已经回到船上，多九公想到在两位黑姑娘面前出丑的事，仍然又气又恼，又愧又恨。林之洋说："想不到海外竟有这么厉害的姑娘！将来到了女儿国，全是女孩子，更不知多么厉害！好在我肚子里本来就没有装几本书，她们如果要和我谈文章，我只有一句话'不知道'！这样无论如何都不会出丑了。"

多九公说："如果女儿国的姑娘，不和你论文章，只要留你住下来，你怎么办？"

"今天我救了你们，那时候就要靠你们去救我啰！"

"林兄如果被女儿国留下，应该是求之不得的事，干吗要去救他？"

"九公，那你自己何不就在女儿国住下呢？"

"我如果留下了，谁替你管舵啊？"

说说笑笑，多九公的心情才慢慢开朗起来。

十一、麟狮相斗

　　黑齿国过去，是靖人国，靖人国也就是小人国，这里的人身长只有八九寸，小孩更只有四寸长，在路上走，必须一群人结伴而行，手中还要拿着武器防身，不然会全被大鸟抓小鸡一样抓走。多九公以前来过，他对唐敖说："这里的人真是名副其实的小人，不仅身体小，心眼儿更小，处处想占人便宜。说的话也全不可信，明明是甜的，他偏说苦；咸的，偏说淡；白的，偏说黑。口是心非，诡诈极了，简直摸不清他们的真意！"

　　唐敖听了，摇头叹息不已，说："唉！小人毕竟是小人啊！"

　　在靖人国没有停留多少时候，很快又开船继续航行，沿途又经过了几个奇怪的国家。譬如像方形人的跂踵国：这个国家相当贫穷，居民多以捕鱼为业，他们的身高和身宽相等，成为正方形，一头红发，两只脚又厚又大，走起路来，脚跟不着地，只用脚趾走，而且一步三摇，斯文得很。旁人看来觉得这些方形人未免方正得太过拘泥，禁不住替他们难受，不过，他们自己倒早已习惯了。还有一个长人国，和大人国完全不同，单单远望他们的城墙高得像一座山，国中人民身长至少都有七八丈，单单脚背就比我们普通人的肚子还高，简直吓死人！

林之洋和唐敖都看得目瞪口呆，只有多九公说："这还不算真正的长人呢！我以前在外洋和几个老头聊天，各人说起自己生平见过的长人。记得其中有个老头说，他曾经看过一个长人，那个长人为了做一件袍子，不但买完了天下所有的布，连天下的裁缝也全被雇来，一起做了好几年，才算完工。搞得全天下布的价钱都涨了，裁缝的工钱也提高了，大家都发了财。所以布店和裁缝店直到今天还在希望那位长人再做一件袍子，他们就又有钱赚了。而且听说当时有个裁缝，趁着替长人缝袍子的机会，在衣服下摆偷了一块布，结果凭这块布就开了一家布店，从此不做裁缝，改行做了布商。你们猜这长人有多长？连头带脚，一共十九万三千五百里呐！而且他不止身子长，还有张大嘴爱说大话，身长嘴大，恰是绝配。我们都听着这老头说个不停，其中有人就问，这长人身子这么高，头顶着天，往上越高风越大，难道他的脸不怕风吹吗？那个老头说，嘿嘿，这个人就是脸皮最厚，不怕风吹！"

唐敖、林之洋听到这儿，一齐大笑。林之洋下船到长人国去卖货，想不到长人国的人买了许多空酒坛和花盆，空酒坛子是平日唐、林、多三人喝酒存下的，花盆是唐敖上船前因为想照顾流落海外的名花特地买来的。林之洋说："真是料不到，我特地准备的货反而没卖出去，偏偏这两样不值钱的东西，大家抢着要，做生意真是得碰机会啊！就像上次在小人国，无意间也卖掉好多蚕茧……"

紧接着又有好多当地人到船上来买货，忙了一阵，林之洋笑口常开，高兴得很，蚕茧的故事就没空说了。

离开长人国，走了几天，已到白民国境，迎面一座巍巍高峰，风景秀丽。唐敖想，这样的好山，一定有名花异卉，应该上去看看。

于是，拢船靠岸，三人带了应用物件，下船登山。多九公告诉唐敖说："这山叫作麟凤山，从东到西，共长一千多里，是西海第一大山，山中花果树木，禽鸟野兽都很多。"

一路上，许多羽毛五彩斑斓的鸟儿飞来飞去，唐敖觉得眼睛简直忙不过来。忽然听到一阵宛转嘹亮的鸟鸣声，听不出是什么鸟，三人都觉得虽然从来没听过，但实在太响亮了，几乎有震耳欲聋的声势。多九公说："奇怪！声音这么大，怎么还没看见它的形相呢？"

"九公！你看！那边那棵大树，好多苍蝇绕着树飞，声音好像就是从树里边发出来的。"

果然，离树越近，鸣声越大得吓人。三人仔细在树上找，根本没看见一只鸟。就在这个时候，林之洋忽然抱着头，乱跳乱蹦，大叫："哎呀！震死我了！耳朵聋掉了！"

唐敖、多九公忙问怎么回事。

"刚刚有只苍蝇，飞到我耳朵边，我用手把它按住，哪知道它就在我耳边大喊一声，好像打雷一样，把我震得头晕眼花！"

话没说完，那苍蝇又大叫起来。林之洋把手乱摇说："我把你也摇得发昏，看你还叫不叫！"

那蝇果然不叫了。唐敖、多九公这才仔细观看。原来哪里是蝇？却是一只红嘴绿毛像鹦鹉一样的鸟，只是体小如蝇，如果视力不好，还真看不清楚。多九公说："原来是'细鸟'！据说以前汉武帝时候，勒毕国曾以玉笼装了几百只细鸟来进贡，书上记载说这鸟体形如大蝇，样子像鹦鹉，鸣声可传至数里之外。想不到今天竟然亲眼看到了！"

林之洋掏出一张纸片，卷成一个圆筒，轻轻把细鸟放进去，要带回船上让大家见识见识。

忽然东边山上，好像有千军万马一齐奔来，地动山摇，不知是什么东西，三人连忙躲到林木深处，悄悄偷看。原来是一群野兽，由青毛狮子领队，另一群则由独角麒麟领队。一队跑，一队追。两群野兽中，大多血迹斑斑，想来刚才已有过激烈争斗，现在又跑到这里来，预备继续决一胜负，争夺这山林里的领导权！唐、林、多三人正想好好旁观一场千载难逢的群兽之战，想不到林之洋纸筒中那只细鸟，就在这节骨眼上，又大鸣大叫起来。林之洋连忙两手乱摇，想叫它住声，哪里还来得及！狮子听见声音，大吼一声，带着属下的一群野兽飞奔过来，三人吓得拼命奔逃，群兽越追越近，林之洋边跑边说："人家说秀才最酸，狮子如果怕酸，妹夫和九公也许可以躲得过这场大难，我可惨了！眼看就要被一口吞到狮子肚里去，不知它有肠无肠，希望像无肠国人一样，一通就过，我可能还有命，要不然啊，可就死定啰！"

唐敖只顾往前跑，回头一看，谁知狮子正向自己扑来，心慌意乱，叫一声"不好"，拼命一跳，竟然跳得好高，停在半空中，群兽都转向多、林两人扑去！两人分向左右两方乱跑。正在危急关头，忽然听到山头上"呱啦啦"一声巨响，一道黑烟，比箭还快，对准青狮射来，狮子往上一跳，刚刚躲过，马上又是一声大响，这下子青狮再也躲不了，倒在地上，不能动弹。群兽一齐围到狮子身边，紧跟着接连又是几声巨响，就像急雨一般，群兽不断被射倒，尸体遍地都是，没死的四散奔逃，一下子就跑得无影无踪。

唐敖这时才从空中慢慢落下，林之洋惊魂不定，跑过来就抱怨唐敖："妹夫吃过蹑空草，一下子跳得半天高，竟然丢下我不管了！幸亏有神明护佑，要不然，我和九公都要变成青毛狮子肚里的浊气啦！"

"我也想抱着你们一齐往上跳，可是你们离得太远，狮子又紧跟在我后面，心里一急，哪里还能等呢？说来说去都怪大哥要带细鸟回去，刚才如果不是它乱叫，也不会这么危险。"

多九公说："平安无事就好！别再争了。刚才这阵连珠枪实在厉害，如果不是这种枪，又没有这么高明的枪法，哪里赶得走这么多野兽？赶快找找那放枪的人，好好道谢吧！"

话刚说完，山坡上走下一个猎人，全身青布衣裤，肩上扛着鸟枪，走近一看，年纪还轻得很，最多不过十四五岁，生得眉清目秀，举止非常文雅，和全身的穿着打扮不大相配。唐、林、多三人连忙上前下拜行礼说："多谢侠士救命之恩，请问尊姓大名，我们永世不忘。"

那年轻猎人还礼说："不敢当！我姓魏，是中国人，因为避难暂时寄居在这里。请问三位先生贵姓？从哪里来的？"

多、林两人很快说了姓名，唐敖却忽然想起："当初结拜的弟兄中，魏、薛两位哥哥都以连珠枪闻名，自从敬业哥哥兵败，听说他们都逃到海外去了，这人会用连珠枪，又姓魏，难道是思温哥哥的儿子？"

于是，唐敖先不说自己姓名，问道："侠士说是中国人，当初中国有位姓魏名思温的先生，最会用连珠枪，请问是否和您有亲戚关系呢？"

猎人说："正是先父。请问先生怎么会认识我父亲？"

"哎呀！想不到竟然在万里他乡遇到思温哥哥的儿子。"

唐敖赶快把自己的姓名，以及当初结拜种种缘由说了一遍。那年轻猎人听了，立刻下拜行礼说："原来是唐叔叔，侄女不认识，实在失礼得很，请叔叔原谅。"

唐敖连忙还礼，问道："你为什么自称侄女？你是女孩子啊？"

"侄女叫紫樱，有一位哥哥，叫魏武。当年，父亲带着母亲和我们逃到这里来，就在这山中找了房子住下。山里头有狮子，常和麒麟争斗，把农田都踩坏了，还常常出来伤人，附近的人都无可奈何。因为狮子眼力太强，又很狡猾，普通猎人根本打不到它们。父亲会使连珠枪，这里的人知道以后，就请父亲出来为他们猎兽，前前后后打死很多狮子。父亲在前年去世，又请哥哥继承父业，可是哥哥身体弱，常常生病，不能劳累。家中没人赚钱过活也不行，幸好我从小跟父亲学会了连珠枪法，干脆男装打扮，担起养家的担子。刚才听说群兽争斗，正预备出来猎狮子，看见狮子紧跟在叔叔身后，我只管着急，不敢放枪，想不到叔叔一跳那么高，这才乘机赶快射死了狮子。叔叔真是吉人天相，要不然，可真危险啰！请叔叔到家中去歇歇吧，还有一封父亲的遗书，要给叔叔看。"

"多年没见嫂嫂，当然要去拜见。只是没想到思温哥哥竟然已经去世，不能再见一面了！"

三人随着魏紫樱走。唐敖不禁暗想："自从在梦神观做了那个奇梦以后，我一路上都在仔细寻访名花，谁知到今天一种花也没发现，反而常常遇见这些奇特的少女，不但个个貌美如花，而且兼有奇行异能。我又偏偏和她们都有渊源，这么多凑巧的事，真是想不通啊！"

不多久，已到了魏家，只见到处摆着弓箭。魏夫人和魏武很快都迎出来，大家行礼坐下。唐敖看魏武果然满脸病容，身体很弱。紫樱将父亲临终前的书信拿出来给唐敖看，信中写的意思也是"请念结拜之情，照应家人"，唐敖想到故人凋零，心中难过，忍不住长叹。魏夫人说："自从丈夫去世，本来就想带着儿女回乡去投奔叔叔，只是不知国中情况如何，恐怕自投罗网；加以这里乡人担心野兽为患，再三挽留，才又耽搁下来。但长久住在这荒山异地，到底不是办法。除了叔叔，我们也没有别人可以请托，这次叔叔如果回乡，千万请您带我们一起回去，大恩永不敢忘。"

"嫂嫂千万别这么客气！说到大恩，侄女今天才真正是我们三个的救命恩人呢！这种大恩德，哪里敢忘？而且顺路一起同行，根本就是小事，嫂嫂尽管放心！"

　　林之洋也说绝无问题。唐敖又问日常生活用费有没有困难，原来这些年来，魏家因为替这里的人驱除猛兽，很有人缘，大家送来很优厚的供给，衣食之外，还颇有盈余，唐敖听了，这才放心。请魏武领路，到魏思温灵前行礼下拜，哀悼良久，才告辞回船。

十二、金玉其外

第二天就到了白民国的首都。林之洋带了伙计，拿了绸缎、海产之类的货物去做生意。唐敖又和多九公上岸闲逛。这个国家真不愧叫"白"民国，到处都是白色：土壤是白土，小丘岭是白矾石，田中种的是荞麦，正开着一片白花，远远望去工作的农夫也全穿白衣。从郊外走进城里，城墙是白玉砌的，桥梁是白银造的，街旁房屋店铺全是雪白的墙壁。市集上人来人往，热闹得很，不论老幼，大家都穿白衣戴白帽，而且都是绫罗质料，用香料熏过，远远就闻到阵阵香味。仔细看白民国人的容貌，个个皮肤雪白光润，嘴唇鲜红，眼睛灵活有神，漂亮无比。唐敖看得入迷，叹道："这么漂亮的人物，衣着打扮又懂得讲究，配得真好！海外各国，大概以白民国人最出色了！"

再看街旁的店铺，客栈、饭馆、钱庄、香料店，一家挨一家，绫罗绸缎、衣帽鞋袜，堆积如山，吃的、喝的、穿的、用的，都又精美又丰富，一片繁华富庶的景象，真让人羡慕。

唐、多两人慢慢闲行，刚好碰到林之洋带着一个伙计从一家绸缎店中出来。多九公迎上去问他货物卖得好不好，林之洋满面笑容说："今天托两位的福，赚了不少钱，等一下回去多买些酒菜，我们好好吃一顿。现在我陪你们一起逛逛吧！”

林之洋叫那个伙计把卖得的银钱先带回船上去，自己留下一些荷包、腰带之类轻便小东西，放在一个小包袱里，提在手上，看看有没有人要买。于是，三人一路走来，经过一座高大楼房门口，刚好有个漂亮小伙子从门口走出来，林之洋顺便问："我这里有很精致的日用品，不知府上要不要添补一些东西？"

"请进来吧！我们老师大概会买。"

三人一听"老师"俩字，抬头一看，大门边贴着白纸，上面写的又是"学塾"，想起黑齿国的遭遇，记忆犹新，都大吃一惊，唐敖说："九公啊！原来这里是学塾，还是别进去了吧？"

"是啊！这国的人长得都是一副聪明相，肚子里一定墨水不少，我们要加倍小心啊！"

林之洋说："小心什么？反正不管问什么，我都来个'不知道'就是了！"

这时，那个年轻人已经出来说，老师请他们进去，三个人只好硬着头皮进去了！走进大厅，只见里面满架诗书，笔筒里插满大小不等的笔，墙上匾额、字画、琳琅满目。那位老师，戴着眼镜，几位学生都是二十岁左右的年轻人，一个个衣帽精美、色彩鲜明、容貌清俊。老师年纪约四十多岁，风度绝佳，也是个美男子。

唐敖、多九公看见这种情景，不但脚步放轻，说话都不敢大声，态度谦虚，惟恐失礼，和在黑齿国完全不同。那位老师对着唐敖招手说："你这位书生，请进来！"

唐敖一听叫他"书生"，吓得连忙说："我不是书生，是做生意的！"

"你头上戴着读书人的头巾，为什么说不是书生？难道怕我考你吗？"

"我小时候虽然读过几年书，但后来做了很多年生意，早已把书本忘干净了！"

"既然读过几年书，应该会作诗了？"

唐敖更急，赶快说："从小没作过诗，连读都没读过。"

那位老师就问多九公和林之洋说："他真的不懂诗书文章吗？"

林之洋说："他懂是懂，只不过自从考取功名以后，就把书全丢开，什么《左传》《右传》《公羊传》《母羊传》，还有平常作的打油诗、放屁诗，零零碎碎全都和白米饭一起吃掉了，现在肚里只剩买卖的账目、价钱，其他全没了！"

"既然如此，那个老头可会作诗？"

多九公连忙行礼说："我们两个向来就是做生意的，从来没读过书，怎么会作诗？"

那位老师指着林之洋说："可惜你生得白白净净，样子蛮好看的，肚子里偏偏没有墨水！我本来也想指点指点你们，不过，你们是过路做买卖的，不能长久留下，要不然，凭我的学问，只要稍微学到一点点，就够你们一辈子受用不尽啦！现在，我也没空看货，你们先到外面等着，我把学生的课上完了，再看看有没有要买的东西。反正我讲什么你们也听不懂，站在这里，身上的俗气会影响到我的学生！"

三人只得遵命，乖乖走出厅外等候。唐敖、多九公仔细听那位老师教书，谁知不听还好，一听又好气又好笑，差点儿笑破肚皮！原来这位大言不惭、神气得不得了的博学先生，根本就是虚有其表，不但教的《论语》《孟子》并非是深奥的书，而且白字连篇，念得大错特错，更不用说解释文义了。

唐敖一直忍到林之洋卖完货，走出学塾大门，才和多九公一起大骂。

"今天我们这个亏吃得不小！只当他真的学问渊博，想不到却如此不通！真是丢人！"

"是啊！这么不通的家伙，我们还在他面前恭恭敬敬站了半天，听他吹牛、教训，越想越觉得惭愧！"

"都是黑齿国那件事，印象太深刻，把我们吓坏了，以为学塾里的人，都是有学问的。谁知道，诗书满架，却腹内空空；白皙清秀的老师远比不上黑皮肤的小姑娘，当真是人不可貌相啊！今天又学到了个教训！"

林之洋听他们俩说得热闹，插嘴劝道："据我看来，今天虽然吃了点亏，但没有伤神，也没有出汗，平平安安回来，算是不错啦！还计较什么？"

唐、多二人也慢慢心平气和了，继续向停船的地方走回去。

唐敖忽然看见路上一个小孩牵着一只奇怪的动物走来，那个动物很像牛，可是却穿了衣服，戴了帽子。好奇的唐敖，忍不住问多九公，这是什么兽？

"这叫药兽，它会治病。人如果生了病，就到它面前，细说病状，这兽自己走到野外衔回一种药草，病人吃了就好。如果病重，吃一次不能好，第二天再去对它说，它又会去衔同样的草，或再添一两种，吃下去，多半都能治好。这种药兽以前只产在白民国，现在已经繁殖到别的地方去了。"

林之洋说："原来它会行医，怪不得穿衣戴帽，像人一样。可是不晓得这兽有没有读过医书？会不会按脉？"

"它哪会读书、按脉？只不过晓得几种药而已！"

林之洋忍不住远远指着药兽骂起来："你这畜生，真是大胆！医书没有读过，又不懂脉理，竟然敢看病！岂不是把人命当儿戏吗？"

多九公说："你骂它，如果被它听到，小心它要给你药吃！"

"我又没病，吃什么药？"

"你虽然没病，吃了它的药，包管就会生病！"

唐敖听了，大笑，林之洋也忍不住笑了。三人回船，准备酒菜，痛快喝了几杯，才消了今天在白民国惹的气。

十三、淑士救美

接下来的几天，风向很顺，船走得又快又稳，唐敖站在船头，忽见远处烟雾弥漫中隐隐约约现出一座城池，多九公正在指挥水手掌舵，他望望罗盘，说："前面就是淑士国了。"

唐敖觉得风中传来一阵奇怪的气味。

"大哥、九公，你们有没有闻到一股酸气？"

林之洋深呼吸两下，点点头说："确实很酸！"

这时，船已靠岸，只见岸旁全是高大无比的梅林，形成一片树海，把淑士国的首都围在中间。

林之洋以前就知道淑士国不和外国做生意，但是知道唐敖喜欢游玩，所以仍然停船休息。多九公说："反正要上岸，林兄何不顺便带些轻便货物，也许碰上机会，也可以做几笔生意。"

"带什么货好呢？"

"国名叫'淑士'，应该有不少读书人，带些笔、墨去卖吧，拿起来也轻便。"

林之洋听九公的话，收拾了一个小包袱，三人一同上岸。刚走入梅林，就觉得酸气扑鼻，直透脑门，简直吃不消。多九公说："早就听人说，淑士国一年四季都吃酸菜、青梅，从这一大片梅林来看，大概不假！"

一路往城中走来，路边农田大半都种菜，奇怪的是田里的农人穿的全是读书人的长衫儒服。走进城中，满眼都是头戴儒巾、身穿长衫的人。就是做买卖的商人也不例外，大家斯斯文文，看不出像生意人，卖的货物除了日用品，最多的就是青梅和酸菜，卖笔墨纸砚、眼镜的也不少。

三人一边走，一边看，只听家家户户都有读书声传出来，走到一家"学塾"门口，更是书声震耳。林之洋想进去卖些笔墨，可是唐敖、多九公已在"学塾"里面吃过两次亏，再也不愿进去，宁愿在外面等他。唐敖和多九公闲谈，又提起黑齿、白民的旧事，唐敖说："想起黑齿国那两位姑娘，实在真有学问，我们当时如果虚心求教，不但不会受窘，还有益处。现在想来真是后悔！以后无论走到哪里，都要谦虚有礼才是。"

"唐兄这种度量，我万万不如，以后要多跟你学学。"两人到闹市逛了一圈，又回来等林之洋，只见他提着空包袱，笑嘻嘻地赶来了。

"大哥的货全卖光啦？"

"卖是卖光，却赔了钱。"

"这是为什么？"

"唉！你们不知道。刚才我一进去，里面的学生，看了货，都争着要买，却又一个个把钱看得比天还大，只想便宜，不肯出价。我要走，他们又不放我走，要买，又一文钱也不肯添。磨了半天，我看他们那穷酸样子也可怜，又想起君子国做生意的情形，心一软，干脆吃点亏卖给他们了！"

"林兄，你既然赔了钱，干吗还笑容满面呢？"

"嘿嘿！真有趣。我生平从来不和人家谈文章，今天才谈一下，就被大家称赞，一路回来，越想心里越快活。"

"究竟怎么回事？说来听听。"

"刚才卖货的时候，那些学生问我有没有读过书，会不会写文章。我想自己肚中本来空空，如果实话实说，他们一定看不起人，干脆吹牛算了。于是我说经史子集、诸子百家、诗赋文章，样样精通。他们就出了对子让我对，上联是'云中雁'，我就对'鸟枪打'，那群学生都发呆，不懂这算什么对子，我说，看见云中雁，就用鸟枪打，有什么不对？结果，他们都佩服得很，说我想法奇特，与众不同，果然有学问呢！哈哈！"

唐敖也笑着说："大哥，你这个'鸟枪打'，幸好是对小学生说，如果被别人听见，恐怕要打你的嘴巴呢！"

"我嘴巴倒没被打，只是口渴得很，他们学塾里的茶，只有浅浅半杯，里面浮着两片树叶，越喝越渴，真吃不消。我们找个地方，歇歇腿，吃点东西吧！"

三人找了一家酒馆，选张桌子坐下，走过来一个酒保，也穿长衫，还戴了眼镜，手中拿把扇子，向三人行礼问道："三位先生光临，是要饮酒乎？还是用菜乎？请明白以告我！"

林之洋说："你干吗乎啊乎的，我性子最急，请好好说话。有酒有菜，快点拿来！"

"请问先生：酒要一壶乎？两壶乎？菜要一盘乎？两盘乎？"

林之洋又渴又饿，再也忍不住，一拍桌子，大声说："什么乎不乎的？你再乎，我就先给你一拳！"

"小子不敢！先生别气！小子改过！"

赶快送来一壶酒，两样小菜——一碟青梅、一碟酸菜。恭恭敬敬退下去。

林之洋见了酒，心花朵朵开，举起杯来，一口喝干，不禁大叫："哎哟！怎么把醋拿来了！"

原来淑士国的酒，越是好酒越酸。再一看两碟下酒菜：青梅加酸菜，林之洋觉得连牙齿都软了，喊酒保说："快把下酒菜多拿几样来！"

酒保答应一声，送来四盘菜：盐豆、青豆、豆芽、蚕豆。

"这几样菜，我吃不来，再添几样！"

酒保又送来四样：豆腐皮、酱豆腐、豆腐干、糟豆腐。林之洋问道："我们并不吃素，为什么总是拿这种菜？还有什么好吃的，快去拿来！"

酒保很有礼貌地说："敝地即使王公贵人，享用也不过如此菜肴而已。先生不喜，无乃过乎？小店之菜，仅此而已，岂有他哉！"

林之洋他们再也受不了酒保满口"之乎者也"，只好算了。就在这时，外面走进来一位老人，举止很文雅，也穿着儒服。他坐下后要了半壶酒、一碟盐豆，自己吃起来。唐敖本来就想打听一下淑士国的风俗，于是走过去请老人过来同坐，大家聊天。唐敖问道："请问老先生，贵国为什么不分士农工商，大家都穿儒服？难道一点儿分别都没有吗？"

"敝国从王公到老百姓，衣服形式都一样，只由颜色来分别：黄色的最尊贵、红紫色其次、蓝色第三、青色最低。至于为什么人家都穿儒服，是因为敝国所有的人都要通过考试，然后才能就业。没有考过试的，称为'游民'，大家都看不起。所以，我国人从小就努力读书，不然，什么职业都没法做！"

"您说贵国人人都要通过考试，但全国有这么多人，哪里能个个都懂文章呢？"

"哦！是这样的，我们的考试分很多种：经、史、诗文、音乐、法律、数学、书画、医术……只要精通一项，就能通过考试，可以穿儒服了。"

老人也问唐敖他们中国的情形，边谈边喝，不知不觉天已快黑了。唐敖付了钱，预备回船，老人也站起来，从身上取出一块手帕铺在桌上，把剩的小菜全倒在手帕中，包起来收到怀里，说："您既然已付过钱，这些剩菜，白送给酒保，不如让我收起来，明天还可以下酒。"

又把桌上的酒壶揭开来看看，大约还剩两杯的分量，他吩咐酒保说："这酒存在你这里，明天我来喝，如果少了一杯，要你赔十杯！"

四人刚走两步，还没出大门，老人一眼看到旁边桌上有根用过的牙签，连忙拾起，用手擦一擦，也收在口袋里，这才走出客栈。

到了市中心，只见许多人围在一起，争看一个少女。那女孩子大约十四五岁，皮肤雪白，十分秀丽，孤零零站在街心，满面泪痕，哭得非常凄惨。那老人叹气说："唉！已经好几天了，还是没有一个人肯发慈悲，实在可怜哪！"

唐敖他们忙问为什么会这个样子。

"这姑娘本来是皇宫里的宫女，父母早已去世。自从公主结婚，嫁到驸马家，这姑娘也就跟着公主到驸马府中去。前几天也不知因什么事，触怒了驸马爷，叫人把她带出来卖掉，不论钱多钱少都没关系。可是，我们这里，大家都把钱看得很重；而且驸马爷又掌管全国军队，杀人根本不算回事儿，老百姓谁敢买她？这位姑娘已经自杀过好几回，都被看守的人救活，生死不能，天天站在这里哭。你们如果肯花点钱，买她回去，也算做了好事。"

"妹夫，你花点钱买下来，带回家去服侍外甥女，岂不很好？"

唐敖说："这姑娘身世可怜，本来一定也是好人家出身，我们想法救她是应该的，怎么能让她做奴婢呢？不知她家中还有没有亲戚，我宁愿出钱，让她的亲人带她回去。"

老人说："驸马早下了命令，不准亲戚领回，否则就要治罪，所以她的亲属都不敢来！"

唐敖听了，抓抓头，说："真是为难，既然如此，只好先买下她，救她一命，别的事，慢慢再想法子！"

于是，请林之洋回船，取了银钱，交给看守的人，订好契约。

三人和老人告辞，带了少女一起回船。

一路上，唐敖打听女孩的身世，她说："我姓司徒，叫妩儿，今年十四岁，从小就被选入皇宫，服侍王妃。前年公主出嫁，王妃派我陪公主一起到驸马府中。我父亲当年是领兵的将军，有一次和驸马一同出兵作战，不幸死在异国。"

唐敖想打听她还有什么亲近的人可以投靠，就说："原来是位千金小姐，难怪谈吐风度这么文雅！不知令尊在世的时候，有没有为小姐订婚？"

"恩人救了我的命，千万不能再这么称呼！"

林之洋说："据我的看法，干脆小姐就认了我妹夫做义父，大家也好称呼，不知你们的意思如何？"

这时已到岸边，水手划来小船，接他们登上大船。司徒妩儿拜了唐敖为义父，又拜见吕氏，多、林两人，再和婉如行礼。一切就绪之后，唐敖又问起有没有订婚的事。妩儿忍不住流泪，说："如果不是未婚夫太狠心，我又怎么会落到这种地步？"

唐敖忙问："你未婚夫现在做什么事？他为什么对不起你？"

"他是中国人，姓徐，叫承志。前年到我们这里来投效军队。驸马觉得他勇敢过人，就任他做随身的护卫，但是又怀疑他可能是外国奸细，时刻提防。去年把我许配给他，想要表示恩惠，安抚他的心。可是又不能完全相信他，所以把结婚的日期一再拖延。我们国家这位驸马脾气凶暴，性情多疑，连国王也有点怕他。我既然许配给承志，当然很关心他，自己暗想：他从中国远走几万里路到这里来，一定有什么原因，想打听清楚，却一直没有机会。到了去年冬天，终于找到机会，到他房间去，偷看到一封血书，才知道他是大唐英国公徐敬业的儿子，因为避难才逃到我们这里。既然知道了这种情形，想到驸马的凶暴残忍，如果有一天发觉他的来历，必有大祸，我实在担心得很。今年春天，有天晚上，等驸马睡觉之后，我偷偷跑到他门口，劝他赶快回乡，另找机会，这里并不是可以长住的好地方。哪里晓得，他竟然把我劝告的话一五一十都去报告了驸马，害我被公主打了一顿。前几天，驸马出门去阅兵，我偷到一张通行证，劝他赶快趁机逃走，不要再拖延误事。结果他竟然存心要害死我，又把这些话全都告诉驸马，驸马大怒特怒，把我毒打一顿之后，就叫人带到市场来要把我卖掉！想到这无情无义的狼心人，我真是不明白他为什么会这样对我啊！"

妩儿边说边流泪，说完忍不住失声大哭。

唐敖仔细听了这一段话，又惊又喜，说："好几年来，我一直在打听敬业兄弟的儿子，不知他下落如何，想不到却躲在淑士国！孩子，你一片好心，又聪明机警，劝他避祸远走，他竟然不听你的话，还去报告驸马，这种不合情理的行为，一定有什么原因，等我找到他，谈一谈，弄个明白。你先别难过！"

"义父和他是不是有什么渊源？为什么一直在打听他的消息？"

唐敖把当初结拜为异姓兄弟的事，大概说了一下，立刻约多九公、林之洋一起去找徐承志。三个人找到了淑士国的驸马府，送了好多红包给看门的、守卫的、传达的人，好不容易才把徐承志请出来。

徐承志年纪大约二十，长得英武潇洒，确实是一表人才。他见了唐敖，仔细看了一下，就说："这里说话不方便，你们跟我来。"

三人跟着徐承志来到一家茶馆，坐下，看看左右没有别人，徐承志才向唐敖行礼说："伯伯什么时候来的？侄儿做梦也想不到会在这么远的异乡见到伯伯。"

"你怎么会认得我？"

"侄儿不到十岁的时候，曾经在家中见过伯伯，也听父亲说过结拜的事。虽然隔了这么久，但伯伯容貌并没有多大改变，所以仔细一看就认出来了。"

唐敖把自己的遭遇简单说了一下，就问徐承志来到这里的经过。

"自从父亲遇难，我带着父亲咬破手指写成的血书，还有当初起事时讨伐武则天的文告，想去投奔诸位叔伯，可是官府追捕很严，生怕连累了人家，只有独自逃到海外。漂流了好几年，什么苦都吃过，也做过奴仆，好不容易活下来，逃到淑士国。虽然目前境况比较好，但心中的苦，哪能消得掉！"

"你今年也二十岁出头了，有没有娶太太啊？"

唐敖是明知故问，想不到徐承志一听这话，眼泪就流下来。

"伯伯问起这件事，我心中实在难过极了。"

"究竟怎么回事，你慢慢说！"

徐承志先到茶店门口四处看了一下，回座后，悄声说："淑士国这个驸马，疑心病最重，我虽然受他看重、喜爱，可是他仍然处处提防我。幸好伙伴们都帮助我，才能保平安无事。他把妩儿许配给我，伙伴都劝我要格外留神，在妩儿面前讲话绝不能疏忽，否则她一去报告，我性命难保。所以她前后两次来劝告，又偷了一张通行证，我都以为是驸马故意试探，完全不敢相信，两次都去检举她，也是为了证明我的清白，消除驸马的疑心。谁知妩儿竟是一片真心待我，她如今被逐出府去，不知流落何方，我真是后悔莫及！"

说着声音都变哑了，眼泪忍不住落下来。唐敖说："这也难怪你！幸好妩儿平安无事。"

于是，唐敖把经过情形说了一遍，徐承志转悲为喜，赶快拜谢。唐敖问道："侄儿逃不出去，长久在这里，总是危险哪！"

"请伯伯一定要想法救我出去！"

林之洋听了半天，这时插嘴说："据我看来，最好的办法是：等到晚上，妹夫把徐公子背在背上，用力一跳，跳出城外，又方便，又利落！"

"唐兄背着人，也能跳得高吗？"

"背人没有关系，只怕城墙太高，跳不上去。最好承志先领我们去看清楚路，晚上才比较方便。"

徐承志问唐敖怎么会有这种本领，唐敖把吃了蹑空草等等机缘说了一遍。付了茶钱，四人走出茶馆，徐承志带领大家由小路到了城墙拐角。唐敖看那城墙大约四五丈高，并不难跳，而四边恰好并无他人，就说："你住的地方还有没有重要东西要带？如果没有，干脆现在就走，岂不方便？"

"父亲的遗书、文告，自从上次被人偷开房门之后，我永远带在身边，其他再也没有什么重要东西了！"

唐敖把徐承志背在身上，向上一跃，已轻轻悄悄站在城头上。他向多九公、林之洋挥挥手，多、林两人就向城门走去。唐敖向下一跳，已背着徐承志落在城外。多、林也走来会合，大家一起上船，立刻启程。徐承志见了妩儿，又喜又愧，经过唐敖的解释，妩儿也就原谅了承志，两人又一齐向唐敖拜谢，预备找相熟的船，回中国去。

走了几天，遇上风雨，天又黑了，行船不太方便，就找了陆地，停船靠岸休息，等雨停了再继续航行。这里岸边停了很多大大小小、躲避风雨的船。

多九公、徐承志、唐敖、林之洋围坐闲谈，忽然听到邻船有女人哭泣的声音，深夜雨中，听起来更觉凄凉。林之洋叫水手去打听看看。原来也是一艘中国开出来的商船，在海上遇到大风，船身受损，开不动，又没有人会修理，陷在这里，进退两难。唐敖说："出门在外，本来就该互相帮忙。何况又是同乡！我们船上不是有工匠吗？干脆明天再耽误一下，帮他们修好船再走，不知大哥肯不肯？"

"妹夫说得很对，就这么办！"

林之洋派水手过去，告诉了邻船的人，他们感激得很，也不哭了。

第二天，唐敖、林之洋、多九公走到邻船，和船上人相见，谈修船的事。原来船主竟是一位英姿挺秀的少女，她说姓章，是中国人。唐敖介绍了多、林两人，又说了自己的姓名、籍贯。那少女说："您原来是岭南的唐伯伯啊！"

　　"姑娘为什么这样称呼？"

　　"我父亲当年在长安城和唐伯伯、骆伯伯、魏伯伯曾经结拜为兄弟，难道您已经忘记了？"

　　"我们当时结拜的兄弟当中，并没有姓章的呀！"

　　"哎呀！这是我的不对了。侄女并不姓章，我姓徐，叫丽蓉，父亲是徐敬功。敬业叔叔起事失败后，父亲带着我们逃到海外来，做买卖为生。把姓也改了，对别人都说姓章，恐怕武则天派人追查。三年前，父亲、母亲生病过世，我本想回国，又不知国内现在情况如何，不敢冒失，只好仍然做生意。想不到前天在海上遇到大风，船身受损，不能开动，幸好有伯伯愿意帮忙，要不然真不知道怎么办才好！"

　　唐敖这才明白，原来徐丽蓉正是徐承志的堂妹，心想：天下怎么有这么巧的事！连忙把承志叫过来和丽蓉相见，两人抱头痛哭，想起亲人遭难，眼泪简直没法停住。

　　就在这时，忽然岸上尘土飞扬，远远有队人马向岸边急驰而来。多九公说："糟了！可能是淑士国派人来捉徐公子的。"

　　徐承志问妹妹："我的兵器都留在淑士国没有带来，你船上有没有武器可用？"

"父亲当年用的长枪，一直好好保存在船上，不知哥哥合不合用？那杆枪很重，水手都拿不动，哥哥自己去拿吧！"

徐承志到船舱中，取出枪来，拿在手中，正好适合。这时岸上军队人马已靠近船边，果然是淑士国驸马派来的。领头的一位将军骑马上前，大声说："我是淑士国大将司空魁，奉驸马的命令，来请徐将军回去。如果徐将军听命，一定升官重用，如果不听，就要砍下你的头带回去！"

徐承志也站在船上大声回答："多谢驸马的好意！不过，我来贵国只是为了避难，并不想做大官。即使要我回去做你们的国王，我也不肯！请将军替我向驸马道歉！"

司空魁一听，立即大喊："徐承志不遵驸马之令，赶快把他抓回去！"

军中人马听令，一起向前，就在岸边打起来。徐承志不愧武艺高强，手中一杆长枪，舞得生龙活虎。司空魁一不小心，腿上已被徐承志戳中一枪，差点儿落下马来。徐丽蓉也不甘落后，取出弹弓，在旁不断发射弹丸，真是将门虎女，每弹都不落空。淑士国军队看见主将已经受伤，己方士兵又死伤很多，都不想再打下去，终于护着司空魁退走了。

徐承志放下心来，带了堂妹到唐敖船上，介绍司徒妩儿认识徐丽蓉，姑嫂两人一见，彼此都有好感。承志又叫丽蓉拜见了吕氏，和婉如也行了礼。大家相聚了两天，十分融洽亲密。

等到丽蓉的船一修好，承志归心似箭，再也不愿多留，带了妩儿、丽蓉向唐敖他们辞行，要回中国去。林之洋只好请太太赶着缝了一些衣服、被褥送给他们。唐敖要送银钱做路费，徐家两兄妹说船上货物颇多，绝不肯收，只好算了。他们商议一下，把徐姓改为余姓，就掉转船头，向故乡航去。

十四、厌火焚须

唐敖他们继续航行，这一大，到了两面国。唐敖要上岸去玩，多九公说：“这里我也只是路过，没有好好游玩。可是，自从上回在东口山追肉芝扭伤脚筋，到底上了年纪，现在每次走多了路，就会酸痛。唐兄如果走得不远，我还可以奉陪，否则，我就不去了。”

“我们先一起去走走，九公如果觉得累了，随时先回来就是！”

于是，三人一起登岸，走了二十多里，还未到两面国的都城，多九公就说：“要走嘛，也还可以再走远一点儿，只是怕等下没力气走回去，我要先回船上去了。”

林之洋说：“我今天匆匆忙忙出来，衣服也没换，身上这件衣服、头上这顶帽子都陈旧得很。刚才三个人一块儿走还不觉得，如今九公先回去，我和妹夫走在一起，他穿的是绸衣服，头上又戴了读书人的帽子，看起来我简直像跟班的了！碰到那些势利眼的人，恐怕理都不理我！”

多九公笑着说：“他不理你，你就对他说：我不是没有绸子衣服，只不过今天太匆忙，没有穿出来而已。这样一来，人家就不敢看不起你啦！”

"嘿嘿，如果要他们看得起，干脆摆架子说大话算了！"

"你说什么大话？"

"我说啊！我不但有绸衣服、缎袄子，我家里还开大商店，亲戚都做大官呢！这么一来，只怕那些势利眼的家伙抢着要请我吃饭、喝酒啰！"

三人哈哈大笑，分道而行。

多九公回到船上，睡了一觉，精神好得很，正在闲坐无事，唐敖、林之洋已经回来了。多九公一看，就问："怎么唐兄穿了林兄的衣服，林兄又穿了唐兄的衣服？你们这么快就回来啦？天还没黑嘛！"

唐敖说："今天真正长了见识。九公，你知道这里为什么叫两面国吗？"

"这两面国我从来没上岸去玩过，实在不太清楚！快说给我听听。"

"我们分手之后，又走了十几里路，才看到有行人。大家都戴着下垂的头巾，遮住后脑，看起来斯斯文文，和蔼可亲。我就走上去，问问风俗，闲聊几句，他们对我客气得很，讲话也非常有礼，简直像是君子国的人。"

唐敖刚说到这里，林之洋憋了一肚子气，忍不住插嘴，接下去说："他们和妹夫有说有笑，我也就走过去随便聊聊。谁知道，他们转过头来，把我从头看到脚，从脚看到头，突然脸上就变了一副样子，不但笑容没了，脸色也冷冰冰的，客气话一句也不说

99

了，问他们一句，隔了大半天，才回答我半句，还爱理不理的，真把人活活气死！"

多九公问："说话哪有说半句的？林兄太夸张了！"

"哼！才没夸张呢！他说的虽然是一句，因为无精打采，半吞半吐，听到我耳朵里，就只剩下半句啦！我实在气不过，拉了妹夫走开，找个僻静地方，脱下外面衣服，交换穿，帽子也换了戴，存心试试看，刚才他们那种态度是不是因为衣服的关系。结果，你猜怎么样？这回再找人说话，大家都对我和气、客气得不得了，反而对妹夫冷冰冰了，九公，你说气人不气人？"

"哦，原来'两面'是这个缘故，海外像这么势利眼的人也还不太多呢！"

唐敖说："还不止如此！九公再听我们说。后来，我们走到比较热闹的地方，大哥又去找人说话，我站在旁边，没人理，很无聊。暗想，他们这里为什么人人都戴同一种样子的头巾，把后脑完全遮住，没有一个例外？不知他们有没有头发。我好奇心发作，悄悄走到跟大哥谈话的那个人后面，把他的头巾一掀开，哎呀，老天！原来他头巾下面还藏着一张凶脸，满脸横肉、鹰钩鼻、老鼠眼、扫帚眉、血盆大口，可怕极了，看见我，大口一张，伸出一条长舌头，紧跟着喷出一股黑气，又臭又腥。我大叫一声，吓得半死，谁知大哥忽然"扑通"一声跪下来了！"

"唐兄吓得大叫，林兄却为什么跪下来呢？"

"我和那人正谈得高兴，妹夫突然一掀头巾，看到他另一副嘴脸，他一生气，连正面这张脸也变了，脸色发青，两颗门牙突出来，舌头一伸，又长又尖，我措手不及，吓得要命，怕他一狠心就要杀人，不由得腿一软就跪下来，求他饶命，拉着妹夫赶快逃回来。九公，你说这里的人奇怪不奇怪？可怕不可怕？"

"唉！世界上各种各样的人都有，像这种两面人也不值得奇怪，只是以后随时要小心谨慎，别太鲁莽，白白吃亏送命可划不来！"

唐敖、林之洋惊魂未定，喝了点酒，彼此安慰。直到离开了两面国才放下心来！

两面国之后，是穿胸国。唐敖这次不想上岸了，只听多九公、林之洋闲谈穿胸国的事情。

林之洋问多九公说："听说穿胸国的人，胸口都是一个大洞，那他们的心长在哪里呢？"

"他们当初胸口本来也没有洞的，只是因为这里的人心地不好，每次遇到事情，眉头一皱，心就歪到一边去，做出来的事不公不正。天天如此，老是偏心、歪心，年深月久，心就移到胳肢窝去了，胸口正中却生出大疔疮来，化脓溃烂，什么药也医不好，终于烂成一个大洞。从此子子孙孙永远都是这副模样，再也还不了原啦！"

"哎哟！不得了！原来偏心的后果这么严重，以后千万要小心！可是，要完全公平不偏，实在也不简单，做人真不容易啊！"

唐敖也说："做人本来就难得很，看得越多，想得越多，越觉得难。"

三个人都沉默下来。只有海水一望无际，在船前伸展，似乎一直到天的尽头。

又走了几天，看到陆地，这里是厌火国。唐敖、多九公、林之洋三人上岸活动活动筋骨。没走多远，忽然来了一大群当地人，围着唐敖三人，伸出手来，叽叽呱呱，不知说的什么，看样子大概是要讨东西。这些厌火国人，皮肤墨黑，又瘦又干，看来很像猴子。多九公说："我们是过路的客人，并没有带多少银钱，你们这么多人，实在无法帮忙！"

那群人好像听懂，又好像没听懂，仍然伸着手，不肯走。林之洋本是急性子，忍不住，大声说："我们走！千山万水出来做生意，哪有这么多时间和他们蘑菇！"

厌火国那群人一看他们要走，大喊一声，嘴巴一张，人人口中喷出火来，一团团火焰，带着烟雾红光，直向唐敖他们三人扑来。林之洋一不小心，胡子着火，一下子烧得干干净净。三人吓得拼命逃跑，厌火国人在后面紧追，幸好这群像猴子似的黑人跑得倒不快，终于被林之洋他们逃回船上。可是，不久，追的人也赶到了，他们对着船头喷火，嘴巴中火焰熊熊，不断涌出，真是又奇异又恐怖，船上的水手躲不快的，都被烧得焦头烂额。

多九公、唐敖、林之洋都不知道怎么办。这样的大火，而且源源不断，哪能扑灭得了！正在惊慌烦乱、船头船尾乱跑，忽然海中浮出一群女人，只露出上半身，她们也张开嘴巴，却喷出一股股的水来，像瀑布一样，直对着厌火国的人喷去。果然，水能灭火，不久，火焰就没有了，船上的火也熄灭了。那群人眼看碰到克星，占不了上风，叽叽呱呱喊了一阵，都跑掉了。林之洋他们这才仔细看海中突然出现的救星是谁，原来就是前些日子在元股国买了放生的人鱼！人鱼浮在水面，一直看到火已完全救熄，才潜入水中，很快就不见了。

多九公说："今年春天，唐兄在元股国做了好事，想不到隔了几个月，却靠这些人鱼救了我们一船人的命。好心有好报，帮助别人就是帮助自己，真是不错！"

林之洋说："这群人鱼，当时放了她们，很快就游走了，怎么今天又会出现？难道一直悄悄跟着我们吗？这里离元股国远得很，想不到人鱼却还知道要报恩哪！"

唐敖默默听他们说话，独自望着远处的海水出神，不知他心中想些什么。林之洋接着又说："今天我真倒霉，一把胡子全烧光了，到现在嘴边皮肤还疼得很，怎么办？"

多九公很懂药性，他也等于是船上的医生，连忙取出治疗火伤的油膏来，替林之洋涂在嘴边。唐敖看着林之洋擦药，忽然笑起来说："大哥本来已经四十多岁，现在忽然没了胡子，露出雪白的皮肤，真像年轻了二十岁！以后你干脆别留胡子了。"

　　林之洋只好苦笑。多九公的药膏很灵，涂了两天皮肤就不疼了。

十五、蚕桑起衅

这天，唐敖本在舱中教婉如功课，忽然感觉热得坐不住，汗水不断流出来，只好走到船上面来透气。不久，大家全都走到甲板上来，人人出汗，喘气不停。唐敖问道："现在已经是秋天了，怎么变得这么热？太奇怪了！"

多九公说："这里已经靠近寿麻国，所以这么热。记得古书上这样说：'寿麻之国，正立无影；爰有大暑，不可以往。'幸亏有岔路可以躲开，我们的船再走半天，过了寿麻，就不热了！"

"既然这么热，当地的人还能住得下去，不是很奇怪吗？"

"据说，寿麻国白天最热，太阳一出来，当地的人全都躲到水里去泡着。等到黄昏热气散了，才敢出来。可是也有人说，寿麻国人从小生长在这种环境里，对于大热早已习惯，他们最怕离开故乡到别国去。因为一旦到了别的国家，就是夏天，寿麻国人也会被冻死。我想，躲到水里的说法不太可能，后面这种说法也许比较对！"

就在这时候，忽然听到水手大声叫嚷起来，原来有个水手，受不住热，中暑晕倒了。多九公连忙取来药箱，拿出一包白色药粉，让他们用大蒜和冷水一齐给病人吃下去，不久，那个水手果然清醒过来。唐敖对多九公的医药知识佩服得很，想找机会劝他把这些药方写出来，公开告诉大家，这样一定可以救更多人命。

寿麻国一过，天气立刻就凉爽多了。林之洋的船走了一天，到了结胸国，这个国家的人胸前胃部都突出一大块，所以叫"结胸"。据说这里的人个个好吃贪睡，吃了就睡，睡醒又吃，食物不能消化，堆在胸口，慢慢就突起一块，世世代代子孙也都长成这副模样再也消不掉了。

林之洋开玩笑说："九公，你医术高明，这个结胸的病症可治得好吗？"

"他们如果来请我医治，我就叫他们不许再偷懒、好吃，每天多做事、多活动，少吃、少喝，包管胸口就不再突起来了！"

大家说说笑笑，船并没有靠岸，仍然继续航行。谁知凉爽了几天，忽然又变热起来。多九公说："我们只顾聊天，谁知今天顺风，船走得快，已经靠近炎火山了，难怪热得很。"

林之洋说："只听说有火焰山，怎么又有炎火山？难道海外有两座火山啊？"

多九公笑着说："瞧你把天下看得这么小！说到火山，何止两座？单单我亲自看过的就有好几处！譬如耆薄国东边有个火山国，他们那里，就是下大雨，山上的火也不熄；还有自燃洲也有火山；西域有且弥山，白天看来，山上冒烟；晚上看，山上就像点着灯的；崦嵫山出产打火石，两块石头一敲先出水，然后就生出火苗来。我还到过炎洲的火林山、火洲的火焰山，海中间的沃焦山……还有很多，时间隔得太久，记不得了。至于书上记的，我没去过的，更不知有多少。火山可多得很呢！"

唐敖接着说："九公说得不错。天下既然有这么多水，也该有很多火，这样才显得调和。沃焦、炎洲这些火山名字，连古书上都有记载呢！"

炎火山过去，天气又凉快了。这样忽冷忽热，倒也有趣。这天船开过长臂国，他们在船上远远看见几个长臂人在海边捞鱼，两条手臂一字伸开竟有两丈长，比身体长得多，看起来奇怪得很。林之洋说："他们大概看到什么东西，都想伸手去拿，不管该不该拿，这样天天抢着伸手，终于把手臂弄得这么长！走起路来多不方便！"

唐敖说："是啊！不该要的东西，可不能随便伸手哦！"

长臂国很快就过去了。又过了几天，到了奇怪的翼民国。很久没上岸了，唐敖、林之洋、多九公决定在翼民国停船逛逛。

三人同行，走了好几里路，才有人来往。原来翼民国人模样非常怪异，像鸟不像人，而且是卵生，不是胎生。身体长度大约五尺，而头的长度却和身体一样，长着一张鸟嘴，两只红眼睛，一头白发，背上一对翅膀，全身绿皮，好像披着树叶似的。路上的人，有的走，有的飞，不过，飞得不很高，来来往往，倒也热闹！

林之洋问多九公说："他们的头和身子居然一样长，这是怎么搞的？"

多九公说："他们这里的人，最喜欢被人家捧，也就是俗话说的'戴高帽子'。你给我戴，我也给你戴，今天捧，明天捧，满头全是高帽子，慢慢地连头也变长了，这都是爱戴高帽子的结果啊！"

唐敖忍不住大笑："九公，您别开玩笑了！你们看那些人在空中飞，比走路快多了，也有老头子请人背着飞的。我们花点钱，雇他们背着飞回去，岂不也开开眼界？"

林之洋正走得腿酸，立刻赞成，雇了三个翼民国的人，把唐敖他们一人背一个，展开翅膀飞起来。转眼间就到了船上，翅膀一收，稳稳降下，林之洋付了钱，三个怪人又飞回去了！唐敖第一次尝到在天上飞行的乐趣，一直念念不忘。

经过翼民国，再走两天，就到了伯虑国。多九公因为配好的药已经用得差不多，要留在船上调制添补，没空下船去玩，林之洋就和唐敖二人同行。

等到天快黑的时候，唐敖、林之洋一块儿回来，唐敖一见多九公就说："难怪九公不想去逛，这里实在没有意思。每个人都像在打瞌睡，连走路的时候也闭着眼睛，一点儿精神也没有。既然如此，他们为什么不在家里睡觉？勉强撑着，简直像梦游一样。究竟是什么缘故？"

多九公说："海外流传两句俗话，说这伯虑国的奇怪风俗，唐兄大概没听过，林兄应该知道吧？"

"九公是不是指'杞人忧天，伯虑愁眠'这句话？不过，我不明白为什么要愁眠，能睡觉还有什么可愁的呢？"

"以前杞国人怕天掉下来把他们压死，日夜担忧，这是大家

108

都知道的。而这伯虑国的人也怪，他们不是怕天掉下来，却最怕一睡觉就醒不过来，白送了性命。所以，从来不睡觉，顶多坐下来歇歇。一年到头，昏昏沉沉，勉强支持。有些人熬到实在撑不住，倒下来一觉睡过去，无论怎么叫也叫不醒，家人围在身边哭，等到醒过来，已经睡了好几个月。亲戚朋友听到消息都赶来庆贺，说是死里逃生。有些人真的就一睡不醒，在睡眠中死去的，数都数不清。所以，伯虑国人人都怕睡觉，无论多累也不敢睡！"

"睡觉醒不了，实在太奇怪，难怪他们要'愁眠'了！"

"他们如果像平常人一样白天工作、晚上睡觉，正常过日子，怎会睡不醒？就是因为整年整月不睡，熬得头昏眼花，四肢无力，又每天担心忧虑，一旦熬到油尽灯枯，一睡当然就不容易醒了，这有什么奇怪。"

唐敖听了，暗暗点头，说："思虑太多，怕这个、怕那个，反而越怕越糟！我以后要尽量放宽心，高高兴兴活下去！"

林之洋吩咐水手开船，走了好些日子，到了巫咸国。林之洋说这里的人喜欢买绸缎，带了货物上岸去了。

唐敖却因为吃错了东西，肚子不舒服，没法去玩。多九公每次上岸多半为了陪唐敖，唐敖不去，他也宁愿在船上休息。两人坐在船后甲板上闲聊。唐敖望着岸上一片茂密绿林，说："九公，那些是什么树啊？"

"高大的是桑树，这里的人都砍来当柴烧；矮小的是木棉，这里没有蚕丝，大家都用木棉织成布做衣服。所以林兄才带绸缎来卖，可以赚不少钱！"

"这么好的桑树，竟然没有养蚕，只砍来当柴烧，实在可惜！我很想上岸去看看这巫咸的风俗，偏偏泻肚子，真是不巧！"

"原来唐兄的病是下痢，为什么不早说，我有治痢的药，你吃五六次一定就好！"

多九公去取了药来，唐敖立刻吃了一剂。

不久，林之洋回来，说："今天没赚到什么钱，幸好也不亏本就是了！原来几年前从外国来了两个姑娘，她们带了蚕卵，在巫咸养起蚕来，取丝，织成绸缎，还教本地的人，如今绸缎已经不太稀奇，价钱也就高不了！还要再停两天，这些货大概可以全部卖掉，我们才能走。"

"刚好等我把病养好，大哥尽管慢慢销货，不要急！"

唐敖又吃了两次药，腹泻就止住了。他再三向多九公称谢，同时顺便劝九公，把这些有效的药方公开流传，救治更多病人。多九公说："我们家的人向来就靠行医为生，只有我上船掌舵。如果把药方刊印广为流传，我们家还靠什么吃饭？虽然你说是做好事，但是行不通啊！"

"九公，做好事总有好报，想想那些生了病，却没法找到医生的人，多么可怜！您的儿子早已是读书人，将来一定做官，又何必一定指望这些药方来过活呢？"

"唐兄说得也对，我以前的想法未免太小气了！从今天起，我先把家中祖传的秘方，一张一张详细写出来，回国去就刊印流传，让生病的人可以少吃点苦！"

唐敖见九公听了他的劝告，非常欢喜，陪着多九公聊天闲坐，直到夜深才去休息。

第二天起来，林之洋已经先上岸去了，唐敖觉得身体完全复元，精神也很好，忽然想起，上回在东口山遇到骆红蕖，曾经拜托他经过巫咸国，顺便带一封信给薛蘅香。因为腹痛下痢，没有上岸，差点儿把这件事忘了，赶快把信找出来，约了多九公上岸去找薛家住的地方。

走不多远就到了在船上望见的那片树林，唐敖抬头看那些高大的桑树，想不到居然看见树上躲着一个人。唐敖赶快把身上佩的长剑拿在手中，以防发生事故。这时，远远走过来一个老婆婆和一位年轻姑娘，树上躲着的人"咻"的一声跳下来，原来是个身高体壮的大汉，他手持大刀，大声说："你这丫头，小小年纪，心却这么坏，害得我们好苦！今天一定要杀掉你，为大家除害！"

大刀一挥，对准那少女，劈头砍去。唐敖早有准备，一看情形不对，往前一跃，长剑迎着大刀用力一挡，大汉被震得跌到路边，呆呆瞪着唐敖。他那把刀已飞到半空，半天才落下来。原来唐敖自从吃了灵芝、仙草，力气大得超过常人，这时又因为一心救人，用力过猛。唐敖一面扶起惊吓得倒在地上发抖的女孩，一面说："壮士！不要行凶，有话慢慢讲。这位姑娘什么事情得罪了你？"

那个大汉站起来，仔细看看唐敖和多九公，说："我看你们也是明白道理的人，不用多说，你们自己去问这丫头，她做了什么事，就知道我不是无缘无故行凶的人！"

那个姑娘靠在老婆婆身上，还在发抖，唐敖问："你家住哪里？什么事情得罪了这位壮士？"

女孩擦擦眼泪，悄声说："我姓姚，叫芷馨，是中国人。在这里寄居，已经好几年，一向帮着父母亲养蚕为生。前几年父母不幸过世，现在跟着舅母一块儿住。今天和奶妈一同来山上祭扫父母的坟墓，想不到有这种事，幸亏有恩人相救，大恩永不敢忘！"

那大汉骂道："哼！你这坏丫头，只晓得养那些毒虫，一点儿也不想想好几万户人家都被你害得活不下去啦！"

"你究竟为什么一定要杀她？慢慢说清楚，像这个样子，我实在弄不明白。"

"我是巫咸国的商人，这里产的木棉，向来都由我经手买卖。我们巫咸国种木棉，就像别的地方种田一样，大家靠木棉树养家糊口。想不到自从这个丫头和另外一个会织布的丫头来了之后，养出无数会吐丝的毒虫，又织出许多丝布来卖，我们木棉的生意已经很受影响。近来她们更把这种恶术到处教给别人，眼看我们这里的妇女都学会了养毒虫、织丝布，不用木棉了。一向种木棉的人家都没法活下去，所以我才想除掉她！今天算她运气，遇到你们，可是，要杀她的人，成千上万，不止我一个，看她能躲到哪一天？除非赶快离开我们巫咸国，不然，我总饶不了她！"

那大汉怒气冲冲，大声说完，从地上拾起刀来，大步走了！

唐敖总算明白了大概情形，又问姚芷馨说："姑娘家中还有没有什么人？令尊当年是做什么事的？"

"先父名叫姚禹，曾经做过河北都督，因为想救皇上不成功，怕武后追捕，带着我们逃到这里，不久就去世了。母亲身体本来不好，旅途辛苦，又伤心父亲的死，跟着过世。我只有依靠舅母，幸好舅母家中有表姐薛蘅香为伴。我早已跟母亲学会养蚕，身边也带有蚕卵，看见这里的桑树长得又大又好，表姐又很会纺织，就想到养蚕织绸为生的法子。时间久了，邻近的妇女也跟着我们学，谁知会得罪了种木棉的人，结下这么深的怨仇！如果不是恩人相救，今天一定已经遭了毒手！"

唐敖一听薛蘅香的名字，连忙问："请问姑娘，那蘅香侄女住在什么地方？她的父母都安好吧？"

"蘅香表姐是我舅舅的女儿，舅舅早已去世，现在只有舅母带着表姐蘅香、表弟薛选和我一起住。恩人称表姐叫侄女，是什么渊源？"

"我叫唐敖，是岭南人，当年曾经和蘅香的父亲薛仲璋结拜为兄弟，今天正是特地来拜访他们的，谁知老兄弟竟不能再见一面！麻烦姑娘带我们去他家中，不知方不方便？"

姚芷馨恍然大悟说："原来如此！请跟我来！"

走到巫咸国城中，还没到薛家门口，只见一大群人围在门前，又喊又骂，只叫织绸子的丫头出来！芷馨吓得不敢走过去。

多九公、唐敖挤到门口，只见树林中要杀人的那个大汉也在人群中，看来像是领头的人。唐敖站到比较高一点儿的地方，大声说：

"诸位请不要吵，听我说句话：这薛家只是暂时住在这里，我们今天就是来接他们回中国去！诸位请先回去，事情一定会解决的。"

那大汉知道唐敖本领很厉害，终于带着众人散开了。

姚芷馨见门口没有人了，才带着奶妈上前开门，带唐敖、多九公进去。薛夫人出来相见，薛蘅香惊魂未定，和弟弟薛选一起出来向大家行礼。姚芷馨把树林中遇险的经过说了一遍，薛夫人忍不住流泪，向唐敖再三道谢。唐敖谈了一些往事，薛夫人也说了这些年来逃难、离乡的种种苦况。

"今天闹成这个样子，这里是再也不能住下去了！"

多九公插嘴说："东口山的骆小姐不是有信带给薛小姐吗？夫人不如就搬到东口山去，和骆小姐他们同住吧！"

唐敖取出信，交给薛蘅香，她看过信后，也想去和红蕖同住，将来再一起设法回乡。可是唐敖想：骆龙和红蕖祖孙俩住的是座破庙，房舍都已半塌，哪里还能再容下四五个人？而且日常生活用费也成问题。正在为难，不知如何启口，忽然灵机一动，想到现住白民国麟凤山的魏夫人和魏武、魏紫樱兄妹，再看看眼前的薛蘅香和薛选，又是两对璧人，正好相配，心中高兴，不禁笑出声来。连忙对薛夫人详细说了一遍，并且表示自己有意做媒，薛夫人知道魏、薛两家本来就有交情，又听唐敖说魏家兄妹人品十分出色，心中也很高兴，点头答应。唐敖当下借了纸笔，写了两封信，一封交给魏夫人，一封写给骆龙老伯。又送了很充裕的银钱，让薛夫人用作搬迁的路费。多九公也帮他们雇到了熟悉的客船前往麟凤山。大家一起动手收拾行李，忙了两天，唐敖到结义兄弟薛仲璋的坟前拜祭，然后才分手告辞。芷馨、蕈香两位姑娘感激唐敖救护、成全的恩德，依依不舍，殷殷道别。后来，骆红蕖终于约了薛蕈香她们，一起回到故乡。

唐敖、多九公回到船上，林之洋的货也卖完了，又开始继续航行。

十六、行医求韵

这天，到了歧舌国。林之洋知道这个国家的人最喜欢音乐，就叫水手带了很多箫、笛等乐器去卖。唐敖、多九公也上岸闲游，只听满街人说的话，一句也听不懂，唐敖问多九公："我只听见各种各样的声音，一点儿也不明白什么意思，九公可听得懂吗？"

"海外各国语言，以歧舌国的话最难懂。当初我也想学，一直找不到人教。后来，偶然因为购买货物，经过这里，住了差不多一个月，每天听他们说话，也请他们教我，终于被我学会了。谁知学会了歧舌国的话，再学别地方的语言，简直容易得很，完全不费力气。林兄后来也是跟我学才会说歧舌国的话了！"

"听人家说，歧舌国有部韵书，专门讲述语言、声音的种种变化、来历，如果能够找来看看，明白了其中道理，以后学任何语言，岂不都有法子了吗？"

"是啊！我也听说有两句俗话叫：'若临歧舌不知韵，如入宝山空手回。'我们既然到了这里，没看到这本书就走，岂不太可惜了？等我打听打听！"

刚好对面走来一位老人，看来很和气的样子，多九公走上去，行个礼，用歧舌国的话和他谈起来。唐敖在旁边仔细看，才发觉原来那老人的舌头尖是分叉的，就像剪刀一样，一说话，两边舌尖都动，声音特别繁复。多九公和他谈了半天，那位老人把袖子一甩，大步走掉，再也不理他们。多九公回来，对着唐敖说了一大篇，唐敖一句也听不懂，原来九公还在说歧舌话。多九公自己也发觉了，不禁又好笑、又好气，他说："我真气糊涂了！我好话说尽，那个老头无论如何不肯帮忙，他说：国王有令，音韵的学问是歧舌国最重要的秘密，如果贪图钱财，偷偷传给外国人，一定要从严治罪。我再三请他指教，说绝不泄露，你猜他怎么回答？他说：前些时候，邻国有个商人用从大乌龟肚子里取出的珠宝来向他学音韵，他都没答应，难道我今天行几个礼就比乌龟肚里的宝贝还值钱吗？唐兄，你听这是什么话？竟然拿我和乌龟比起来了！真是气死我了！"

　　唐敖赶快安慰一番，两人一面回船，一面仍不死心，总希望能学到歧舌国这门学问的秘诀。第二天、第三天，多九公都上岸去到处询问，始终没有一个人肯说，因为国王定订的刑罚太严：如果把音韵的学问传授给外国人，不论是谁，都终身不许结婚，如果已经结了婚的，也要立刻离婚。因为这种奇怪的处罚，歧舌国没有一个人敢违犯，多九公白白跑了几天，一点儿也没有头绪。

　　这一天，林之洋照样上岸去销货，唐敖把婉如做的诗改了几首，又没事做了，很无聊，再约多九公出去玩。两人走到热闹的市区来，只见一大群人争着看一张国王贴出的布告，还有人大声念出来。原来歧舌国的皇太子不小心从马上摔下来，受了重伤，非常严重，国王说要是有人能治得好太子的伤，赏银一千两。多九公明白了这种情形，立刻挤上前去，把布告撕下来，表示他愿意医治太子。果然不久官府就派了马车来接名医，将多九公、唐敖一起迎接到客栈，国王的使者也来了。三人行礼、坐下，多九公问道："请问先生贵姓？"

那位使者说："我姓枝，名钟，两位贵姓？从哪里来的？"

多九公先说了自己和唐敖的姓名、籍贯，然后说："我家向来在中国行医，已经有好几代，凡是外伤，不论多重，都有药可治，只是要先看看病人，才能决定内服、外用各种药的分量。"

使者立刻去转报国王，唐敖也替多九公回船把药箱取来。使者回到客栈，陪多九公、唐敖来到皇宫，走进太子的寝室。只见太子躺在床上昏迷不醒，两条腿都跌断了，头上破了一个洞，鲜血还在流。多九公先叫人取来半碗黄酒，撬开太子紧闭的牙齿，硬灌下去。然后开药箱，拿出一种药粉，倒入头上的伤口，又取了一把扇子，对准伤口，用力猛扇，旁边的仆人、侍从都大惊失色，有人忍不住叫出声来，使者连忙说："老先生请别扇了，太子跌成这个样子，怎么还能吹风呢？"

"我用的这种药，药名就叫'铁扇散'，必须用扇子猛扇，才能让伤口快点结疤，避免发炎感染。你放心好了，我怎么会把人命当儿戏！"

多九公一面说，一面手不停扇。果然，在大家注目之下，伤口真的结了疤，太子也发出呻吟声，清醒过来。满室的人对多九公的医术都佩服得五体投地。枝钟说："老先生的妙药，实在灵验无比，简直是仙丹！现在太子头上的伤口已经无事，只是两腿筋骨都断，还请老先生施展妙手，尽快帮助太子痊愈！"

"不要着急！幸好我带有专治骨折的'七厘散'，太子腿伤绝无问题。"

多九公取出一杆小秤，称了七厘药粉，用烫热的黄酒调好，给太子服下，又取了更多药粉，和在酒中，涂在两腿受伤的地方，不断轻轻按摩。太子很快就睡着了。多九公对使者说："太子的伤，已经没有问题，请转告国王放心，大概再过几天，就可以完全复元。等一下太子醒来，就喂他热黄酒，只要太子平日酒量不差，尽量多喝无妨。我明天再来看！"

"国王刚才已经吩咐，请老先生暂时不要回去，就在附近客馆住下，以便随时看视、用药。现在饭菜都已准备好，两位先吃点东西吧！"

多九公、唐敖只好派人回船送信，说他们暂时不能回去。第二天，多九公又照样给太子内服、外敷，幸好太子平时酒量很大，每天喝下很多热酒，而"七厘散"又十分有效，不过几天，筋骨都已接上，精神也好多了，只是走路还不方便，必须再休养一段时间。

这天，歧舌国国王准备了盛大酒宴，宴请多九公，同时拿出一千两银子作为酬谢，又另外多送一百两，请多九公把"铁扇散"和"七厘散"的药方写出来。多九公自从上次听了唐敖的劝告，早已有心将祖传秘方公开流传，所以他对国王说："我只希望治好太子的伤，并不要钱。写药方，也是举手之劳，这些银钱，我都不要，只希望国王把贵国的韵书送我一部，就心满意足了！"

谁知国王一向认为歧舌国只有在语言、音韵方面胜过别国，其他再也没有值得夸耀的，所以宁愿多送银子，就是不肯把韵书给他。多九公没法子，只好私下和使者商量，枝钟说："现在国王心情不好，因为两位王妃都患重病，如果老先生能有法子治好王妃的病，也许有希望。"

"不知两位王妃患的是什么病？"

"我听宫中服侍的人说，一位王妃怀了五六个月的身孕，因为不小心拿了太重的东西，突然流血，而且肚子疼痛。另一位王妃是乳房长了疮，又红又肿，痛得不断呻吟。所以我们国王非常担心，恐怕会有危险。"

多九公一听，就说："这都不难治，我立刻可以开药方，只是不知道国王肯不肯把韵书传授？"

国王听了使者的报告，因为实在想治好两位王妃的病，只好勉强答应。唐敖、多九公高兴极了，多九公写好药方，交给使者去配药，他们仍然住在宾馆等候消息。

过了几天，两位王妃都已平安无事，国王既欢喜又后悔，派枝钟来说，要多送重礼，不肯给韵书。多九公当然不肯，争了三天，国王又召开大臣会议，终于决定，不能不守信用，让外国人耻笑。好不容易把歧舌国声韵学的秘诀写在一张纸上，密封之后，交给了多九公。国王说，只要好好体会这几句秘诀，一定可以融会贯通。同时派人送来很多银子，谢谢多九公妙手回春，治好了王妃和太子的重病。又用漂亮马车，送多九公、唐敖回船。多九公本来无论如何不愿再收银钱，可是林之洋说："国王一片诚心，九公何必推推拉拉，耽误时间？干脆爽快一点儿，收下来吧！"

多九公这才道谢收下。枝钟也一路陪他们上了船，在舱中坐下，又向多九公、唐敖、林之洋三人行礼，说："我有个女儿，叫兰音，今年十四岁。从小就患了一种怪病，肚子胀得像鼓一样，吃不下东西。不知看了多少医生，总是时好时坏，没法痊愈。最近病情越来越重，又黄又瘦。眼看她这个样子，我心里真像刀子在割一样。如今遇到老先生，有这样高明的医术，也许小女有救星了，不知老先生肯不肯看看小女的病？我已经请奶妈陪她一起来，现在就在岸边等候。"

多九公忙说："既然如此，怎么不请小姐进来？"

枝钟叫仆人去接，不久，一个老婆婆扶着枝兰音进舱来，向大家行了礼，坐下。多九公看这女孩长得秀眉大眼，非常清秀，只是脸色黄中泛青，肚子突出，九公伸手按按她的肚子，硬硬的一块，看了半天，不知是什么病。枝钟失望极了，几乎要流下泪来。唐敖忽然开口说："我完全不懂医术，可是，家中祖先传有一张药方，专门治小孩肚胀的病。据枝先生说，令爱的病从小就有，不知究竟是几岁开始患病的？"

"五六岁就染上，到现在已有七八年了。"

唐敖说："既然如此，想来可能是肚中有虫，医生不明白，吃下的药不对症，反而伤了肠胃，这些年拖下来，身体当然吃亏了。请问令爱有没有吃过打虫药？"

枝钟摇头说："小女从来没服过什么打虫药。"

"这也凑巧，想来令爱的病一定会好了。我家祖传打虫治腹胀的药方，一共只用两种中药：雷丸和使君子，吃五六次，把肚子里的虫打出来，立刻就好。"

唐敖拿出纸笔，写了药的分量，并且说明用法：打一个鸡蛋，把药粉放进蛋中，调匀，加油盐葱，做成炒鸡蛋吃下去，虫子就会排出来。枝钟收了药方，千谢万谢，才带着枝兰音告辞离去。

林之洋和唐敖、多九公闲谈一下这两天买卖的情形，又听多九公说终于得到声韵秘诀的经过，正预备开船，忽然枝钟又带着女儿急急忙忙赶来，满眼含泪，神情又悲伤又焦急。唐敖吓了一跳，以为自己的药方有问题，枝钟坐下后说："小女这个病，缠绵多年，一直不能复原，因为痛苦难忍，曾经好几次想自杀求解脱。这次得到唐先生的秘方，我们父女高兴得无法形容，以为从此可脱苦海，谁知药方上开的两种药，敝国就是缺少'雷丸'这一味，

122

无论出多高的价钱都买不到，问医生，他们也不晓得有这种药材。我走投无路，只有带着小女再来麻烦先生，幸好你们还没开船，请千万帮忙帮到底，不管要什么酬报，我也绝不敢推辞。"

唐敖忙说："我如果身边有雷丸，一定奉送，这种药在敝国不过几十文小钱就可买到，哪里要什么酬报？只是现在并没有带这种药材出来，如果要另开其他药方，我又不懂医术，从何开起？实在是爱莫能助，没有办法。"

兰音一听没有法子，忍不住哭起来。大家都摇头叹气，枝钟在旁边，满面愁容，一句话也说不出来，过了半天，只好叫兰音回去，兰音不肯，跪在唐敖面前，只求救命。唐敖再三安慰，叫奶妈扶她起来，谁知兰音久病的身体，本来就很虚弱，又悲伤、失望过度，突然晕倒，不省人事，大家慌成一团，好不容易才救醒过来。枝钟看见女儿这种情形，知道如果不能把病治好，一定再活不了多久，低头想了一下，擦擦眼泪，对唐敖行礼说："我听人说，能救一条人命，等于做了莫大好事，如今只求唐先生大发慈悲，救救我们父女两条性命吧！"

"我不懂你的意思！只要能够做得到，我一定尽力，请说得明白一点儿，不用客气。"

"我今年已经六十岁，只有这个女儿。自从她生了这种怪病，真是费尽心血，她母亲因为忧虑过度，早已去世。我们这里良医本来就很少，药材也不齐全，我想小女的病，留在国内，绝对没有治好的希望。难得唐先生做人这么慷慨厚道，我想冒昧恳求您收小女为义女，把她带回中国去，治好多年的顽疾，如有机缘，连婚姻大事也一并拜托您留意。兰音是我的命根子，本来万万不舍得她离开，可是，留她在身边，眼看只有等死，我为她的身体，日夜忧烦，头发早已全白，晚上也睡不着，如果兰音有什么不测，我也活不下去了。"

话还没说完，枝钟已泪流满面，兰音也低声啜泣。全船上下，人人满脸同情之色，不知说什么才好。终于还是林之洋开口说："妹夫一向喜欢做好事，如今事情摆在面前，如果你还不肯答应，干脆我替你答应了吧！"

又转头对枝钟说："你真的舍得女儿远离，我们就把她带去，治好了病再给你送回来。"

兰音流泪大哭说："母亲已经不在，父亲身边别无儿女，我绝不远离！只要父女常在一起，过一日算一日，至少心中平安，免得牵挂。"

"孩子，我又何忍让你离开？可是，你如果不到有药的地方去，这病再也拖不了多久，难道叫我这做父亲的，眼睁睁看着你治不好病、撒手而去吗？只盼你有机会就寄信给我，知道你能复原、平安，我也就心安，可以多活几年，这就是你的孝心了！"

说完，拉着兰音向唐敖叩头，认为义父，又拜多九公、林之洋、吕氏，再三嘱托。唐敖忙着还礼，一再保证，请枝钟放心。枝钟又命仆人取来白银一千两，还有八口大箱，说是兰音的衣服首饰以及买药治病的费用。唐敖说："兰音的衣物，当然要给她带去，至于银钱，绝不敢收，请千万带回。"

"我别无儿女，留着这些银子有什么用？何况家中还有几十亩田地，足够过日子，您如果不收下，我无论如何不能安心。"

两人推让半天，难以解决。还是多九公说："枝先生也是出于一片爱女儿的诚心，唐兄不如暂时收下，将来枝小姐出嫁的时候，全给她做嫁妆好了。现在这样推来推去，总不是办法。"

唐敖听了，点点头，把银钱、箱子全叫人抬下舱中收好。兰音和父亲依依难舍，流泪辞别。从此，她就称吕氏为舅母，婉如叫表姐，林之洋叫舅舅，唐敖自然就是义父。兰音生在歧舌国，又聪明敏慧，有语言天赋，能说三十种的语言，婉如有她做伴，高兴极了。

开船之后，一切就绪，多九公把舵交给船上的水手看管，这才从怀中取出歧舌国国王传授的韵书秘诀，和唐敖细细推敲、研讨。

又请出枝兰音、林婉如一起看了半天，终于弄明白了纸上字诀的意思，原来就是"平""上""去""入"四种声调的排列、变化，以及"反切"拼音的方法。唐敖、多九公非常高兴，也教会了林之洋，大家都觉得这次到歧舌国来，实在大有收获。唐敖说："上次我劝九公把祖传秘方公开流传，做好事一定会有好报。果然到歧舌国就治好了太子、王妃的病，不但九公赚了一大笔钱，我们也沾光学会了声韵的秘诀，可见存了好心，总不会错的。"

林之洋也说："下次再到黑齿国去，遇到那两位有学问的黑丫头，她们再谈声韵，也不用怕啦！"

　　过了几天，航行到了智佳国。

十七、阴阳颠倒

　　林之洋仍然上岸做买卖，唐敖和多九公到处去找雷丸和使君子，要为兰音配药，想不到智佳国也不卖这种药！到处打听，终于问到一个做国际药材买卖的商人，好话说尽，他奇货可居，开出好高的价钱，才卖给唐敖。多九公和唐敖能够买到药，也就顾不得花钱太多，连忙拿回船上，磨成药粉，和鸡蛋炒了给兰音吃，一连三天，吃了六次，打下好多好多虫，真是灵验得很，立刻肚腹平坦，也不再发硬，胃口也好起来了。唐敖高兴得无法形容，和林之洋、多九公商量说："枝先生孤零零一个老人家，又没有别的儿女，现在兰音既然已经复元，这里距歧舌国又不太远，不如先送她回去，让他们父女团聚，我们多跑一点儿路也算不了什么，不知大哥的意思如何？"

　　"当然可以，干脆现在就送兰音回国，我们再到智佳来好了！"

　　于是，叫兰音来跟她说了，她由衷感谢唐敖、林之洋的好心，想到又可以见到父亲，高兴得不得了。

　　谁知道，掉过船头，航行了几天，刚刚进入歧舌国边界，枝兰音忽然大吐特吐，吐到后来，竟然昏迷不醒，满口胡话，不知什么病。吕氏、婉如都惊慌不已，细心照顾，林之洋和多九公说：

"看来这个甥女大概注定要离乡背井，才能平安健康。据我的看法，患的这怪病，就是要远离故乡，否则好不了。你们看，一到智佳，多年的痼疾，立刻就好，一送回来，才到国界，又得了这种说不出名字的怪症。我们何苦一定要送她回去，害她的命呢？还是快点离开吧！"

唐敖、多九公也没有更好的办法，只有姑且听林之洋的意见，命令水手掉过船头，再向智佳开去。说来也真奇怪，一离开歧舌国的范围，兰音就不吐了，神智也慢慢清醒过来。唐敖把经过情形说给她听，兰音无可奈何，想到父亲，不禁暗暗流泪。

这天又到了智佳国，把船停好，算算日子，正是中秋佳节，大家都要喝酒赏月过节。唐敖对多、林两人说："不知道他们这里有没有中秋节？我们上岸去玩玩吧！"

三人走到智佳国的京城，只见到处都是人，来来往往热闹极了，市场上摆了好多花灯，很多人在买灯。林之洋说："看这个样子，不像中秋节，倒像是元宵节呢！"

多九公也说："真是奇怪！"

好奇好问的九公，忍不住又向当地人打听，才知道智佳国的风俗是秋天过年。因为这时候天气不冷不热，八月初一就是他们的元旦，八月十五也就成了元宵灯节。唐敖他们刚好赶上热闹，一路看灯。走到一家门口，一群人围着又说又闹，原来这里也有猜灯谜的习俗。唐敖、多九公都是猜灯谜的好手，林之洋肚里墨水虽然不多，但走的地方多，胆子最大，又好热闹，于是，三人一起挤进去猜起灯谜来。

只见门里门外到处都是白发老人，一个年轻人都没有，多九公顿时觉得特别有精神，抬头一看，有一个谜题是"万国咸宁，打孟子六字"，他立刻猜到，大声说："请问主人，这'万国咸宁'的谜底是不是'天下之民举安'？"

有位老人答道："果然不错，老先生真厉害！"并马上送来一束万寿香，作为猜中的礼物。

唐敖也猜对了两题："游方僧，打孟子四字。"谜底是"所过者化"。

"守岁，打孟子一句。"谜底是"以待来年"。

林之洋不看这种谜，专门找国名来猜，一下子猜中了好几个，譬如"分明眼底人千里"是"深目国"；"千金之子"是"女儿国"；"永锡难老"是"不死国"；画个螃蟹是"无肠国"；"孩提之童"是"小人国"，等等。

三人都得了礼物，高高兴兴走回去。唐敖忍不住把憋了半天的问题提出来："上次在劳民国，九公曾经说'劳民永寿，智佳短年'。既然智佳国人都不长寿，为什么今天我们看到的都是老翁呢？"

"唐兄只看见他们白发苍苍，胡子也是白的，就以为是老翁，其实他们最多才三四十岁而已，你不要看错了！"

"这怎么会呢？"

"智佳国人最喜欢研究天文、数学、星象、占卜，各种奇特的机械和技艺，而且人人好强争胜，用尽心机，一定要出人头地，他们这里聪明人又多，所以外国人才称他们叫'智佳'国。可是，整天整夜用脑，往往不到三十岁，头发就白了，四十岁就和我们七十岁的人样子差不多，所以，智佳国几乎从来没有长寿的人。"

林之洋说："刚才他们看我样子年轻，都称我老弟，照九公这样说，我该做他们的老兄才是啊！"

三人又到处逛灯，回到船上，天已经快亮了。这趟夜游，十分畅快。枝兰音身体已经完全复元，写了家信，请九公托相熟的船，带回歧舌国去。

由智佳再走几天，就到了女儿国。唐敖以为女儿国一定全是女人，没有男子，有点胆怯，不敢上岸。多九公笑道："唐兄不要害怕，这里虽然称作女儿国，国内还是有男有女，不同的只是，他们的男人穿裙子、做家务；女人穿靴戴帽，管国家大政，在外做事赚钱养家。内外之分和其他各国刚好相反，所以才叫女儿国。"

"那他们这里的男人脸上化不化妆？两只脚要不要裹成小脚？"

林之洋说："我听人家讲，他们这里最注重小脚，无论贫富贵贱，男人都要缠起小脚。至于涂脂抹粉，更是不可少。幸亏我没投胎生在这个女儿国，不然，缠起小脚来，可要我的命了！"

一面说话，一面又从袋中拿出一张货物单来给唐敖看："妹夫，这些货就是要在女儿国卖的。"

唐敖一看，单上全是妇女用的胭脂、水粉、梳子、镜子、首饰……觉得很奇怪。

"这里既然也有男人，你为什么只卖这些东西呢？"

多九公说："唐兄，你不明白，女儿国向来的风俗，最喜欢打扮女人，他们从国王到平民，一谈起替家中妇女买穿的、戴的，兴致全来了。即使手边没钱，也要想法去借。林兄知道这种情形，所以才带了这些货来，一定会赚回两三倍的利息，你等着看吧！"

"大哥今天满脸红光，一定赚大钱，我们等着你请客，快去快回吧！"

"今天一大早，两只喜鹊对着我直叫，恐怕又会像上回在君子国，白白得到一批燕窝，发笔大财呢！"

林之洋满面笑容，上岸去了。

唐敖也和多九公进城去逛，只见街上来往的人，不论老的少的，虽然穿着男装，说起话来，却都是女人声音，身材也大多苗条娉婷。唐敖忍不住说："九公，你看，她们原来都是女人，偏偏要装成男人，实在矫揉造作，太不自然了！"

"只怕她们看见我们也要说，明明是女人，偏要装男人呢！"

唐敖点点头，说："不错，所谓习惯成自然。我们觉得她们奇怪，她们却从古以来就是如此，当然也认为我们不对。不知女儿国的男人是什么样子。"

"你看，那边拿着针线绣花的，不是男人吗？"

唐敖朝九公指的方向看，只见一个小户人家，门口坐着一个中年"妇人"，正迎着光在绣花，仔细看他的打扮：一头长发，抹了油，梳成辫子，再盘上去。发上插了好多装饰，亮晶晶的，照得人眼睛发花。耳上戴着长坠子耳环，脸上涂得又红又白，偏偏还一脸络腮胡子，身上穿的玫瑰紫的袄子，苹果绿的长裙，裙下露出小脚，看来只有三寸大小，穿着大红绣花鞋。唐敖觉得这全身上下的装扮，衬着那一嘴大胡子，实在有趣，忍不住笑出声来。

忽然听到一声大喝，像破锣似的，骂道："你那妇人，是笑我吗？"

唐敖吓得不敢回答，拉着多九公就走。听见背后那"妇人"还在大骂："你们脸上有须，明明是个女人，偏偏穿靴戴帽，假装男人，把本来面目都忘了，也不害羞！幸亏你们今天遇见老娘，如果别人看见，把你们当作男人偷看妇女，打也打得你们半死，才知道厉害呢！"

唐敖、多九公走了一大段路，才敢放慢脚步。

"九公，这女儿国的话倒不难懂，可是听他骂的话，真把我们当女人了！他还自称'老娘'，真是千古奇闻。大哥上街去做生意，他们会不会也把他当女人呀？"

"怎么会呢？"

"大哥本来皮肤雪白，前次在厌火国又把胡子烧掉了，看起来更年轻，所以我才有点担心。"

"这里的人对外国人一向很客气，唐兄放心吧！"

路边有一群人在看布告。唐敖和多九公好奇心都很重，走过去凑热闹，听到有人在谈河床淤塞的事，唐、多两人想：女儿国的河床淤塞，河水泛滥，无论如何和他们不相干。又继续前行，闲看街上风景，那些妇女，走在人丛中，都躲躲闪闪，怕人碰到，裙下一个个都是金莲小脚，也有抱着孩子，牵着孩子的。其中许多中年妇人，为了冒充年轻，把胡须拔得光光，脸上很明显留有须孔。也有人把白胡须染成黑色，下巴上还留有墨痕。唐、多两人看了，忍不住好笑，又不敢笑，恐怕再挨骂。

慢慢走回船上，天已黑了，林之洋居然还没回来，大家都有点奇怪，想不到等到半夜，仍然不见踪影。吕氏又急又怕，唐敖、多九公提了灯笼、带了水手上岸去找，走到城门边，门已经关了，只好回船。第二天，一清早又到处寻访，没人知道一点儿消息。接连几天，就是问不出线索。吕氏和婉如哭得死去活来。唐敖、多九公一面安慰，一面拼命打听，下定决心，一定要弄明白究竟林之洋到哪里去了。

十八、缠足苦刑

林之洋究竟到哪里去了呢？

那一天，他拿着货物单，进城去销货，商店里的人买了一些货之后，告诉他说："你这次带的货色很齐备，质量也不错，我们这里国舅府中，妇人很多，你拿到他家去问问看，一定有销路。"

林之洋问了国舅府的地址，自己找上门去。到门口一看，气派大得很，果然是皇亲国戚的府邸。林之洋把货物单交给门房，请他递进去，看看府中要不要买货。

不久，走出来一个宫中服役的内使说："我们国王最近选妃子，正需要买这些妇人用物，你和我一起进宫，说明价格。"

原来林之洋为了方便讨价还价，货物单上并没有写明每样东西的价钱。他跟着内使穿过几道金门、玉路，就到了皇宫。内使叫林之洋在一间内殿门口等候，自己进去，不久，出来问道："请问大嫂：这胭脂每担多少银子？香粉、发油每担各多少？"

林之洋听到叫他"大嫂"，想笑又不敢笑，把价钱一一说了。一会儿，内使出来问："这头上戴的翠花一盒多少银子？珍珠串一盒多少？梳子价钱怎么算？"

林之洋又说了。内使很快又走出来，说："大嫂单子上这些货色，我们国王多少不等，大约每种都要买一些。只是价钱问来问去，恐怕弄错，最好当面讲清楚。大嫂是中国女人，中国是礼仪之邦，大嫂进去见我们国王，千万不可失礼！"

"当然，当然，不用吩咐！"

林之洋进到内殿，见了国王，鞠了一躬，站在旁边。他看那女儿国的国王，才三十岁出头，皮肤白里透红，是个非常出色的美人，但却全身男子服饰打扮。旁边围着许多宫女，穿着长裙，却又都是男人。林之洋觉得天下真是无奇不有，今天在女儿国实在大开眼界。谁知道，林之洋看国王，国王十指尖尖拿着货物单，却也一直在上上下下仔细打量着林之洋。林之洋暗想："这个国王为什么不问货物价钱，只管看我？难道从来没有看过中国人吗？"

国王看了半天，命令宫女招待林之洋吃饭，货单先留下，转身出宫去了。

几个宫女把林之洋带到一座楼上，摆出很丰盛的酒菜。林之洋刚吃完饭，就听到楼下一片人声，紧跟着一群宫女跑上楼来，称他"娘娘"，向他磕头道喜。林之洋莫名其妙，完全不知道吃这顿饭的时候，发生了什么事。一下子，好多宫女捧着王妃穿戴的衣服、首饰、凤冠、披肩上楼来了。

大家七手八脚，一下子把林之洋身上衣服全脱掉，预备了一大澡盆的热水加香料，替他洗澡。这些"宫女"其实全是男人，个个力大无穷，林之洋在他们手中，简直像被老鹰抓住的鸟雀一样，身不由己！洗完澡，由内到外换上了全套贵族妇女的穿戴，头上擦了好多香油，插了凤钗，脸上涂了香粉，嘴上抹了口红，手上戴了戒指，腕上挂了金镯。林之洋被摆弄得头晕脑胀，好像喝醉酒一样，从宫女口中，他终于弄清楚，原来女儿国的国王看上了他，封他做王妃，选了好日子，就要和他成亲了！

林之洋真是哭笑不得，心中发慌。忽然又有几个中年宫女进来，全都身高体壮，满脸胡须。其中一个白胡子的，手中拿着针，走过来，向林之洋跪下行礼说："禀告娘娘，奉国王的命令，要给娘娘穿耳洞。"

接着四个宫女走上来，一边两个，紧紧按住，那白须宫女上前两步，用手指把林之洋右耳耳垂揉了几下，一针穿过，林之洋大叫一声："疼死我了！"

向后一倒，宫女赶快扶住。左耳也难逃一针之痛，林之洋叫喊连天，一点用也没有。穿了洞之后，抹点粉，就给他戴上一对八宝金耳环。哪知白须宫女才走，一个黑须宫女又来了。

他手捧一匹白绫，向林之洋行礼说："禀告娘娘，奉国王之命，来为娘娘缠脚。"

除了刚才抓住他的四个人，又上来两个宫女，跪在地上，紧紧握住他的右脚，把鞋袜全部脱掉。那黑胡子宫女先拿张矮凳坐下，取剪刀把白绫剪开，撕成两份。拉过林之洋的赤脚放在膝盖上，撒些白矾在脚趾缝中，用力将五根脚趾紧紧合拢，再把脚背用劲一弯，弯成弓形，立刻把白绫紧缠上去，缠两层，就用针线密密缝住，接着再缠、再缝，用力唯恐不大，缠得唯恐不紧。林之洋被六个大力宫女抓住，一点儿动弹不得。只觉疼得锥心刺骨，两只脚像放在炭火上烧烤一样，又热又烫又痛。忍不住放声大哭，直叫："我要死了！痛死我了！"

哭了半天，实在无法可想，只好哀求这些"宫女"："请诸位老兄帮我在国王面前说说好话吧！我有太太、女儿，怎能做王妃？这两只大脚，早已放荡惯了，哪能裹成小脚？只求国王发发慈悲，早点放我回去，我太太、女儿都会感激的！"

"刚才国王已经下令，只等娘娘的脚缠好，就要迎娶，现在谁敢去说这种话？"

不久，晚餐已准备好，摆了满满一大桌，山珍海味，样样俱全，林之洋这时怎么吃得下？全让那群宫女吃了。他坐在床边，两只脚热辣辣地疼，实在支持不住，倒在床上，眼泪不断落下来。

一个宫女看他睡下，连忙过来说："娘娘既然疲倦了，就请准备安寝吧！"

于是，众宫女一起忙起来，有的举着蜡烛，有的拿着漱口杯，也有捧脸盆的，也有托香油盒、粉盒的，也有拿面巾、手绢的。乱纷纷，围着林之洋，服侍他洗漱。拿粉的那个宫女，走过来要替他擦粉，林之洋死也不肯。一个年老的宫女劝道："这临睡之前擦粉最有好处了，因为这粉内混有冰片、麝香，能使皮肤又白又润，天天擦了再睡，不但面白如玉，还有香气，最能讨人喜欢。娘娘皮肤虽然够白，只是还不够润滑，没有香味，一定要多擦粉！"

说了又说，林之洋绝不肯听，他们只好说，明天要报告保姆，娘娘太任性了。

等大家都睡着之后，林之洋实在忍不住脚上的痛，用尽力气，终于把白绫扯了下来，十个脚趾舒舒服服伸开，自由活动，舒服极了，这下才呼呼大睡。

第二天，那负责缠脚的黑胡子宫女一来，发觉林之洋两脚早已光光，气得要命，连忙去报告国王。不久，国王派来保姆，说王妃不听命令，要打二十板。

林之洋看这保姆却是个长胡子，带着四个短胡子的助手，拿了一块长有八尺、宽约三寸的竹板子。那四个助手，人人胳膊粗，个子大，走过来，不管青红皂白，把林之洋按在床上，拉下裤子，保姆举起竹板，对准林之洋屁股、大腿，毫不容情地一板一板用力打下去。林之洋叫得声嘶力竭，才打五六下，已经皮肉破裂，鲜血直流，连床上被褥都染红了。保姆停下手说："王妃皮肤太嫩，才打五下，血已流得这么多，如果打到二十下，恐怕受伤太重，一时好不了，耽误了好日子，还是赶快报告国王，询问是否还要再打。"

一个宫女听命而去。不久，回来传话："国王说：王妃如果答应从此不再任性，痛改前非，就可以不用再打！"

林之洋实在挨不了竹子厚板，只好说："一定改过，不敢任性！"

宫女又奉国王命令，拿来了止痛药、外用药膏，和补身体的参汤。黑胡子宫女重新再把林之洋的脚照样缠起来，还扶着他走来走去，他们只盼赶快把脚缠小，可以向国王交代，哪知林之洋疼得只想快点死！夜里宫女轮班看守，他痛得睡不着，也没法再扯掉白绫。到了这种地步，五湖四海、到处走遍的林之洋也只有忍气吞声，苦苦挨日子了。

本来两只好好的大脚，天天又缠又压，还用药水泡洗，十天左右，脚背已弯成两折，十根脚趾也都腐烂，鲜血淋漓，干了又烂，烂了又干。林之洋实在熬不下去，暗想："我挨了这些日子，只盼妹夫、九公想法子来救我，如今一点儿消息也没有。他们看守得这么紧，我反正逃不掉，既然如此，何必日夜受这种罪？干脆一死，反而痛快！"

下了决心，林之洋甩脱绣花鞋，双手把缠脚的白绫乱扯，口口声声直叫保姆去报告国王，宁愿立刻处死刑，绝不再缠脚了。宫女一齐来劝，乱成一团。保姆看情况不妙，赶快去向国王禀告，不久，回来传话说："国王有令：王妃如果不肯缠脚，就将他双脚倒挂，吊在屋梁上。"

林之洋这时只求快死，一切置之度外，听到这个命令，立刻说："你们快点动手！我越早死，越感谢，越快越好！"

可是，事情并不如他希望的那样，两只脚被绳子绑住，身子悬空，头下脚上一吊起来，只觉两眼发黑，痛得冷汗直流。吊不了多久，两腿又酸又麻，却越吊越清醒，两只脚旧伤新痛一起交攻，就像用小刀细割，千针万针直刺一般，连昏迷都不可能，更别想断气死亡！林之洋咬紧牙，拼命忍痛，忍了半天，实在忍不住，不由得大喊出来，只求"饶命"！要知道世上种种折磨人的酷刑，原是要让受刑的人求生不得，求死也不能的啊！

保姆又去报告，不久就把林之洋放下来。从此，他心灰意冷，任凭他们摆布，就像个"活死人"似的。宫女们为了早点把他的脚缠小，讨国王欢心，每天都用力狠缠，根本不管林之洋的死活！

慢慢地，林之洋两只脚上的血肉都腐烂、化脓，全烂光了，只剩几根骨头，看起来又瘦又小。头发天天擦香油，擦得又黑又亮，每天洗香料热水澡、抹香粉，全身又白又香。两条粗粗浓浓的眉毛，也修得细细弯弯，再涂上口红，戴上首饰，确实像个美人！

这天，国王接到报告，亲自来看，越看越高兴，笑着说："这样一个美人，当初却穿了男装。如果不是我看出来，岂不太可惜了！"

拿出一副珍珠项链，亲自替林之洋挂上，又将林之洋从头到脚，上上下下，左看右看，摸手摸脚。林之洋真是又羞又愧，只恨不能死！

国王当时就选了好时辰，决定明天娶林之洋进宫，正式封为王妃。同时下令释放监狱中的囚犯，要全国人民一起庆祝。

林之洋一直抱着一线希望，想唐敖、多九公会设法救他，现在知道明天就要进宫，最后的盼望也落空了。想到妻子和婉如，她们怎么办？从此再也见不到面了，心里像刀割一般，泪水反而流不出来。再看看自己两只脚终于被折磨成残废，走一步路都要人扶，为什么会落到今天这种地步？实在想不明白，一向乐观开朗、热忱风趣的林之洋，到了这个时候，也只有走一步算一步了！

第二天一大早，一大群宫女来为他化妆，把脸上汗毛绞干净，梳头、涂粉、抹胭脂。两只脚穿上高跟大红鞋，头上戴了凤冠，全身叮叮当当挂满首饰，香粉、香水，全都齐备。吃过早饭，女儿国其他各位王妃都来道贺，人来人往，闹哄哄一直乱到下午。几个宫女提着珠灯走来行礼说："时候到了，请娘娘上花轿。"

林之洋真是万念俱灰，任凭人家把他扶上轿子，来到皇宫大殿，到处灯烛辉煌，女儿国国王已在等候，各位王妃也都陪在旁边。刚行了礼，忽然听到皇宫外面吵吵闹闹的声音，清清楚楚传进宫来，好像有成千上万的人，在大喊大叫，国王吓得心口发慌，不知怎么回事。

十九、一意孤行

原来这正是唐敖的计策。

自从林之洋失踪之后，唐敖、多九公没有一天不从早到晚各处寻访，就是没有一点儿消息。眼看已过了好多日子，大家心急得像火烧一样。

这天，唐敖跑了半天刚回船，正在安慰吕氏和婉如，多九公满头大汗走进来，一进来就说："今天终于知道林兄的下落了！"

一句话没说完，吕氏赶忙追问："我丈夫现在在哪里？平安无事吧？"

"我到处问来问去，好不容易今天问到他们国舅府中的人，才知道林兄原来被国王看上，留在宫里，要把他的脚缠小，然后就封为王妃。国王已选了明天成亲啦！"

吕氏一听，又惊又急，当下晕倒，不省人事。婉如哭着把妈妈救醒，两人一起痛哭。吕氏只求："妹夫、九公，救我丈夫的命！"

多九公说："我刚才已经求国舅代我们向国王禀告，情愿把全船货物全部贡献，只求能赎回林兄。可是，国舅说国王已经定了日期，绝不能更改。我实在没有法子，才赶回来，大家商量看看能不能想出什么计策。"

唐敖说："时间这么急迫，偏偏今天才打听到确实消息。谁猜得到林兄居然被扣留在皇宫里？难怪一点儿风声也漏不出来。现在没有办法，只有赶着写几张投书，把事情经过说明白，送到他们各个机关衙门去，希望能有好心正直的大臣敢出来劝谏国王。这也是死中求活，成不成功，实在不知道。"

"妹夫这个想法不错，他们这么大一个国家，做官的那么多，难道就没有几个好心人？请妹夫赶快就写，早点投送！"

唐敖立刻取纸笔，写了稿子，然后和多九公、婉如、兰音，分别赶抄。连饭也不吃，就去各衙门投送。谁知每个衙门的官，看了投书，都是一样的回答："这不关我们的事！你们到别的机关试试看！"

一连跑了十个地方，全是如此，可见女儿国的官府都是打太极拳、推托的高手！可怜唐敖、多九公饿着肚子一直奔走不停，眼看已经天黑，衙门都休息了，只好回船。吕氏、婉如听到这种情形，足足哭了一夜。唐敖听着哭声，又急又痛，瞪着眼睛等天亮，拼死想法子。

天一亮，唐敖、多九公又进城来，只听见到处有人说：今天国王娶新王妃，监牢里的囚犯都放了，各衙门的官员都进宫去道贺。唐、多二人像被兜头泼了一盆冷水，连心都凉了。多九公长叹说："这还有什么法子，只好回船去啰！"

"大哥和我就像骨肉手足一样，这些日子，真不知他是怎么挨过的！他一定天天盼我们去救，偏偏我们一点儿办法都没有，我心里真痛得难受。现在如果回去，嫂子和婉如不知要伤心成什么样子，暂时还是先别回去吧！"

多九公点点头。两人信步乱走，也不知要到什么地方去。忽然看见路边一个算命摊子，唐敖无可奈何，抽了根签，让那算命的看看。那人算了半天，抬起头说："这卦中本有婚姻的喜事，可是，结果虚而不实，不能成功。不知两位大嫂问的是什么事？"

"我问这件婚事会不会成？这个人现在遭受危难，究竟逃不逃得出来？"

"刚才我已经说过，婚事虚而不实，绝不能成功。这个人灾难已满，很快可以有救，但要真正逃脱，还要十天左右。"

唐敖付了钱，拉着九公走了一段路，才说："既然有救，为什么又要再等十天？"

"算命的话，奇奇怪怪，实在不太明白。"

只见远远有队挑夫，挑着几十担礼物，都罩着锦缎。九公连忙问路边的人，原来是国舅送去给新王妃的贺礼。唐敖和九公垂头丧气，看看天色不早，只好往回走，一路上遇见很多刚放出来的囚犯，还穿着囚衣，但人人满面笑容。唐敖想：大哥这么好的人，难道就真的没有法子救他吗？上天也实在太不公平了，为什么偏偏会遇到这不讲理的国王？女儿国真是一个不吉利的地方。

不知不觉又走到上次贴布告的街上，因为河床淤塞，酿成水灾，老百姓年年受害，国王和各级官员都束手无策，只好贴布告征求能治理河道的专家人才。唐敖又看到这张布告，心情和上次大不相同，猛然低头，想了一下，走上前去，就把布告撕下来。九公不明白唐敖的心意，当着这么多人，又不能阻拦，只好站在一边。看守布告的人员，见唐敖撕下布告，就走上来问道："你是哪里来的女人？布告上写的是什么？你明白吗？"

这时，街上老百姓，不论老的少的，已经围了一大堆，因为这件事和他们每个人都有切身关系。唐敖看到人越聚越多，大声说："我姓唐，是中国人。治河的事，我们中国人最擅长，如今看见你们国王的布告上说，年年水灾，人民受害，特地来帮助你们解除大患！"

围观的人，有很多已经跪在地上，只求中国来的大贤人发慈悲，救救他们！唐敖知道机会不能错过，接着说："各位请起来。只要你们答应我一件事，立刻就可以开工，用不着这么客气。"

"不知贤人要我们答应什么事？"

"你们国王要娶的王妃，是我的内兄，被国王强迫扣留下来。只要大家一起到皇宫前要求，让国王放他回来，我立刻开始治河。如果你们国王不看重人命，那我只好什么都不管了！"

唐敖说话这段时间，群众越聚越多，已有人山人海的趋势。一听完他的话，大家不约而同，齐向宫门涌去，那看守布告的官役，也赶快去回报长官。

多九公这才抓到机会，悄悄在唐敖耳边问："你真的会治河吗？"

"我又不是河工，哪里懂得治河？"

那怎么行呢？一旦治不好，又浪费了他们的钱，我们还得了吗？

"为了救大哥，我不得已才冒这个大险。因为实在已经没有任何法子，只好让他们老百姓去逼他们的国王。反正，只要能拖过今天迎娶的日子，让国王改个日期，我们也好设法。这河道的事，我以前也大略看过一些书，只是没有实际经验，到时候看了他们的河床的情形再说吧！"

多九公皱着眉头，无话可说。

过了不久，官府准备了车马来迎接唐敖，到了客栈，已有一席酒菜等着招待他们，唐敖、多九公整整一天没吃东西，姑且饱饱吃一顿。饭后，多九公回船一趟，把经过情形告诉了吕氏、婉如，请她们安心。再赶回客栈，陪伴唐敖，等候消息。

女儿国的人民，多年来因洪水为患，每逢水涨的季节，不但田园房屋受害，也无法安居。现在听到唐敖的话，想到可以从此永除水患，大家都惟恐唐敖不肯帮忙，一下子聚集了几万人，全挤到宫门前，七嘴八舌，喊声震天，这就是女儿国国王听到的喊声了！

国舅见情况不妙，立刻进宫朝见国王，国王叫王妃们先退下，传国舅进宫，问他外面究竟发生了什么事。国舅年纪已五十岁，有很丰富的行政经验，知道这件事很难处理，他对国王说："有个中国妇人揭了布告，说能修治河道，免除水患。他不要金银财宝做报酬，只要国王放回他的亲戚，这亲戚就是国王今天新娶的王妃。现在有数万百姓聚在宫门口，请求国王以天下苍生为重，放了王妃回去，以便早日动工。"

国王说："我已娶了王妃，怎可更改。要知道我们国内，从来没有离婚这回事的。"

"我已把这层道理，向大家再三说明，可是百姓说，王妃今天还没有正式娶进宫，要求国王开恩。"

国舅知道"众怒难犯"，这么多人一旦闹起来，事情会不可收拾，再三恳求国王。可是，这女儿国国王就是不听，虽然明知是自己不对，却不肯认错，也舍不得林之洋。听见宫门外，闹声越来越大，忍不住发怒，下令道："派十万军队，带着大炮，出去镇压！"

军队立刻奉令出动，只听四面枪炮声，震得山摇地动，但百姓却不肯退。大家说："反正死在洪水之中，和死在枪炮之下，没有多大差别！"

国舅恐怕伤人太多，会酿成大祸，赶快下令军队停火。自己出去对百姓说："你们回去休息，我一定把唐先生留下来为大家修治河道。明天你们到我家中来听消息，现在赶快回去吧！"

有了国舅的保证，这才渐渐散去，军队也都撤回。

二十、浚河治水

　　唐敖和多九公在客栈等到夜深，一直没有确切消息，急得一夜睡不着觉。

　　第二天一大早，国舅上朝去见国王，国王却避不见面。国舅知道，老百姓已经全聚在自己家门口，等候回话，没有得到国王的承诺，根本不敢回家。又怕唐敖撒手不管，开船走掉，一面派人加强看守城门，同时送了很多酒菜鱼肉去给唐敖，一心要留住他。

　　谁知，第三天早晨，国王反而先来叫国舅去见，一进皇宫，国王就问："那个说会治河的中国妇人还在不在？"

　　"现在住在客栈，如果王上不答应他的请求，大概今天就要走了！"

　　"他如果真能治河，我为天下百姓着想，可以放王妃回去。但是，要先把水患治好才放。"

　　国舅听了，满心欢喜，连忙行礼退下，立刻到迎宾馆来见唐敖。心中一直在想：国王究竟为什么改变了心意，始终想不明白！

　　国舅和唐敖相见之后，把事情经过，大加掩饰，他说："你的亲戚到皇宫中售货，不幸患了重病，只好留下休养，现在还没有复元，只要他身体康复，立刻就送回船上。至于说被封为王妃的事，完全是小民乱说的谣言，唐先生千万不可相信。"

唐敖知道在官场中做官的人，往往都有这种睁着眼说瞎话的本领，也不争论，只要林之洋能放回来，随便他们怎么说都没关系。

国舅接着说："关于治河的事，不知唐先生有何高见？"

"贵国河道所以会淤塞的情形，我还没有去实地看过，不敢随便乱讲。不过，当初我们中国最擅治水的大禹，却是采取'疏通'的方法。所谓'来有来源，去有去路'让所有的水各归河道，流得顺畅，自然就没有水灾了。不知国舅以为如何？"

国舅不断点头："唐先生说的这'疏通'的道理，实在高明。明天我就来陪您去看河床的情形。"

等国舅走了之后，多九公才开口问唐敖："真是奇怪！难道林兄并没有被娶进宫去吗？听这口气似乎只要水患治好，他就可以放回来了！"

"大概老百姓这一闹，国王也有点害怕，只好让步了吧！"

"说到治河这件事，我真有点担心，如果出了差错，不但林兄放不出来，我们也不知道会遭遇什么事故。唐兄，你究竟预备怎么做呢？"

"我想，河水会泛滥成灾，大概总是因为河道淤塞的缘故。只要把河床尽量挖深、挖宽，水源处、出口处都加以疏通，应该就不会泛滥了。"

"既然像你说得这么容易，难道他们国中的人就想不到吗？"

"我昨天向宾馆中两位服务人员打听了一下。原来，他们这个地方，铜铁产量极少，国王怕臣民造反，又一向不许用利器，有钱人家用银刀，一般人家都用竹刀，所有铁锄、铁铲之类挖掘的工具，连听都没听过，更别说用了。九公，像这种情形，你说那河床的淤泥还不越积越厚吗？"

"原来如此！好在我们船上带有生铁，唐兄，你明天先画出工具图样来，教他们打造，看来治河的事大有希望。听你这一讲，我放心多了。"

第二天，国舅果然守约而来，陪唐敖去看河道，一连勘察了两天。回到宾馆后，唐敖说："国舅大人，我这两天仔细看过贵国这条大河的情形，确实是因为没有疏通而造成灾害。两边河堤，高得像山一样，而河床又高又浅，简直像个盘子，根本容不了多少水。每年水涨的时节，老百姓惟恐河水泛滥，只顾加高堤防。到了水少的时候，又不知道想法挖掉淤泥，疏通河道，下次水大，又会再泛滥成灾。年年如此，河床越来越浅，也越来越高，一旦酿成水灾，大水从高处向四面流下，平地全被淹没，灾区不断蔓延，这是一定的道理。现在要治水，最彻底的办法就是把河床挖深，河道疏通，这样容水量既多，水又流得顺畅，自然就平安无事了。"

"唐先生说得再明白也没有，真是高明！只求早日动工，不但全国百姓可以保全性命，我们国王也一定感激不尽。只是，要挖淤泥，不知贵国向来使用什么工具？可不可以说明一下？"

"敝国使用的工具，各式各样，种类繁多。贵国既然铜铁产量稀少，我只好帮忙帮到底，用我们船上带来的生铁打造工具。不过，挖掘河道，这挖出的泥土，也要好好处理，必须有足够的人手，人手越多，工作越快，不知贵国能一下聚集数十万人吗？"

"唐先生尽管放心，人手绝无问题。敝国水患，为时已久，人民受害太深。听说唐先生肯主持这件大事，全国上下，没有人不愿出力。何况政府还发工钱，供给伙食，大家一定争着来做工！"

"你们这里的河道，泥沙所以会淤积得这么厚，还有一个原因：在淤泥通过的地方，河道要直，河面要由宽变窄，这样水势奔腾，淤泥自然就冲刷而去。你们这里的情形却刚好相反，不但河道处处弯曲，而且由窄变宽，水势散漫无力，淤泥当然冲刷不掉，越积越多。这也是要加以修治的地方。"

"唐先生，听您一席话，真是胜读十年书。不知选在哪天开始动工？我也好让各级官员，先做准备工作。"

"先要造好器具，然后就可以开工。明天请多派些工匠来，立刻就炼铁，打造工具。"

国舅连声答应，又谈了一会儿，告辞而去。

唐敖连夜画好工具图样，又托多九公负责监督，把船上的生铁运来。第二天早晨，工匠齐集，开炉打造。女儿国这些工匠全是女人，虽然力气不很大，可是心思灵敏，手艺也巧，一听就懂，一教就会。大家同心合力，都想早日治好水患，所以一共三天的时间，应用的工具就都差不多齐备了。

唐敖来到河边，把河床分了段落，先筑起临时性的土坝，把第一段河床中的水，赶到第二段去，开始动工挖深第一段河床。然后，把土坝弄倒，把第二段的水放入新挖深的河床中，再挖第二段。就这个样子，继续不断，尽量深掘。到了后来，挖出的泥土，要用滑车吊下竹筐，装满土，再吊上来。虽然很费力气，可是，女儿国的人民，年年受水灾之苦，已经到了"谈水色变"的地步。现在，有了根治的办法，几乎全国可以出力的人，全来参加，一面挖深主要大河的河道，一面把所有支脉水路，也都加以疏通，希望"一劳永逸"，从此不再有水患。唐敖为了早日救出林之洋，也是惟恐不能成功，不分昼夜，每天辛苦监督、指导。女儿国的人，看见他这样认真，尽心尽力，都感动得不得了，大家商量，要为唐敖盖一座庙，永远纪念他。

二一、太子出奔

唐敖治水的事，皇宫中也有很多人在说，林之洋终于也晓得了，他只盼望妹夫早日成功，他也就可以早脱牢笼。原来女儿国国王所以答应唐敖的要求，一大半原因还是为林之洋下定决心，采取"不合作态度"。

林之洋在成亲那天晚上，想到自从无缘无故失去自由的这段日子，被国王下令缠脚、穿耳、倒吊、毒打，种种侮辱，真是生不如死。他恨国王的狠毒，越想越气。虽然灯光之下，看那女儿国国王确实温柔美丽，但林之洋总觉得她有一股杀气，像刀子一样。所以，无论国王说什么，林之洋都不理不睬，接连两天晚上，都是如此。国王费尽心机，结果如此，当然气得要命，可是，想到国舅说治河的人一定要以林之洋为交换条件，也不敢真的杀了他，因为水患确实是女儿国多年来的大灾祸。想来想去，终于决定：留下林之洋，看他这副死相，实在扫兴，干脆答应唐敖的要求，也顺从百姓的愿望。

林之洋这才又独自搬回原先的小楼居住，不用再缠脚、擦粉了。可是宫女们知道国王已不要他，也不来招呼，往往连茶、饭都吃不到。不过，林之洋觉得没人理睬，反而自由自在，饿一顿两顿，一点不在乎。只是想念妻子、女儿，又想早日回故乡，每次一想，就忍不住要流泪。这一天，林之洋正独坐发呆，忽然女儿国年轻的太子上楼来，向林之洋下跪行礼说："听说唐先生治河十分顺利。一旦完工，父王一定会送母亲回去，请母亲放心。"

林之洋这些日子对女儿国皇宫中的冷暖炎凉，感受深切，想不到太子居然会来看他，还这么关心、有礼，忍不住眼泪就要夺眶而出。他连忙扶起太子说："如果我真能骨肉团圆，一定不忘记太子的好意。希望我妹夫大功告成的那天，能来告诉我一声。更求太子在国王面前帮我说好话，早点放我回去，你就是我的救命恩人了！"

"母亲不要难过，我再去打听，一有好消息，立刻就来禀告。"

从这天开始，太子不断照顾林之洋的生活所需，而且常常告诉他外面的消息。林之洋感激得很，觉得女儿国皇宫中，毕竟还有这一个好人！

林之洋在皇宫中数着日子，盼望唐敖早日成功。算算差不多已将近一个月了，两只受尽折磨的脚，也慢慢不再疼痛，可以自由行走，但是穿上原来的男鞋，却已经又宽又松。终于太子这天带来了期盼已久的好消息，他匆匆走上楼来，说："唐先生已经完成了整治河道的工程，今天父王亲自去看，十分欢喜。现在命令所有朝廷大臣，一齐恭送唐先生回船，同时赠送一万两黄金，表示谢意，而且下令明天就送母亲回去。这些消息绝对不会错，母亲可以放心了。"

"太子种种关怀照顾，我永不会忘记，这些日子，真是多谢你了！"

太子看看楼上只有林之洋一人，突然跪下，流泪说："如今我马上就有杀身之祸，母亲如果还有一点儿顾念我的心意，请千万救救我。"

林之洋大吃一惊，连忙扶起太子，问道："你有什么大祸？快告诉我！"

"我从八岁就被父王立为太子，如今已有六年。不幸，前年母后去世，西宫王妃得宠，想让他的孩子继承王位，屡次设计害我，幸亏我小心谨慎，才能活到现在。可是，最近连父王也被他说得心动，越来越不相信我，越来越疏远我，眼看西宫母后的心愿不久就可达成。我此刻如果不远远逃走，一定难逃毒手。而且，父王这两天就要启程到轩辕国去，祝贺轩辕国王的大寿，朝廷中留下的全是西宫的心腹羽翼，我只要略有疏忽，性命难保。母亲明天回船，如能带我一起走，实在是逃离虎口的最好机会，请您千万要发慈悲。"

"可是，我们中国的风俗和你们这里大不相同，太子如果到中国去，就要换穿女装，过平民老百姓的生活，怎么能适应得了呢？"

"我情愿改变服装，粗茶淡饭过活，只希望不要不明不白地被害死！"

"我带你一起走，万一被宫女发现，怎么办？不如你自己悄悄出宫，我们在船上等你，这样好不好？"

"不行啊！我没有事不能出宫，即使有事出宫，也一定有护卫人马跟随，哪里能悄悄到船上去？明天请母亲让我躲在轿中，就可以出宫了。"

"只要不被发现，一定遵命！"

好不容易等到天亮，国王果然下令准备轿子，送林之洋回船，同时又叫许多宫女为林之洋换上男人衣服。大家忙忙碌碌，整个楼上全是人。太子知道没有办法偷偷上轿出宫，心中焦急，两眼含泪，等到林之洋就要出发的时候，太子好不容易走到轿旁，悄声说："我的性命，全靠母亲拯救！我住的地方是牡丹楼，请不要忘记！"

林之洋在轿中听到太子说话的声音，哽咽发抖，心中十分难受。

唐敖、多九公早在前一天，已由国王派了仪队卫护送回船，林之洋劫后余生，三人重见，都高兴得说不出话来。林之洋赶快进舱去见妻子、女儿，枝兰音也行礼相见，大家又悲又喜，好像在女儿国已不知经历了多少岁月似的。这一个多月以来，种种遭遇，想来真像一场噩梦，如今总算又重聚一室，林之洋也渐渐恢复本性，他先开口说："这回真是多谢妹夫。妹夫到海外来，原是为了游玩散心，想不到却成了我的救命大恩人。唉，真是想也想不到的飞来横祸啊！"

多九公说："谁说想也想不到？还记得上回在黑齿国，我们不是开玩笑说：万一女儿国的人把你留下，怎么办？林说，那就要靠你们去救我喽！看来林兄这场灾难，还是先有预兆的呢！"

"谁知道开玩笑的话，会当真实现？唉！真是倒霉，这都怪厌火国那群乞丐喷火烧了我的胡子，女儿国国王以为我还年轻，才有这场灾难。"

"大哥，你怎么走起路来这么慢？难道那个国王真的给你缠了小脚？"

"唉！不用再提，穿耳洞、缠小脚、擦粉……全套都来。这两只脚恐怕再也不能完全复元了，缠脚简直就是苦刑，实在太可怕了！"

吕氏安慰说："平安回来就好，不要再想，也不要再气了。我们赶快开船，离开这里吧！"

林之洋这才想起女儿国太子的叮咛，连忙说："不行，不行，还不能走！"

接着就把太子种种照顾，以及临走时恳切求救的事说了一遍。唐敖听了，立刻说："太子既有性命的危险，我们当然应该想法子救他，何况他又对大哥这么好。而且，事情一定很紧急，不然，太子也不会想丢了现成的荣华富贵，远走他乡，去过苦日子。"

多九公也表示同意，说："以德报德，这是应该做的。但是，要怎么样才能救得出来，却要好好计划一下。"

"妹夫如果真有心帮忙，我有一个现成的好计策，除了妹夫，别人都没办法。"

"只要能够尽力，绝不推辞，大哥不要吞吞吐吐，快把计策说出来吧！"

"我想：妹夫吃过蹑空草，能够跳高，又服食了好多仙草灵芝，力气特别大。只要等到深夜，妹夫背着我，跳过宫墙，把太子找到，再一起跳出来，不是最快、最方便的法子吗？"

"皇宫那么大，太子住在哪里，大哥知道不知道？"

"我临走的时候，他特地到轿旁悄悄说，他住在牡丹楼。我们进了皇宫，只找牡丹花最多的地方就是了！"

"那我今天晚上就和大哥去一趟，先看看情形再说。"

多九公到底年纪大，想得多，他说："你们两位见义勇为，奋不顾身，都值得敬佩，可是，未免太鲁莽了。请问林兄：既然是皇宫，外面难道没有兵役守卫？里面难道没有侍卫巡逻？你们冒冒失失跳进去，万一被捉到，有没有想过怎么脱身？据我的看法，这种大事，实在不能这么轻率就下决定！"

唐敖知道林之洋一心想早点救出太子，就说："我们一定加倍小心，绝不敢轻率大意，九公放心！"

多九公看出他们主意已定，只好不再多说。

吕氏恐怕丈夫一去，又惹出祸事来，她再也受不了牵肠挂肚、苦思忧急的折磨了，再三苦劝林之洋不要去，可是林之洋就是不听。

到了晚上，唐敖、林之洋都换穿了合身的短衫、长裤，林之洋还特地叫水手去买一双小一点儿的鞋子，因为他以前的鞋子，现在穿起来都太松太大了。一切准备妥当，两人就出发进城，到了皇宫墙下。

等到深夜，四顾无人，唐敖背着林之洋，往上一跃，上了墙头。只听宫内巡逻的人敲着梆铃，正在轮班巡视，他们等士卫走过，轻轻跳下，走不多远，又见一层高墙，唐敖又跳上去，像这样接连越过好几层围墙，已经到了皇宫内院。林之洋悄声说："前面那边牡丹花特别多，大概就是牡丹楼了，我们下去吧！"

唐敖跃入内院，林之洋也从他背上轻轻下来。刚刚站稳，谁知树丛中忽然扑出来几只猛犬，一面咬住两人衣服不放，一面大声狂吠，随着狗叫，立刻就有灯笼、脚步声向这边过来。唐敖看情形不妙，用力一撕，衣服破了，自己也乘机跳上了高墙。

大家赶来，只见林之洋一人被狗扑倒在地上，用灯笼对着他一照，其中有个宫中侍从说："奇怪！这不是国王新封的王妃吗？为什么这种打扮，深更半夜到这里来？快去禀告国王，不可怠慢！"

国王当时正在艳阳殿举行夜宴，见了林之洋，不觉心动，问道："我已叫人送你回去，怎么又自己回来了？"

林之洋实在无话可说，只有装傻发呆。

国王笑说："想来你还是舍不得宫里的荣华富贵。好吧！只要你把脚缠小，不再任性，自然不会亏待你！"

当下吩咐宫女把林之洋送回前次所住楼中，改穿女装，再缠小脚，仍派上回的宫女小心伺候，只等脚缠小，就来报告。

林之洋重回旧地，暗想："这次虽然又入牢笼，好在妹夫没有被捉到，他一定马上来救我。我先吓吓这些宫女，免得两只脚又要吃苦。"

于是，抬起头，对着那群宫女说："这次是我自己心甘情愿要进宫，恨不得早点把脚缠小，用不着你们动手，我自己会做。你们对我好，我将来也有好处给你们；你们对我使厉害，少不了也有我报仇的日子。只要我得了势，别说你们几个宫女，就是各宫的王妃，也不能不看我脸色！"

那些宫女听了这一席话，再想想当初折磨他、打他的种种情状，都怕林之洋记仇，一齐跪下叩头，求林之洋高抬贵手。林之洋说："我只管现在，不论从前，只要你们依我三件事，过去的一切，我全不计较。"

"不知娘娘有什么事？尽管吩咐，我们一定遵命。"

"第一件：缠脚、擦粉这些事，我自己动手，不要你们管，行不行？"

"遵命！"

"第二件：太子来和我说话，你们都要退下，行不行？"

"遵命！"

"这里房间很多，你们另外住一间，不和我同住，行不行？"

这回，众宫女都默默不言。林之洋说："想来你们怕我一个人在房间里，半夜逃走？好吧！我住里面这间，你们就住外面那间，门窗由你们上锁，钥匙我也不要，这样总放心了吧？你们想想，如果我要逃走，今天又何必再来呢？"

大家听了，觉得很对，一齐点头答应。

这时夜已很深，宫女都困得很，把门窗上了锁，各人分头去睡，不久都进入梦乡。

林之洋独自在里间，静静等待。过了一会儿，听到窗上有人轻敲，连忙走到窗前，低声问："外面是妹夫吧？"

果然唐敖的声音传来："我跳到墙上，看见你被带走，一直等着。又看见你被送到这座楼上来，我也跟来，现在大家都睡沉了，你赶快开门，跟我走吧！"

"不行啊，窗门都上了锁，开不了，一旦用力弄破，他们全会惊醒，以后特别防备，更难逃走了。妹夫，我明天和太子商量，你只看晚上我这楼挂出红灯，就来救我们。现在快回去吧！"

唐敖想了一下，答应一声，自己走了。

第二天，太子听说林之洋又回来了，赶来探望。林之洋叫宫女都退下，把事情经过对太子说了一遍。太子感激得泪水盈眶，低头想了一会儿，说："事情很巧，明天刚好是我生日，只要设法把宫女调开，就可以走了。"

两人商量妥当，太子告辞而去。次日黄昏，太子派人来请林之洋这里的宫女去他楼中吃寿酒。大家一听，太子赐宴，欢欢喜喜争着去，林之洋故意说："既然太子有这番好意，干脆你们大家都去吧！反正我现在也没什么事要你们做！"

宫女感谢不尽，一齐走了。太子趁大家都在别室吃得高兴，悄悄来到林之洋这边，两人开了楼窗，挂出红灯，立刻从屋外跳进一个人，太子知道是唐敖，连忙行礼。唐敖赶快把他扶起，林之洋介绍两人认识，唐敖说："现在不是说话的时候，我们快走吧！"

他把林之洋背在身上，再抱起太子，用力一跃，上了墙头，接连翻过几道高墙。幸好没有再遇猛犬，平安到了皇宫外面，这才放下太子和林之洋。三人急急忙忙赶路，回到船上。多九公一见他们回来，立刻动手开船，终于离开了女儿国。

二二、轩辕大会

太子这才放心，和吕氏、婉如、兰音相见，几个女孩一见面都有故交重逢之感，十分投合。婉如帮太子换穿了女装，秀雅出众，实在是个美丽高贵的小姐！九公问太子的姓名，她说叫阴若花。

唐敖一听这个名字，脑中"轰然"一声，好像顿时悟出许多事！自己低头沉思："当初在梦神观，那位老神仙说：有十二名花，谪降人间，飘零海外。要我细心寻访，加意照顾。可是，一路上，虽然到处留意，到今天也没看见什么名花。反而遇到这些女孩子，人人都以花木为名，像妩儿小名叫蕙儿，还有黎红薇、卢紫萱、廉锦枫、骆红蕖、魏紫樱、尹红萸、枝兰音、徐丽蓉、薛蘅香、姚芷馨，简直没有一个例外，而且她们都貌美如花，遭遇堪怜，如今又有这个阴'若花'，难道所谓十二名花，说的就是她们？整个事情，虽然奇怪，冥冥中似乎确有神明，引我走了这一趟路！"

唐敖自己想心事，那边阴若花已认了林之洋做义父，吕氏为义母。虽然一切变化如此之大，但有婉如、兰音做伴，她相信自己慢慢会习惯女儿身的新生活。

经过这次多灾多难的女儿国事件，林之洋、唐敖、多九公三人空闲下来，忍不住把种种细节，又提出来谈论。林之洋说："这回的遭遇，让我明白了很多道理。不管花容月貌、美酒佳肴、金银珠宝、荣华富贵，只要不动心，无论怎么样影响不了我，一心一意只想回来，和你们在一起。还有那些毒打、倒吊、穿耳、缠脚的苦刑，也能忍受得住，只要心里还有希望，无论如何是死不了的。"

九公笑道："林兄真能把这些都看破，将来很可能会成神仙喽！"

"九公说得不错，可惜从来没见过缠脚的神仙，只听说有赤脚大仙，将来大哥说不定就成了缠脚大仙呢！"

唐敖也说起笑话来了，三人似乎又恢复了当初的情景。然而，这些日子，唐敖心中一直在回想自己生平种种遭遇，林之洋的话更让他有很深的领悟：一切身外的东西，看得重的时候，真可以沉迷陷溺，一往不悔；可是一旦能够不动心，就什么都影响不了，完全看一个人怎么想、怎么做了。

在海上又走了好些日子，这天，远处忽然现出万道彩霞，霞光中隐隐约约有座城池。多九公看看罗盘、海图，对唐敖说："唐兄，前面就是轩辕国，这是西海第一大国，我们可以好好畅游几天！"

到了岸边，停好船，林之洋脚伤也差不多好了，自己上岸售货。唐敖和多九公下船一看，远望那城墙就像山岭一样，气势雄浑，和一路上所见城池大不相同。唐敖问："要走多远才能进城啊？"

"前面好像有座玉桥，过了玉桥，再穿过梧桐树林，大概就快到了。"

唐敖一进梧桐林，只见到处都是凤凰，飞来飞去，全身彩羽，映着阳光，美丽夺目。唐敖高兴得很："怪不得古人说'轩辕之丘，鸾鸟自歌，凤鸟自舞'，果然一点不错。"

刚说凤凰会跳舞，前边就飞来一对凤凰，一上一下盘旋飞舞，唐敖看得呆住，不想走了。多九公说："唐兄，这里的凤凰就和别处的鸡鸭一样，到处都是，包你看不完。我们快往前走吧！"

走出梧桐树林，渐渐已有行人，原来轩辕国人全是人头蛇身，一条蛇尾巴高高盘在头顶上，他们穿衣戴帽，和中国很相似，举止态度，十分文雅。走进城来，看城中街道都有十几丈宽，街边商店中摆了好多凤凰蛋出售，就像别处卖鸡蛋、鸭蛋一样。街上熙来攘往，非常热闹。

忽然听到大声吆喝，叫行人让路，大家都向两旁闪开。只见有个侍从打扮的人，举着一柄黄罗伞，伞上写着"君子国"三个大字，伞下一位王者装扮的人，身穿红袍，头戴金冠，腰佩长剑，相貌威严，骑的是只有花纹的大虎，后面有许多随从。这一队刚刚走过，紧跟着又有一柄黄罗伞，上写"女儿国"，伞下正是那位要娶林之洋的国王，只见她面白唇红，眉清目秀，头戴雉尾冠，身穿五彩袍，骑的却是一头大犀牛，也有许多随从，浩浩荡荡过去。

唐敖、多九公看了半天热闹，这时，不禁觉得奇怪。唐敖说："君子国、女儿国，两位国王都忽然来到轩辕，不知是什么缘故，难道他们都是轩辕的属国，前来朝贺的吗？"

"不对，他们各自称王，并没有臣属于轩辕，也许是敦睦邦交，前来拜望拜望。"

"不大可能。我记得，到海外我们首先经过的就是君子国，其次是大人国、淑士国……一直走了九个多月，才到女儿国。路途这么遥远，纯粹只是来拜访，恐怕太劳师动众了。"

"我们因为要做生意，走的并非直路，路上又有耽搁。他们直接来轩辕，绝对费不了太多时日。可是，究竟为什么事情来呢？我要去打听打听！"

多九公始终改不了好奇好问的老脾气。过一会儿，他高高兴兴回来对唐敖说："这回来得真巧，刚好赶上热闹。原来这轩辕国王也是黄帝的后代，确有圣人之风，和各国邻邦，都和睦相处，看见人家有急难，一定帮忙，两国有争端，他也代为调解。因此，免除了好多次战争，少死了成千上万的百姓。今年刚好是他一千岁的大生日，除了全国上下一起庆贺，远近各国国王也都赶来祝寿。明天就是寿诞的日子，皇宫内外大排宴席，任凭百姓进出，我们正好去看看这次盛会。"

唐敖听了，也很欢喜，他问："不知九公晓不晓得，这轩辕国国王为什么能享千岁的高寿呢？"

"据说，轩辕人，短命的也要活八百年，一千岁大概还算不了高寿！"

"这样说来，这里的人，不是神仙，也和神仙差不多了！记得书上记载，当初黄帝骑龙上天，好多小臣想跟着去，紧紧攀住龙须不放，结果都掉下来。现在想来，真是好笑，如果凡心未退，即使能跟上天，还是成不了仙；如果真能不动心，要成仙又何必一定要上天呢！"

"唐兄既然这么说，是否已经能够不动心？"

"也差不多了！"

"哈哈，唐兄又说笑话了！"

两人谈谈说说，不觉已到皇宫，先看见一座牌楼，霞光四射，高耸入云。牌楼后面，有扇金门，过了金门，就是一座高达十余丈的大宫殿，上面三个大字写着"千秋殿"，四面亭台楼阁环绕。到处不断传来各种音乐演奏的声音，也有剧团在表演戏剧。唐敖很想看看轩辕国王的模样，向千秋殿走过去。只见一对像凤凰的大鸟，正宛转和鸣，鸣声五音俱全，好像乐器演奏一样，好听极了。这两只鸟身高约有六尺，尾巴却长一丈，全身翠绿羽毛。唐敖说："怪不得古人说鸾鸣即'鸾歌'，这两只青鸾的鸣声真比唱歌还好听呢！"

两人挤入人群中，走入宫殿里面。大殿又深、又广、又高，上面坐了好多奇形怪状的人，都是海外各国的国王。正中间主人席位上坐的轩辕王，头戴金冠，身穿黄袍，后面一条蛇尾巴，高高举起，盘在金冠上。看见轩辕王，再看其他诸王，大部分都没见过，甚至有从来没想过会有的怪人。唐敖越看越奇，挤在人丛中，和九公悄悄谈论。

"这些国王，真是什么奇特的模样都有，我看得眼花缭乱，头都昏了。请问九公，那边有个长头发，脚一直伸到殿中间，约有两丈长的，是什么国家的王？"

"哦！那个呀！他是长股国王，长股国又叫有乔国，我们中国的踩高跷，就是模仿他们的样子。长股王旁边那位，一个大头、三个身体的是三身国国王。三身王对面那个有两个翅膀，人面鸟嘴的，是欢兜国王。欢兜王左边那个身长三尺，一个大脑袋的矮子是周饶国王，他们最善于制造飞车。旁边那个脸上三只眼睛，只有一只长手臂的是奇肱国王，奇肱王右边三个头、一个身体的是三首国王。"

多九公真不愧见多识广，唐敖才只问了一句，他已经滔滔不绝把座上列王，一一介绍出来。唐敖听到这里，忍不住说："那边一位三个身子一个头，这边一位三个头一个身子，他们也许彼此都在羡慕对方呢！"

就在这时候，忽然听到有人叫他们，回头一看，原来是林之洋来了，他听说皇宫中有酒、有戏，也赶着来凑凑热闹。多九公、唐敖见了林之洋，又看看座上的女儿国国王，都向这位倒霉的"王妃"开起玩笑来。

"林兄啊，你还是躲远一点儿比较安全。只怕你丈夫看见你把脚放大，到处乱跑，丢他的脸，一生气，又叫保姆打你板子哦！"

"大哥是我妻舅，女儿国国王又是我妻舅的丈夫，这笔账怎么算？我应该称她什么呢？"

"你看殿上那位厌火国王的大嘴巴，又在冒火花了。林兄，胡子要小心，才留了没几根，不要再被烧掉，露出一张白脸，等下又被人抢去做王妃啦！"

林之洋被他们两个人一人一句，简直招架不住，赶快转移话题，说："九公，先别开玩笑，你听那智佳国国王居然一直称呼轩辕王叫'太老太公'，这是什么关系？简直搞不懂。"

"智佳国人向来短寿，大多只能活四五十岁，如今轩辕王已有千岁，算起来和智佳国国王二十代以前的祖宗就有交情，你说，智佳国国王怎么称呼？只好想出'太老太公'这个怪名词来。幸好今天大家来祝寿，都说轩辕话，和我们中国话很相似，只要仔细听，都可以听懂。我们就来听听这些国王的闲话吧！"

只听座上的长臂国国王向长股国国王说："我同王兄配在一起，刚好是最好的渔翁。"

长股王说："这是怎么说？"

"王兄腿长两丈，我臂长两丈，如果王兄把我背在肩上，到海中捕鱼。你腿长，不怕水淹；我臂长，可以往深水处捉鱼，岂不方便？"

"哈哈，我把你背在肩上，可实在有点太重啦！真亏你想得出来！万一大风大浪袭来，我往哪里躲呢？"

翼民国国王插嘴说："聂耳王耳朵最大，你就躲到他耳朵里去好了！"

结胸国国王说："聂耳王耳朵虽然大，可是他近来耳朵软，喜欢听谗言，常常误了大事，不太妙哦！"

穿胸国国王说："据我看，最好是躲在两面王的头巾底下最安全，谁都看不见！"

白民国王说："他头巾底下已经有张凶脸，两张脸已经叫人摸不清楚，难以防备了，怎么能再添一张？我们可吃不消啰！"

两面国王立刻反击说："那边正有一位三首王，他就有三张脸，白民王兄怎么不怕呢？"

大人国国王说："三首王兄的确有三张脸，但即使再多几张，也没关系，因为他喜怒哀乐，所有表情，全摆在脸上，大家看得明明白白，一点没法装假。可是，两面王兄，你却是对着人一张脸，背着人又是另外一张脸，变化无常，捉摸不定，别人都不知道你究竟是好意，还是恶意，怎么能不怕？"

淑士国王看看席上气氛已不太融洽，连忙打岔说："我偶然想起中国有部书，是夏朝人写的，晋朝人做的注解，偏偏忘了书名。记得书上有段注解说：'长股人常驭长臂人入海取鱼。'刚才长臂王兄说的话，真像从这本书中引用的典故一样，太凑巧了！"

元股国王说："这本书我从来没听过，不知写的是什么？"

黑齿国国王说："我也看过这本书，书名叫《山海经》。书中记的事奇奇怪怪，包罗万象，大约诸位王兄的家谱都写上去了！"

歧舌国国王说："提到家谱，我一直有个问题，当初不知为什么叫我们'歧舌'国？还有人叫我们'反舌'国，歧舌已经够讨厌，反舌更荒唐。听说中国有种鸟，名叫反舌，居然把我们比作鸟，不知什么缘故？"

无继国国王开玩笑说："据说那种反舌鸟，只要一到五月，就不会叫了，如今已是十月，王兄还照样能说能讲，可见和反舌鸟绝无关系。"

君子国国王说："其实，名字相同的事事物物，本来不少，例如中国古时蜀王望帝名叫子规，如今杜鹃也叫子规，又有什么妨碍呢？歧舌王兄不必介意！"

歧舌国王说："可是，这名字实在不雅，我想请诸位替我想想，换一个字。"

长人国国王说："王兄的国名干脆改作'长舌'国，和我们长人国算作本家兄弟之邦，岂不很好？"

歧舌王连连摇头说："这怎么可以？贵国人人身长，所以叫'长人'，我们国家的人又不是长舌头，怎么能叫长舌？真是开玩笑！"

毗骞国王说："王兄如果肯把贵国的音韵之学传授给我，我一定帮你想个好名字，如何？"

"这可不行，万一被老百姓知道，我岂不是立法又犯法了吗？"

伯虑国王无精打采地坐在一边，听了半天，这时开口说："真羡慕诸位王兄精神奕奕！我终年生病，俗事又烦，精神老是不够用，近来更觉得简直像废人一样。真不明白为什么偏偏敝国人都短寿，譬如我，还不到三十岁，已经衰老成这个样子，看女儿王兄，年纪比我大，却如此青春年少，不知有什么养生秘诀，能不能指教我一点儿？"

女儿国王说："王兄真会说笑话，我哪里有什么养生秘诀？"

厌火国王说："伯虑王兄只要把心放宽，少忧虑，不要熬夜，该睡就睡，该起就起，也就是养生最好的方法了！"

劳民国王说："敝国人每天跑来跑去，忙忙碌碌，没有一刻空闲，反而不知什么叫忧愁。到了晚上，头刚放到枕头上就呼呼大睡。大家平时多半无灾无病，也能活到一百岁。"

轩辕王说："可见劳心和劳力，毕竟是大不相同。"

犬封国王说："伯虑王兄身体既然不大好，精神又不济，为什么不弄些好吃的东西来调养调养？说起来，我平生别无所好，就是喜欢讲究饮食，享点口福。今天吃这几样，明天吃那几样，把吃当作一件功课，每天用心想，自然想出许多好吃的东西来。我认为与其用心机在别的事情上，不如乐得嘴上快活，最有意思。"

伯虑国王说："可惜我对吃一点儿也不懂，实在没办法。"

"这有什么困难？王兄如果有兴趣，我就到贵国去一趟，指点一下你的厨子，包管不到一年，佳肴美味，就层出不穷啦！"

大家正谈得热闹，林之洋、唐敖、多九公因为想听得清楚一点儿，一直往前挤。谁知女儿国国王一眼看见了林之洋，见他立在众人之中，修长白皙，真像鸡群一鹤，不禁呆呆看得出神。诸王见他发呆，也都朝林之洋这边看。那位深目国王更手举一只大眼，对准林之洋，简直目不转睛，聂耳王将两只大耳朵乱摇，劳民王看得身体不住乱晃，无肠国王、跂踵国王也都踮起脚尖细看。林之洋被大家看得受不了，赶快拉了多、唐二人，挤出宫外。多九公一出来，就笑着说："看今天这个样子，不但女儿国国王忘不了林兄，就是座中诸王也都恋恋不舍哪！"

说得林之洋满脸通红，又好气又好笑。

他们在轩辕国玩了好几天，林之洋带的货物也卖得差不多了。这天有艘从中国开来的商船，带来了一封唐敖老师尹元托交的信。唐敖高兴得很，拆开一看，信上说：尹元离了元股国，带着尹红萸、尹玉姐弟，由水路平安到了水仙村，见到廉夫人，交了唐敖的信，廉夫人十分欢喜，当下两家互相纳聘，结为儿女亲家，一起居住。尹元在水仙村略为休息了几天，就启程前往东口山，拜望骆龙老先生，为唐敖的儿子唐小峰求聘骆红蕖为妻，骆龙当时就答应下来。尹元说，他看见骆老先生体衰多病，念及故人之情，时常前去探望。后来，骆龙去世，红蕖将唐敖所赠银钱买了棺材，把祖父葬在庙旁。廉夫人感激唐敖在困窘中，慷慨解囊相助，又为儿女求得良配，骆红蕖既是唐敖儿媳，现又孤苦伶仃，就把她接来水仙村同住。由尹元招收几个学生，红蕖她们帮忙做些女红贴补，生活也过得去，而且还积存了一些路费。因为思念家乡太切，大家商量以后，终于决定不等唐敖来接，搭了便船回乡。现已平安抵达，所以托人带信给唐敖，希望唐敖能顺利收到，信中再三感激唐敖的帮忙，盼能与他早日相聚。

　　唐敖看完这封长信，知道儿子婚事已定，心中更是少了一层牵挂。

　　离开了轩辕国，林之洋的船又继续前行。

二三、入山不返

    途中又经过几个小国，如三苗国、丈夫国，等等，林之洋船上所有的货都已卖完，预备启程回家。可是，唐敖想起当初在智佳国猜谜，有一题谜面是"永锡难老"，谜底是"不死国"，据多九公说他少年时曾经路过，唐敖很想去看看。因为他从书中读过关于不死国的记载，说不死国中有座员丘山，山上有棵不死神木，吃了树上的果实可以长生；又有红色泉水，喝了赤泉，也可以永远不老。林之洋听唐敖这么一说，也很心动。多九公劝他们说："不死国深藏群山之中，要经过许多小岛，绕很远的路，根本没有人真的上去过，还是不要找麻烦，趁早回家，准备过年吧！"

    偏偏唐敖、林之洋都要去，多九公劝不听，只好定好罗盘方向，向不死国航去。

    这天，三人正在闲谈，多九公忽然看见一块乌云飘来，脸色一变，赶快吩咐水手说："马上就会有大风暴，快把帆降下一半，绑紧绳索。恐怕没法靠得了岸，只有随风走了！"

    唐敖见九公这么紧张，向天空看看，太阳当空，天气好得很，只有一点儿微风，远处虽有一团乌云，但面积不过一丈方圆。不觉笑着说："九公，你未免太紧张了，这种好天气，怎么会有暴风。难道那一小块乌云，就藏得了大风吗？实在不能相信！"

林之洋说："妹夫，你不知道，那确实是起暴风的云啊！"

话刚说完，好像要证明多九公的眼力似的，忽然间天地变色，狂风大作，波浪汹涌，他们的船被风吹得比千里马跑得还快，风越吹越大，完全没有要停的迹象。一路上虽然有可以靠岸的地方，但是，风势太强，船舵操纵完全不由自主，只有随风飘行。这场大风一连吹了三天三夜，才有渐渐减弱的趋势。多九公他们费尽力气，终于把船停到一处山脚下，林之洋见船已停妥，才放心说："乖乖，真是厉害！我从小在大海大洋中来来往往，暴风雨也经过了好多次，从来没见过像这样三天三夜，完全不歇的大风。这下子所有路线全不对了，也不晓得到了什么地方，幸好船很牢固，没有吹坏，算是运气了！"

唐敖说："我们究竟被吹了多远，可以算得出来吗？"

多九公说："像这样的大风吹着跑，一天可行三五千里，如今连吹三天三夜，大概已经有一万多里路啰！"

林之洋说："妹夫，记得当初你要上船同行，我对你说：水上航行，日期难以预定，就是这个意思。一旦遇上天气突然变化，我们就没法自己做主啦！"

唐敖站在船头观望，只见风已渐小，船旁这座大山，细看起来，比东口山、麟凤山似乎更高、更广，而且满山青碧黛绿，全是林木，看得眼睛都清亮了。唐敖很想上去走走，林之洋在女儿国受了大折磨，身体不如以前，又吹了这场大风，精神不振，不能同行，只有多九公愿意陪唐敖一起去。两人下了船，往山坡上走，多九公说："我们是被风一路往南边吹过来的，这里应该是海外极南的地方。我少年时候曾经路过，听说这里有个风景很美的海岛，叫作小蓬莱，不知是不是。我们一面走，一面留心看看。"

又走了一会儿，果然见路边一块石碑，刻着"小蓬莱"三个大字。唐敖说："九公真是了不起，又被你说对了！"

两人穿过一片茂林，越往前走，风景越美。水色清澄，山容秀丽，没有一丝俗尘，简直就是人间仙境，不愧叫作"小蓬莱"。唐敖仿佛自言自语似的，低声说："上回到东口山，我以为天下再也没有更美的山了。谁知这里比东口山更清雅出尘。山中这些仙鹤、麋鹿，见了人都不惊、不走，任人抚摸；到处都有松实、柏子，随便捡来一嚼，满口清香，连心都干净了。我还要找什么呢？这里就是我找了大半生，真正的归宿。原来这场大风是为了带我到这里来的。"

多九公没听清楚唐敖说些什么，只知道他完全被这座山迷住了，看看天色已经不早，就说："等下天黑了，恐怕山路不好走，而且林兄身体又不好，我们该早点回去，免得他牵挂。"

唐敖虽然被九公拉着往回头路走，仍然恋恋不舍，走得很慢，多九公催他："像这样走，要什么时候才能回船？等下天就要黑了，怎么办？"

"自从上了这山，我所有争名夺利的心全忘光了，这一辈子的事，像镜子一样，清清楚楚映在眼前，觉得这里才是我真正要找的地方，已经不想下山了。"

"唐兄，我只听说'书呆子'，没听过游山玩水变成'游呆子'的，别开玩笑了，快点走吧！"

就在这时候，一只全身白毛的猿猴，拿着一根灵芝跑过来，一下子跳到唐敖身边，唐敖伸手一抱，抱住了白猿，把那棵灵芝草拿过来，递给多九公吃了。九公十分高兴，两人一猿下山，回到船上。

婉如见了白猿，很欢喜，用绳子系住，和兰音、若花一起逗它玩。林之洋因为身体仍然不太舒服，很早就睡了。多九公吃了那根灵芝，不知为什么，泻起肚子来，只有躺着休息。第二天早晨，风已转向，水手都收拾船帆，准备开船，哪里知道，唐敖已经不在船上了。

林之洋、多九公、吕氏，大家都急得要命，叫水手分头去找，找了一整天，完全没消息。接连几天，林之洋、多九公都撑着病体、打起精神，亲自上山去找，根本不见踪影。水手急着要回乡，催林之洋赶快开船，不要再找了。多九公把前前后后的事情想了一遍，也劝林之洋说："我看唐兄可能早已有脱离红尘、隐居修道的心，他好几次谈话中都流露出看破名利、不动心的意思，只是我们没有注意。这回跟我一起上山，几乎不肯下来，如果不是我催促，也许当天他就不回来了。仔细想想，唐兄也是有仙缘慧根的人，不然上回在东口山，为什么偏偏他一个人吃到了肉芝、仙草、朱草那些难得的东西？我看唐兄一定是修仙去了，绝不会让我们找到的，再找多久，也没有用。"

林之洋虽然觉得多九公的话也有道理，可是到底和唐敖关系不同，无论如何不能忍心抛下他开船，仍然每天带着人上山去找。

眼看已经过了十几天，船上水手人人等得心焦，这天大家一齐约好，来对林之洋说："这座大山根本没有人住，唐先生一人上山，这么多天了，他究竟能躲在哪里？也许早已不在了。我们只为了等他一个人，再不开船，船上的水、米都已经快不够吃了，万一风向一转，没法开回去，岂不是大家都要送命吗？"

林之洋明知水手说的没错，可是实在不能下决心开船，只拼命抓头发，说不出话来。还是吕氏出来说："你们说得也对，只是我们和唐先生是骨肉至亲，打听不到他确实的消息，怎么能走？万一我们走了，唐先生下山来，找不到船，岂不断送了他的性命。我也知道你们都急着想回家，这样好了，从明天开始，我们再找半个月，如果实在没有消息，就开船回去！"

大家无可奈何，只有耐着性子，再上山去找。林之洋更是从早到晚，满山寻觅。

不知不觉，已过了十五天，水手都忙着准备开船，林之洋仍不死心，约了多九公，要再上山去看看。两人跑了半天，满身大汗，正预备回船，经过"小蓬莱"石碑前，忽然发现碑上多了一首诗，是用毛笔写上去的，写得笔势飞动，墨迹淋漓。多九公上前细看，原来是首七言绝句：

逐浪随波几度秋，	在人海中漂泊了好多年，
此身幸未付东流。	幸好没有迷失本性。
今朝才到源头处，	如今已经找到安身立命的根源，
岂有操舟复出游！	怎么肯舍弃这里再去漂泊浪游！

诗后面还写了一行小字："某年某月某日，回到小蓬莱旧地，从此不再入红尘。唐敖题识。"

多九公说："林兄，我说的没错吧？唐兄果然成仙去了。再也不要乱找了，我们回去吧！"

林之洋热泪盈眶，望着碑上题字呆呆出神，终于被多九公拖着回到船上，把经过情形说给吕氏、婉如、兰音听，兰音、婉如望着小蓬莱山只是流泪。林之洋忽然想起检查一下唐敖的行李，才发现只有笔墨、砚台不见，其余衣服被褥都在。由这些熟悉的用物，再想想唐敖平日待人接物、声音笑貌，真是悲哀不止，但事已如此，也只有让水手开船回家。小蓬莱山在视线中越来越远、越小，终于只剩一片烟波海色，什么都看不见了。

二四、海外寻亲

　　林之洋的船，在海上走了好几个月，直到第二年六月，才平安回到岭南。多九公告辞回自己家去，林之洋带了妻女和枝兰音、阴若花回家，先见岳母江氏，谢谢她这些日子照顾家事的辛劳。同时也把唐敖的事，告诉岳母。

　　"您说，教我怎么对妹妹交代？她骂我一顿还是小事，只怕悲痛得病倒下来，怎么得了？"

　　吕氏说："我看还是暂时瞒住妹妹，只说妹夫回来以后，又赶着到京城去参加考试，等考完试才会回家。先拖一些时候，再慢慢想法子。"

　　"也只好如此。你已经怀了孕，不能再劳累了，明天我自己去看妹妹，先说个谎。只是妹夫的行李包裹要藏好，万一妹妹回来，被她看到，那可糟了。"

　　"刚好兰音说，她也想去拜见义母，你明天是不是带她一起去呢？"

　　"照道理是该把她送到妹夫家去，我只怕她说话的时候，一不小心，说漏了嘴，就不妙了。还是和九公商量一下，让兰音、若花暂时在九公家住，这样，就是妹妹回娘家来，也不怕谎话被拆穿了。"

兰音、若花虽然不太愿意，也没法子，只好答应。幸好多九公把他两个甥女田凤翾、秦小春接来家中，和兰音她们做伴。四个女孩，年纪相当，个个都读过诗书，大家相处得很亲密和睦，林之洋再三拜托多九公多多照顾。回到家中，又叮咛岳母和婉如，千万不要走漏消息，然后才带了女儿国王送唐敖治水的黄金，到唐家来。

唐敖的妻子林氏，自从知道丈夫由探花被降为秀才的消息之后，就天天盼望唐敖回家，谁知没盼到人回来，却收到了信，说跟着大哥、嫂嫂上船出海去了。林氏担心丈夫受不了海上的辛苦，怕他身体吃不消，整天和女儿小山埋怨哥哥、嫂嫂，不该带唐敖同去。就是唐敏夫妇，也为哥哥操心，全家人就这样日夜等待，过了一年多。

这天，唐敏从外面回来，告诉小山一个消息，说太后武则天已下诏令，让全国十六岁以下的才女，明年到京城去考试，一旦录取，就赐给"才女"匾额悬挂，父母亲也有恩赏，可以分享荣耀。从古以来，只有男子才能参加考试，这个诏令，实在是划时代的创举。唐敏当然为有才学的侄女高兴。

小山知道这个消息之后，虽然天天带着弟弟小峰用功读书、做文章，可是因为牵挂父亲，心中总不能平静。林氏常常派人回娘家去打听消息。想不到，就在这个时候，林之洋居然来了。

林氏见到哥哥，满心欢喜，以为丈夫也一定一块儿回来了。小山、小峰都来拜见舅舅，小山一见就问："舅舅已经回来了，父亲怎么没有回来呢？”

林之洋赶快说：“昨天我们才到家，你父亲因为被夺了探花，降为秀才，怕邻居耻笑，不愿意回家。说要到京城去安心用功，等重考再中了探花，才肯回来，我和你舅母再三劝他先回家一趟，就是不听，只托我把在海外赚的银子带回来，他自己就往京城去了。”

林氏一听，心中一痛，眼里全是泪，一句话也说不出来。唐敏忍不住，开口说：“哥哥虽然一向很看重功名，但也不至于到了家门都不肯回来！怎么会变得这么奇怪？如果这次没有考中，难道就永远不回家了吗？”

林氏也说：“都怪大哥不该带他到海外去，如今玩得连家都不要了。”

“唉！当初我本来不肯让他去，可是他一定要去，我又有什么法子？”

小山忽然说：“父亲到海外，是舅舅带去的；父亲上京城，又是舅舅放去的，现在只有求舅舅也陪我一起到京城去，劝父亲回来，即使父亲不肯回来，让我见父亲一面，也好放心。舅舅，你不能不答应！”

林之洋一听，吓了一跳。

“你小小年纪，又娇生惯养，怎么吃得了旅途的辛苦？岭南到京城可不是一点点路，有千山万水哪！你怎么去？你父亲一年到头，总是出门在外的时候多，哪一次不是平平安安回来？我还听说他这个名字'敖'就是'游'的意思，要他待在家里，他反而不痛快，只要一考过试，自然就会回来的，你不要白操心，太性急了！"

唐敏一听小山要去找父亲，也连忙劝说："好在明年侄女也要到京城去参加才女的考试，不如明年提早一点儿出发，我陪你去，就可以见到他了，只要他在外面身体没病就好。你舅舅说得没错，喜欢在外面到处游玩，确实是你父亲天生的性情，改也改不了的。"

小山见叔叔、舅舅都这么说，无可奈何，只有流着眼泪点头答应。

林之洋将女儿国国王赠送的一万两黄金、廉锦枫送的明珠都一一交给妹妹。因为说了谎话，心中实在不安，又见妹妹、小山满面愁容，只好推说家中有事要料理，匆匆告辞走了。

这趟海外之行，林之洋赚了不少钱，多买了几百亩田地。过了几个月，吕氏又生下一个儿子，林之洋心中欢喜，派人送信告诉妹妹。林氏知道哥哥有了儿子，林家有了后代，也十分高兴，带着小山、小峰回娘家向哥哥、嫂嫂道喜。可惜吕氏这次怀孕刚好在旅途之中，没能好好调养，生产之后，又受了寒，竟然生起重病来。林之洋忙着请名医治病、服药，家中乱成一团。林氏见嫂嫂这个样子，就在娘家暂时住下，帮忙照顾。

这天，小山和婉如在婉如外婆江氏卧房中闲谈，忽然，那只小蓬莱山上带回的白猿从床底下拖了个枕头出来玩。小山见白猿顽皮淘气，笑着说："婆婆，这白猴子真会闹，刚才看它拿了婉如妹妹的字帖乱翻，这下又把舅舅的枕头拿来玩，真是没有一刻安静。好好的枕头，怎么放到床底下去了？"

说着，从白猿手里，拿过枕头。谁知，一看就觉得眼熟，很像自己家里的东西，忍不住掀开床单，蹲下身去看，只见地板上放着一包行李，伸手要去拉出来看，江氏连忙阻止说："姑娘，那是我用的旧被，脏得很，不要动它！"

小山看江氏神色惊慌，更觉得疑惑，用力一拖，把包裹拖出来，打开一看，果然是父亲带出门去的行李、被褥、衣物！又惊又急，向江氏再三追问，江氏、婉如不知如何回答。正在这时，林氏、小峰刚好进来，一见床前地上的东西，一件件都是当时亲手为丈夫整理的行装，再看看江氏、婉如的神情，心中一片冰凉，想来丈夫一定凶多吉少，不禁痛哭起来。小峰看妈妈哭，也跟着哭起来。

只有小山，忍着眼泪，走到舅母房中，把林之洋请过来，指着包裹，追问父亲的下落，林之洋见事已如此，只有暗叫糟糕："为了怕妹妹发现包裹，特别藏到岳母房间里来，想不到还是被看到了，怎么办呢？"

低头想了一下，知道事情再也瞒不住，只好说实话。

"妹夫无灾无病，如今自己在山里修道，你们哭什么？"

林氏一听，勉强止住哭声，听林之洋说。

林之洋能把憋了好久的真话，痛快说出来，心里也舒服多了。于是，一五一十，从忽遇大风，吹到小蓬莱，妹夫上山去玩，就

185

此失踪，大家苦苦寻找，足足等了一个月，船上水、米都用完了，又在山上发现唐敖留的诗句，才开船回来。前前后后经过，全部细说一遍。这一下，林氏知道丈夫竟已弃绝红尘，更悲痛难忍，说不出话来。小山流着泪说："舅舅既然没找到父亲，当时一回来，就该把实话告诉我们，也好再去寻访，怎么一直瞒到今天？如果不是发现了包裹，我们还一直在家里呆等呢！难道就让父亲在海外山中，永远不回家了吗？舅舅，你要把我父亲还来！"

林之洋见甥女这样说，不晓得怎么劝才好。江氏和婉如把她们请到吕氏房中来，吕氏躺在床上，身体还虚得很，勉强靠着枕头半坐起来，劝道："甥女向来最明理懂事，现在怎么也说这种话？我们过一阵子又要出海去做生意，到那时一定再去寻访，此刻又有什么法子呢？"

林之洋叫婉如去把唐敖题在石碑上的诗句找来，当时从山上下来，多九公就念给婉如她们听，抄写下来。林之洋说："甥女，这就是你父亲题的诗，你看舅舅没有骗你吧！这最后两句'今朝才到源头处，岂肯操舟复出游！'说得再清楚也没有，妹夫明明是自己不愿再回尘世，所以不论怎么找，就是不肯让我们找到。"

小山把诗句和母亲一起细看了一遍，说："母亲不要难过，现在总算知道了父亲在的地方，有地方，总归找得到。等舅母满了月，身体好了，我跟舅舅一块儿到海外去找父亲就是了。"

林氏听了女儿的话，更不放心："你从来没出过远门，更没坐过船，怎么能让你去？还是你和弟弟在家里跟着叔叔好好读书，我和你舅舅去。这样，也不会耽误你明年参加考试。"

"父亲现在远隔万里，我一心只想赶快去寻访，哪有心准备考试？还是母亲和弟弟在家，让我去比较好，否则，即使母亲找到了父亲，也未必能劝父亲回来。"

"这是什么缘故？"

"母亲找到了父亲，如果他真的看破红尘，不肯回来，母亲又能如何？换了我去，我可以哭，可以跪下来求，还可以说母亲已经焦虑担忧而生了病，父亲怜我一片孝心，也许肯回家。而且女儿究竟年纪还轻，到处寻访，行动也比较方便。母亲想我说得对不对？"

林氏听了，沉默半天，没有回答。

林之洋说："我的意思是：你们都不用去，还是由我去替你们找，最方便、最省事！"

"舅舅说得虽然不错，但是，万一找不到父亲，我一定不死心，还是要麻烦舅舅陪我再去一趟，岂不更添麻烦？还不如这次就跟着舅舅去，到了小蓬莱，不论结果如何，我也甘心！"

林之洋见小山说得这么坚决，只好答应等吕氏满了月，身体复元，备了货物，就一起出发。

林氏也要为女儿置备行装，告辞了哥哥、嫂嫂，带着小山、小峰和丈夫的包裹回到家中。唐敏知道实情之后，手足情深，也很伤心，他想陪小山一起去海外，又怕家中田地、事务没人管理，结果还是决定让小山跟舅舅去。

小山在家，自己在院子里，练习脚力，把一些桌子椅子重叠起来，上上下下，爬高爬低。林氏不明白女儿的意思，以为她只是胡闹。小山说："我听舅舅说，山路不好走，我又从来没走过远路，现在不每天练习，将来到了小蓬莱，怎么上得了山？"

林氏这才明白女儿实在想得周到，念及远方的丈夫，眼圈忍不住又红起来。

很快到了出发的日期，小山拜别了母亲、婶婶，嘱咐弟弟用功、听话。由唐敏把小山送到林家，将路费一千两交给林之洋。又将枝兰音接回去，和林氏做伴，阴若花总觉得女儿身不太习惯，拘束太多，听见林之洋又要出海，想跟着去，林之洋考虑一下，也答应了。若花和小山到现在才见面，两人好像早已认识似的，彼此姐妹相称，谈得十分投合。小山又谢谢兰音代替自己陪伴母亲。

最麻烦的是多九公。林之洋因为九公经验丰富，又多年相处，彼此信任，再三邀他同行，帮忙照应。九公却不想再离家出远门，推说，自从吃了灵芝，泻了一次肚子之后，身体已大不如前，不能再航海受风波之苦。其实是因为上次远航，赚了些钱，日子已经很过得去，在家替人治治病，写写药方，安闲舒适，懒得再动。可是禁不起林之洋再三恳求，多九公见人情难却，终于勉强答应再走一趟。

林之洋一切安排妥当，临出门前，再郑重对小山说："上回我同妹夫正月启程，到今年六月才回来，足足走了五百四十天。这次即使一路顺风，没有耽搁，明年六月无论如何也赶不回来，绝对赶不上才女考试。甥女如果不想错过这千载难逢的应考机会，最好还是留下来用功，一旦上了船，就不能想考试的事了！究竟怎么决定，你好好再想一想。"

"我已经再三想过，考试机会固然难得，但是，即使参加，也不一定考中；就算侥幸考取，父亲不在，荣耀又有什么意思？我要那'才女'的空衔做什么？"

林之洋见小山心意坚定，绝不动摇，这才带着大家来到海边，上了大船，向茫茫大海航去。

二五、故人情重

一路上，林之洋唯恐小山思念父亲，忧愁过度会生病，每次经过名山、大城，一定叫小山看，谁知她对风景一点儿兴趣也没有，书也不想看，只是常常独坐垂泪。

林之洋无可奈何，只好常常想出一些海外奇闻、人情习俗等等，讲给她听，有时也把多九公请来闲谈。这天偶然讲起长人国、小人国，林之洋忽然想起上回在长人国卖了好多空酒坛，在小人国卖了很多蚕茧的事，因为大赚了一笔，而且又出乎意料，所以提出来，对小山说一遍，果然，小山觉得奇怪："舅舅，他们买这些酒坛、蚕茧去，有什么用呢？"

"甥女猜不到吧？说给你听听，也让你想象一下，小人有多小，长人又有多长。原来小人国的人买蚕茧去是做帽子用的，他们本来就不擅缝制衣帽，见这些蚕茧不厚不薄，大小适中，买回去，用刀一剪两半，镶个边，缝一下，就是一顶最适合的瓜皮小帽，所以大家争着买。至于长人国买空酒坛，是拿去当鼻烟壶用的，他们把鼻烟放在酒坛里，拿在手里闻，不大不小，刚刚好！"

小山听了，试想长人、小人的形象，真是闻所未闻，却又像真的见着了一样。

虽然有林之洋、吕氏的关怀照顾，婉如、若花也都是细心解事的好友伴，小山还是受不惯海上风浪和生活习惯的突然转变，生起病来，足足在床上躺了一个月，才慢慢恢复，可是身体很弱，脸上也带着病容。

这天船经东口山，林之洋把唐敖聘骆红蕖为媳的事，对小山说了，又讲起红蕖杀虎、孝亲、搬往水仙村，和尹元、廉夫人他们回到中国去的种种经过，小山这才知道，原来父亲已经给弟弟小峰聘了妻子，她很想见见红蕖，可惜没有机缘。

林之洋的船泊在东口山下，小山想上岸去看看红蕖曾经住过的破庙，林之洋见她病体初愈，稍为走动一下也好，决定自己陪小山一起去，婉如、若花也都同行。三个女孩牵着手，慢慢走，一路歇了好几次，到了"莲花庵"，林之洋看那庙的情况，比当初更破落了，小山停了一会儿，又慢慢下山。

刚到岸旁，离船不远，只见多九公站在岸上正和一位上了年纪的老道姑说话。走近一看，那道姑满脸青气流动，身穿一件破旧道袍，手拿一棵灵芝草，样子很奇特。林之洋说："她来化缘，九公拿些钱、米给她就是了，啰嗦什么！"

九公说："这位道姑疯疯癫癫，不是来要钱要米，她还一直唱歌呢！叫我们让她搭个便船，她就把灵芝草算作船钱。我问她要到哪里去，她却说要到什么'回头岸'去，我多九公在海上跑了这么多年，可从来没听过什么'回头岸'！这不是有点疯癫吗？"

正说着，那位道姑又唱起来，仔细听她唱的是：

我是蓬莱百草仙，

与卿相聚不知年。

因怜贬谪来沧海，

愿献灵芝续旧缘。

小山一听这歌，心中忽然一动，好像不知多少年前的往事在眼前一闪而过。再要细想，却又无从捉摸。她赶快上前，合掌行礼说："仙姑既然要乘船，我们就渡你过去。"

那道姑说："女施主发慈悲心，渡我过去，这棵灵芝，一定奉送。看施主满面病容，不吃这灵芝，大概不易完全复元呢！"

"就请仙姑上船吧，我们还要赶路！"

多九公、林之洋见小山这么说，不好阻止，只有准备开船。但多九公仍然劝小山说："唐小姐，这棵灵芝不知是真是假，千万不要轻易受骗。上回我在小蓬莱吃了一棵灵芝，结果腹泻多日，几乎送命，至今元气仍觉受损，身体常感疲倦，都是灵芝害的。"

那道姑一听，就说："这该怪老先生与灵芝无缘。譬如桑葚，人吃了有益，斑鸠吃了立刻昏迷；薄荷，人吃了觉得清凉，猫狗吃了就昏醉。灵芝原是仙品，有缘的人吃了，可登仙界，如果误给无缘之人吃，怎么知道他不会生病？岂能一概而论呢！"

多九公知道她有讽刺之意，越想越气，无可奈何。

小山请道姑到船舱内入座，自己和婉如、若花一起陪坐，刚要开口，道姑已先把灵芝递过来，说："请女施主先服了这棵仙芝，洗洗凡心，如果能悟出一些从前的因缘，那我们谈话就更容易了。"

小山接过来，道了谢，把灵芝细细吃完，顿时觉得神清气爽，再看那道姑，只觉满面和气，仙风道骨，哪里还有一丝青气？忍不住悄悄在婉如耳边说："这仙姑脸上本来有一股青气，现在忽然没有了，满面慈祥，真是奇怪。"

婉如也悄声回答："她脸上的青气，我正看得害怕，姐姐怎么说没了？"

小山好奇心更盛，不明白这道姑究竟是何来历，问道："请问仙姑大号！"

"我是百花友人。"

小山暗想："这'百花'俩字，真像当头一棒，一听就觉得好亲切、好熟悉，心中生出无限牵挂，难道我和'百花'有什么缘分？她自称是'百花友人'，可见她自己并非'百花'，她究竟是谁？"

小山接着又问："仙姑从哪里来的？"

"我从不忍山、烦恼洞、轮回道上来。"

小山暗暗点头，若有所悟："因为不能忍，所以会生烦恼，既然有了烦恼，自然要堕入轮回。她这话不知是说'百花'，还是说她自己，不太明白，但句句都有深义，绝不是随口乱诌的。"

又问道："仙姑现在要到哪里去呢？"

"我要到苦海边、回头岸去。"

小山想："这明明是说'苦海无边''回头是岸'嘛！"

连忙追问："那'回头岸'上，有没有名山？有没有仙洞？"

"那里有个仙岛，叫'返本岛'，那岛上有个仙洞，叫作'还原洞'。"

小山等不及她说完，又问："仙姑要找什么人？"

"我找的不是别人，是那总管群芳的化身。"

小山听了这话，脑海中似有微光闪现，若迷若悟，似醉似醒，前尘往事，仿佛就在眼前，但偏偏把捉不住。她呆呆出神半天，忽然起身，向道姑下拜行礼说："弟子无知，请仙姑超度，如能脱离红尘苦海，情愿做仙姑的徒弟。"

谁知多九公、林之洋因为不放心那道姑，不知她来意如何，是好是坏，一直在门外窃听，现在一见小山居然要拜道姑为师，吓了一跳，林之洋已忍不住冲进去，指着道姑就骂："喂！你竟敢在我船上妖言惑众？还不快走，小心吃我一拳！"

"舅舅！不可动手，她是真仙！"

道姑微微一笑，说："缠脚大仙，你不要生气！我今天到这里来，原是因为当初和红孩儿大仙有过诺言，想要帮一点儿忙，解除灾患，也不辜负同山修道的情谊，谁知却没有缘分，不能带她同行。既然如此，我只好先走，幸亏前面还有帮忙的人，不会有大难。"

转过头，又对小山说："暂且告辞，后会有期！我们在回头岸上，就可重聚！"

说完，下船就走，很快已不见踪影。

小山埋怨舅舅，不该得罪道姑，林之洋一口咬定那道姑是骗子。小山问林之洋："刚才她称舅舅叫什么'缠脚大仙'，那是什么意思？为什么舅舅一听，脸都红了？"

林之洋呆了一下，忙说："你看她疯疯癫癫的样子，还不是随口乱说，我也不明白是为什么。"

小山知道舅舅不愿多说，也就算了。

自从服了那棵灵芝，小山身体、精神都大好，海上风浪也能适应了。

二六、海中遇怪

这天，林之洋的船刚靠水仙村停泊，忽然，水中蹿出一群海怪，个个青面獠牙，全身溜滑，一下跳到船上。林之洋一见，立刻大喊，叫水手"放枪"！水手取枪，还没来得及放，那群海怪已经从舱中拖出唐小山，一起跃入海中。整个过程，真是"迅雷不及掩耳"，快得要命！林之洋措手不及，呆在当场。

吕氏、婉如、若花都赶出舱外，吕氏对林之洋说："我们正坐着闲谈，忽然冲进来这群妖怪，一下子就把甥女抓去了，怎么办啊？"

林之洋急得直跺脚，说："怎么办？我也不知道怎么办啊！"

多九公听到消息，从船后赶来，说："幸好天气暖和，请会潜水的那个水手，先下去看看再说！"

那个水手当初也曾下海去探听廉锦枫的消息，他刚才看到那群海怪的模样，有点害怕，可是，仍然答应下海一趟。不久，上来回报说："水中看不出有什么动静，那群海怪不知躲在哪里，没法寻找。"

林之洋只觉眼前一片漆黑，忍不住痛哭，哭了半天，自言自语说："我的甥女，你死得好苦！叫我怎么回去见你母亲？舅舅只好跟你一起去了。"

说着向船外纵身一跳，沉入海中。多九公吓得忙叫救命，刚才那个水手，衣服还没换好，连忙跑来，跟着跳下去，一会儿工夫，已经把林之洋拖出水面。大家放下绳索，把林之洋救上来，只见他腹胀如鼓，口中只有一丝游气。吕氏、婉如、若花哭成一团。多九公毕竟经验老到，虽慌不乱，叫水手取来一口大铁锅，倒扣在船板上，再把林之洋俯放锅上，立刻嘴中吐出许多海水，肚子就平下去了，人也慢慢醒过来。婉如、若花上前扶起，吕氏拿了干衣来，帮他换过，林之洋口口声声只叫："甥女死得好苦！"

多九公劝道："林兄刚才喝了海水，肠胃一定不好受，千万不要太悲痛。据我看，唐小姐应该有救星，不会死的。"

林之洋有气无力地说："我才掉下去，就被救起来，已经差点送命。甥女被拖下海这么久了，哪还能有救？"

多九公说："记得上回那个道姑，虽然疯疯癫癫，但是她却说什么：有人帮忙，不会有大难。又称你'缠脚大仙'，试想，除了唐兄和你我，谁会知道我们开玩笑说的话？偏偏这道姑就知道，她岂不真的有点来历吗？这么说来，唐小姐应该不会有危险才对。"

林之洋不住点头："九公说得很对，我这就去求神仙帮忙。"

立刻命水手摆了桌子，点了香，自己洗净双手，拈香下跪，暗暗祷告。一直跪到天色已晚，多九公来劝他先去休息，明天再求。林之洋不肯："今晚刚好大月亮，天色一点儿都不黑，我要继续求下去。如果没人来救，我再也不起来了。"

197

多九公在旁边只有摇头叹气，无话可说。

不知不觉，月亮已升到中天，忽然有两个道士，手执拂尘，飘然而降。月光之下，看得很清楚，两人容貌都非常丑陋，一个黄面獠牙，一个青面獠牙，长发披肩，戴着束发金箍，身后跟随四个小童。林之洋一见果然来了救星，连连叩头，只求："神仙救救我甥女的命！"

两个道士说："居士不用多礼，我们既然来了，当然要救人，何必苦求！"

转过头，吩咐身后小童说："屠龙童儿！剖龟童儿！你们快到苦海中，将孽龙、恶蚌擒来。"

二童答应一声，跃下海去。林之洋站起身来，说："我甥女也在海中，求两位神仙救救她！"

两人点头，又向身旁两个童子低声吩咐几句，这两个童子也跟着跳下海去。一会儿，两人先回来向道人行礼说："已将百花化身护送回船。"

道士点点头，两个童子侍立两旁，不再说话。

过了一会儿，剖龟童手中牵着一个大蚌从海中上来，随后，屠龙童也上来，向黄脸道人说："孽龙不肯上来，嘴巴还凶得很。本想将他杀死，但未奉师父之命，不敢任意而行。"

"这孽龙竟敢如此！等我自己去一趟！"

说罢，也跳入海中，但双脚站在水面，就像在平地上一样，手中拂尘向下一指，海水立刻向两旁分开，中间让出一条大路来。

道人笔直向海中走下去，不久，已牵着一条青龙，回到岸上，海水也恢复原状。

黄面道人对青龙说："你已经犯了天条，谪入苦海，还不好好静修赎罪，又做这种违法的事，胆子未免太大了吧？"

青龙跪在地上，说："小龙不敢！自从被谪降苦海，从来不敢胡作非为。昨天，我在海中，忽然闻到一种奇异香味，芬芳浓郁，直达海底，不知什么缘故。后来向大蚌请教，才知道是唐大仙的女儿由此经过。小龙本不知唐大仙之女是什么人，但大蚌对我说，这个少女是百花的化身，如果能够和她结婚，就可以长生不死、寿与天齐。小龙一时糊涂，命属下把她捉来，没想到她喝了海水，昏迷不醒。我赶到仙岛，想寻回生草救她性命，到了蓬莱仙岛，遇见百草仙，求到回生草，急急赶回，就被您捉来。回生草还在身边，小龙说的全是实话，请饶我一命！"

青面道人听了，转头问大蚌说："你这恶蚌，修行也有多年，为什么要设下这种毒计害人？"

大蚌说："种种事情，都有前因。前年唐大仙经过这里，救了一个姓廉的孝女，她为了报救命之恩，竟然下海杀了我的儿子，取了壳中明珠，献给唐大仙。我儿子这条命，也等于是唐大仙害的，小蚌记在心中，片刻难忘。昨天刚巧遇到唐大仙的女儿，她身上异香传入海底，小蚌要报杀子之仇，所以才想出这个计策。"

青面道人说："你不要花言巧语。当初你儿子贪馋好吃，海中水族，任意捕杀，伤生太多，所以才借廉家孝女的刀，除掉水族的祸患。怎么能怪唐大仙，更移恨到他女儿身上？你如此奸险，做错了事，还不知后悔，留下来实是大患。剖龟童儿，立刻把它剖了！"

黄面道人见兄发怒，劝道："上苍有好生之德，道兄暂且息怒，先别杀他。那孽龙既然已求得回生草，百花化身服了这草，不仅可以起死回生，而且大有补益。他有这件功劳，就免了他的死罪。据小弟之意，不如把这两个畜生囚禁在无肠国的厕所里，让它们每天闻臭气、吃秽物，也足以作为警戒了，不知道兄意如何？"

"道兄说得也对。但这两个畜生必须关在无肠国有钱人家的厕所里，才足以抵它们的罪！"

黄面道人点头同意，把回生草递给林之洋，转身要走。林之洋下拜行礼说："请两位神仙留下姓名，我们永远铭记不忘！"

黄面道人指着青面道人说："他是百介山人，专管天下甲介之类；我是百鳞山人，专管天下鳞虫之属。偶然闲游，经过这里，碰巧遇到这件事，想来也有因缘，何必道谢！"

那龙、蚌见它们要被带走，一齐跪下哀求："大仙判我们囚禁在无肠国的厕所，已经难以忍受，何况还是有钱人家的厕所，怎么得了！不但那吃过三四回再拉出来的粪臭不可闻，他们家中那股铜臭，更熏人欲呕，还求大仙开恩，开恩！"

林之洋这时心情大好，恢复了本性，又想说笑话了，上前行了一礼，说："我向两位大仙讲个人情！它们俩既然不愿住厕所，就让它们做无肠国有钱人家的家庭教师吧！"

龙、蚌一听，连说："家教虽然有点酸味，毕竟比铜臭气好受，我们情愿做家教！"

　　两位道人说："不要啰嗦，我们自有道理！"

　　一行人带着龙、蚌一齐去了。水手目睹这幕奇景，人人目瞪口呆，接着又议论纷纷，谈个不休。

　　林之洋进了舱房，小山果然已经送回，双眼紧闭，躺在床上。九公设法，弄开她的嘴巴，林之洋强迫把回生草塞入。过一会儿，小山口中吐出几口海水，立刻清醒过来，精神清爽，眼眸明亮。大家都高兴得很，向她道喜。小山说："只要寻到父亲，受些磨难，也心甘情愿。只是累得你们大家操心，真过意不去！"

二七、桃李之妖

　　船继续向小蓬莱进发，沿途许多国家都未停留。这天已经到了上回遇到大暴风的地方。从这里再往南走，多九公对航线不太熟悉，他们找到一处小港口，停船问路。

　　原来这里叫丈夫国，向当地人问起到小蓬莱的路线，大家都说："难走，难走！一定要经过田木岛、亥木山才能到，那个地方近来有许多妖怪，来来往往的商船，经常都不知下落，你们还是不要去比较好！"

　　船上水手一听，都不愿意再往前走。小山坚决要去，多、林两人再三苦劝，但是，小山说：宁死也要去！拗不过她，只好劝服水手，继续前行。

　　又走了好多天，迎面有座高山挡路，必须从山脚绕过去，才有出口。正在绕山而行，扑面一阵果香，大家抬头看，只见满山全是密密层层的果林，桃、李、橘、枣……四季水果全有，水手个个闻得直流口水，一心想上岸摘果子吃。林之洋只好答应，把船靠岸，大家一拥而上，伸手摘来就吃，都说滋味鲜美，芬芳多汁。林之洋、多九公也大吃一顿，又摘了许多，送上船来，让吕氏和小山姐妹一起分享。小山没吃水果，先向林之洋说："舅舅，上回停船问路，人家不是说这附近有妖怪害人吗？为什么要把船靠岸呢？"

"一闻到这山上的果子香，我自己也迷糊了，只想吃，哪里还管什么妖怪？甥女说得对，我这就去催他们开船吧！"

哪知那群水手，一个个都躺在果树下，说："吃了这些果子，我们全身软绵绵的，就像喝醉酒一样，好舒服，只想睡觉，没力气开船！"

林之洋正要发火，忽然觉得天旋地转，全身无力，只想躺下。多九公也扶着船上栏杆，站都站不稳。就在这时候，山中走出来一群女人，她们把吕氏、小山、婉如、若花和多九公一起扶到岸上，林之洋也被扶起来，岸上水手一个个被拖起来往山上走。大家心里都很清楚，就是全身发软，没有力气，也说不出话，只好跟着走。

小山并没吃水果，但见大家都已如此，寡不敌众，只好也假装醉倒，看看究竟会发生什么事，再想办法。不久，来到一个石洞前，进了石洞，里面很深广，走过两层庭院，才到一间大厅。大厅上坐着四个妖怪，两丑两俊，当中一个是非常美丽的女妖，头戴凤冠。这女妖不但美，而且妩媚多姿，面如桃花。她身边是个不到二十岁的男妖，却穿着女人衣服，面白唇红，皮肤像美人一样，又白又嫩。多九公、林之洋一见，大吃一惊，尤其是林之洋，简直像女儿国的旧事重演。两旁另外两个男妖，却真是名实相符的妖怪：一个脸皮像黑枣，又黑又皱；另外一个，一头蓬乱红发，一张蜡黄脸，跟橘子皮的颜色没有分别。大家坐在地上，站都站不起来，只有听凭摆布。只见那女妖开口一笑，娇滴滴地说："他们只晓得水果好吃，却不知道水果里面藏有酿酒用的酒曲，果然轻轻松松全都捉来，我们可以好好享受一顿了。只是这回抓来的'裸儿'有三十多个，一下子吃不完，怎么办？"

那半男半女的妖怪说："他们刚才已吃了酒曲，皮肉都有了酒味，干脆把这群裸儿，全都酿成好酒，就叫'裸儿酒'，再来细细品尝，你们觉得如何？"

女妖高兴得很："这个法子真妙！"

黄橘脸的男妖说："这批裸儿中，酒量大的恐怕也不少，不如先拿些好酒，让他们尽量灌下去，灌得烂醉，再拿来酿酒，岂不省事？酒味也更香更浓啊！"

女妖点头同意，称赞他想得周到，当下吩咐部下，把大家带到后面关起来，多拿些好酒，先让他们尽量喝，然后全部蒸熟，用来酿美酒。

群妖答应一声，七手八脚，忙着去取酒。小山跪在地上，暗暗祷告说："我唐小山远到海外寻亲，如今遇到妖魔，眼看性命不保，祈求神明拯救。"

小山仍在垂头低语，忽然一位道姑出现在身旁，低声说："女施主不要害怕，这些小小妖魔，绝不能害你们！"

这时，一群小妖已经把酒取来，那位道姑说："我的酒量最大，拿来我喝！"

"咦！刚才我们没有算清，原来有五个女裸儿，不是四个。"

把酒送到道姑面前，道姑一口喝干，小妖已经又把酒送来，她又一下喝完，群妖忙着拿酒，简直来不及，都说："乖乖！真好酒量！"

道姑一面喝，一面催小妖拿酒，片刻工夫已经把妖精洞内存酒，喝得一滴不剩。小妖无酒可取，只得去报告女妖。女妖不肯相信，四妖一起赶到后面来。

道姑一见四妖全到，对着他们，把嘴一张，立刻一道酒泉，滔滔不绝，直喷过去。洞内洞外，一片酒果之香弥漫。原来这酒，是由百种鲜果酿制而成，芬芳浓郁。喜欢喝酒的人，别说尝到滋味，只要一闻酒香，也会神迷心醉，垂涎三尺。道姑口中喷出美酒如泉，同时右手一伸，只听见轰隆隆一声雷鸣，雷声中现出一朵彩云，彩云上，端端正正四样水果：桃、李、枣、橘，对准四妖头顶直打下去。

道姑大喝一声："四个畜生！还不快现原形！"

四妖刚想要逃，彩云上四种水果已经落下，打得四妖满地乱滚，立刻现出原形，远远看去，只见个个小如弹丸，不知是什么东西。道姑走过去，一一拾起，群妖见洞主已死，也都各现本相，全是些山精水怪，四散奔逃。一霎时，全跑光了，道姑也不追赶。

这时，酒力渐退，大家慢慢站起来，都向道姑行礼致谢。小山问："敢问仙姑大名？这四个是什么妖怪？"

"我是百果山人，与女施主有缘，所以特来相救。"

说着把手一伸，手掌中握的原来是四粒果核："这就是四妖的原形了！"

大家全走近围观，四粒果核是：李子核、桃核、枣核和橘核。

"这些果核都生于周朝，到今天已有一千多年，它们受了日月精华，修炼成形，在此作怪，幸好遇到了我，也是它们该当命绝。"

小山又问："仙姑，从这里到小蓬莱，不知还有多少路程？"

"远在天边，近在眼前。女施主只要问自己的心，何必问我？"

说罢出洞，飘然而去。

小山低头沉思：百果山人、百介山人、百鳞山人、百草仙人，这些神仙仿佛都很熟悉，又很陌生，拼命追忆，却只有一些模糊闪动的光影，就是记不清楚。真是"远在天边，近在眼前"，只恨没法问个明白。

大家在回船路上，不断谈论仙姑相救的事。多九公说："多亏唐小姐一片孝心，所以每次都有神仙相救。听上次大蚌的话，唐兄一定已经成仙了。"

林之洋说："妹夫如果成了神仙，甥女有灾难，自然会有仙人来救，俗话说'官官相护'，想来神仙也会'仙仙相护'。这倒不奇怪，我最不懂的是他们说什么'百花化身'，难道甥女是百花谪降到人间来的吗？"

小山笑着说："舅舅，既然说'百花'，应该是一百种花，哪里会一百种花化身为一个人？简直说不通，而且我也不愿意做什么百花的化身。"

"为什么不愿意呢？"

"舅舅，你想，百花不过是草木之类，如果要修成仙，必须先修到人身，有了根基，才能再进一步修仙。要花两层工夫，岂不费神？"

"唉！我倒希望你少胡思乱想，安安分分，免得又生出事来！"

阴若花插嘴问道："刚才那个少年男妖，为什么偏装成女人模样？"

多九公说："你还问这个？这不是从你们女儿国学来的吗？说不定他还缠了小脚，穿了耳洞呢！"

林之洋忍不住又好气又好笑。小山不明白这段经过，再三追问。婉如只好把女儿国那件事说了一遍，小山恍然大悟："怪不得那位百草仙称舅舅为'缠脚大仙'，舅舅还脸红呢！原来是这么回事！"

上船以后，又继续旅程。走了不久，忽然听到水手大声说："刚刚走得好好的，前面又有山挡路了！"

多九公、林之洋赶到船头一看，果然船前海上又是一座大山。多九公说："前年那次，被大风刮得昏头昏脑，也没认路。怎么这一次来，老是碰到大山？像这个样子，哪一天才能到啊？"

林之洋说："我们上山去探探路径再说吧！"

水手停好船，两人上山走了一阵子，迎面一块石碑，写的正是"小蓬莱"。多九公拍着头说："怪不得那道姑说什么：远在天边，近在眼前，原来真的已经到了。"

赶快回船，告诉小山。小山恨不得立刻就去，但天已经黑了，只好决定第二天一大早，再一起上山。

次日清晨，吃饱早饭，林之洋陪小山出发，婉如、若花也要求同行。上了山坡，山径弯曲难行，必须攀着路旁的古藤、老树才能行走。到了石碑前，只见唐敖当初所题诗句，墨迹仍然清晰，小山用手一字字触摸，眼中含泪，抬头四望，心中顿有所悟，暗想："看了这山，真像回到久别的故乡一样，难怪父亲不肯离开了。前面山峦连绵，望不到尽头，不知还有多少路程。回船和舅舅商量之后，我自己再一个人来吧！"

黄昏时分，回到船上，吃过饭，小山和舅舅、舅母、若花、婉如围坐商谈。

"我今天看了一下这山的情形，路途实在很远，三五天绝对没法走遍。父亲既然立意修行，一定隐在山深处，如果不愿意见我们，恐怕找一年都找不到。我想，舅舅不用陪我，明天让我自己一个人上山去，慢慢寻访，或者父亲能出来和我相见。"

"甥女一个人去，我怎么放心？当然我要陪你去。"

"舅舅一走，船上的事，交给谁呢？九公到底上了年纪，舅舅牵挂着船上，我也没法安心细访，不如让我自己去。好在这山上没有人家，似乎也没有野兽，简直就像神仙住的地方，舅舅只管放心。我这一趟，最多去一个月，如果找到父亲，当然最好，即使找不到，我也会先回来告诉舅舅一声，绝不会让大家为我担心。"

若花这时开口说："义父如果不放心，我一向就会骑马、射箭、使用兵器，不如让我陪小山妹妹去，也好沿途照应。"

婉如说："如果这样，那我也要去！"

小山说："你一向不常走山路，怎么能去？若花姐姐如果愿意陪我，倒是可以做伴。"

吕氏还想劝阻，但小山已经打定主意，绝不更改。只得细心替她们俩准备了豆面、麻子种种耐饥、耐渴的特别干粮，御寒衣物，收拾妥当。第二天清晨绝早，小山和若花就出发了。林之洋、吕氏、婉如都忧心忡忡，遥遥目送。

二八、镜花水月

　　姐妹两人，背着包袱，佩着防身用的长剑，每遇山路弯曲的地方，小山就用剑在山石树木上画一圆圈，或刻"唐小山"三字，免得回来的时候迷路。走了一整天，途中休息了几次，看看已近黄昏，两人商量要找个今晚可以住宿的地方，只见路旁许多古松，树干都很粗大，要好几个人才抱得拢。其中一株，因年代太久，主干已枯，只剩一层薄皮，里面却是空心的。小山、若花觉得，这真是最好的过夜之地。一齐钻进去，里面积有厚厚一层松叶，软绵绵的，又很暖和，不久就沉沉睡着。

　　一夜酣眠，两人都神采奕奕。第二天，又继续前行，黄昏时找个石洞过夜。就这样，行行重行行，一路上怪石奇树，异草香花，翠竹烟云，山景如画。可是，小山一心只想寻访父亲的消息，并不留意。

　　一连走了好几天，并无丝毫踪迹，再看前面，仍是一望无际的峰岭。小山说："姐姐，看这个样子，大概还要走几十天。我对舅舅说过，不论找不找得到，都要先回去告诉他一声，如今再往前走，走得太远，恐怕一个月内没法回去通知舅舅，岂不失信了吗？"

　　"既然已经走到这里，我看还是继续前行。即使慢些日子，义父也不会埋怨的，何必又特地转回去！"

"我的意思，是想请姐姐就此回去，顺便告诉舅舅一声，我自己再慢慢寻访。"

"我当然要和你一起去，你怎么说这种话？"

"我这几天仔细观察这山的形势，实在太辽阔广远，究竟什么时候能完全走遍，根本没法预定，因此想让姐姐先回去。我找到了父亲，和父亲一起在山中修行，也是人生难得的机缘。万一找不到，我实在没法回家见母亲的面，只有一直走到山的尽头。如果姐姐一路同行，我又怎能不顾一切，只管往前走呢？而且也不能让舅舅老是在等候啊！"

"我怕路远的话，也不来了！这回如果寻访不到确实消息，不只你不该回去，我也绝不半途而废。何况，我本是虎口余生，捡来的性命，什么富贵荣华，早已看破。即使耽搁太久，义父不能等候，我就和你在这山中一块儿修行，也未尝不可。妹妹不必顾虑我，这次陪你来，我难道是为名、为利吗？只是念妹妹一片孝心，怕你没有人照应。你以为我只是一时高兴，上山来玩玩，没有考虑后果，那就想错了。"

小山听了若花的话，不觉流下泪来，两人不再多说，又向前行。路上遍地松实、柏子，小山随手拾来吃，只觉满口清香，若花也吃了一些，竟然也可吃饱。两人谈谈诗文，讲讲古迹，不知不觉又走了六七天。

这天，走在路上，似乎看见迎面有个人走过来。小山说："我们走了十几天，没有遇到一个人，怎么今天居然有人过来了？"

"难道前面已有人家了吗？"

只见那人渐渐走近，樵夫打扮，满头白发。小山见是老年人，恭敬地让到路旁，行礼请问说："老先生，这山叫什么名字？前面有没有人家？"

老樵夫停下脚步说："这山总名叫'小蓬莱'，前面这条长长山岭，叫'镜花岭'，岭下有一荒冢，过了那个荒冢，有个小村，叫'水月村'。这里已经算是水月村的村界啦，村子里住的，只有几个山中人，你问这个做什么？"

"我是来寻人的，我们中国大唐，有位姓唐的，前年曾经到这山中来，不知是否住在前面村子里？求老先生指示，感激不尽。"

"你问的人莫非是岭南唐以亭吗？"

以亭正是唐敖的字，小山一听，满脸笑容，连连点头说："正是，老先生见过他吗？"

"我们常在一起，怎么没见过？前天，他托我带封家信到山下，看看有没有要回中国去的船，托他们把信带回岭南河源去。今天真凑巧，刚好就有你来找他。"

说着从怀中取出信来，放在斧头柄上，递给小山。小山连忙接过一看，只见信封上写的是："吾女闺臣开拆"

虽然确是父亲笔迹，但名字却不是自己的名字，不禁呆住了。老樵夫又说："你看信吧！看了信，再到前面'泣红亭'去看看，就都明白了。"

说罢，飘然而行，很快就隐入烟云之中去了。

小山低头看了信，对若花说："父亲信上说，要等我考中才女过后，才和我重聚。为什么不现在就一起回去呢？又叫我把名字改为'闺臣'，然后才去参加考试，不知是什么意思。"

"据我想来，叫你改名，大有深意。令尊的意思大概是说：妹妹将来即使在太后的周朝中了才女，仍然是唐朝闺中之臣，表示不忘本。"

"姐姐说得很对。父亲信中还要我赶快回去，不要误了考期。可是，我走了几万里路，好不容易才到这里，又明知父亲就在这山中，怎么能不见一面就回去？我们还是到前面去看看再说吧！"

走过"镜花岭"，果然看见路边有座坟墓。小山说："这里明明是仙境，怎么忽然有座坟墓？大概就是刚才那位樵夫说的荒冢了。"

"你看，那边岩壁上刻着'镜花冢'三个大字，原来墓中葬的是'镜中花'，不知是什么样子？可惜刚才没问清楚。"

绕过荒冢、岩壁，走了不远，迎面出现高高的白玉牌楼，上面刻的字是"水月村"，小山、若花急忙走过牌楼，四面张望，哪有什么村子？连一个人影都没有。只见一条长长溪水拦路，并无桥梁。

幸好，溪边一株古老大松，长得歪歪斜斜，由这边一直延伸到对岸山坡，好像有人故意推倒，搭成一座松根桥似的。两人攀着松枝，小心翼翼，渡过溪水。

只见四面山清水秀，宁静祥和。远处山峰上似乎全是琼台玉洞，金殿瑶池。一片祥云紫雾缤纷缭绕中，忽然现出一座红亭，红亭中发出万道金光，辉煌灿烂，华彩夺目。

小山、若花走近红亭，亭子四周全是参天的奇松怪柏、野竹枯藤，环绕护卫，还有许多不知名的奇花异草，在红亭前后遍地滋生。亭子正前方，悬着一块金字匾额，上面写的是"泣红亭"，两边还有一副对联：

桃花流水杳然去，
朗月清风到处游。

小山低声念出亭名和对联，若花说："妹妹真有学问，你怎么认得这些蝌蚪古文呢？"

小山正要说，明明就是普通楷书嘛，什么蝌蚪古文！就在这时，亭子里面，一声巨响，万道红光中现出一位女装打扮的神仙，左手执笔，右手执斗，玉貌如花，驾着彩云，周身红光环绕，一下子升上天空，往北斗星的方向去了。若花说："看这模样，明明是掌管天下文章的魁星。可是魁星一向都是男身，怎么也有女魁星呢？真怪！"

"将来回到家乡，如果见庙宇中有魁星，我一定要另塑一尊女魁星，供在旁边，也不枉今天这次遇合！"

两人走入亭中，只见迎面一块高约八尺的白玉碑，像一面大镜子一样，矗立眼前，洁净晶莹，毫无瑕疵，玉碑两旁，两根石柱，柱上也有一副对联：

红颜莫道人间少，
薄命谁言座上无？

石柱上方也有一块匾，匾上写的是"镜花水月"四个大字。

唐小山一见这块玉碑，恍如雷击电掣，心中顿有所悟。过去、现在、未来，流转不息，前尘往事像走马灯般，不断在心头闪现，种种烦恼、忧愁、焦虑、期待……也像擦拭如新的镜面一样，不再系怀。

她定定神，仔细看那玉碑，只见碑上现出一百人的姓名，姓名上都冠有"司××花仙子"的称号。小山从头看了一遍，发现自己新改的名字"唐闺臣"，还有阴若花、林婉如、枝兰音、骆红蕖、廉锦枫……这些熟悉的名字全在上面。暗想："听说古人有梦中看见天榜的事情，难道这就是天榜？为什么又有'司花'的名号呢？"

"若花姐姐，你看这是不是天榜啊？"

"我看碑上全是认不得的古文，谁知道什么天榜、地榜呢！"

"我是真心请教，姐姐怎么开起玩笑来了？"

若花揉揉眼睛，再细看一下，说："上面的字，和外面的匾一样，都是蝌蚪古文嘛！我真的一个字都不认识，绝不是开玩笑骗你！"

小山觉得很奇怪："明明是清清楚楚的楷书，为什么姐姐看在眼中，却变了蝌蚪文呢？这么说来，也许真的有机缘了，姐姐和这碑文大概无缘，所以没法认得。"

"我虽然认不得，幸好你看得清楚，说给我听听，还不是一样吗？"

"上面写的都是人名，约有一百人之多，我们姐妹的名字全在上面。姐姐既然认不得碑上文字，可见天机不可泄露。我如果编造谎话，说给你听，未免欺骗姐姐。如果照实说出来，又怕泄露天机，会有灾祸，还是不说的好。姐姐不会生气吧？"

"妹妹说得很对，我怎么会生气？你慢慢细看，我到亭子外面走走。"

小山又从头看了一遍，只见人名榜后，还有四句偈语，写的是：茫茫大荒，

事涉荒唐，
唐时遇唐，
流布遐荒。

她想："这'唐时遇唐，流布遐荒'，似乎正对我而说：现在是唐朝，我又姓唐，刚好见到，认得这碑文，难道叫我流传海内吗？但这碑上人名这么多，又没带笔墨砚台来，一下子怎么能背得呢？"

这时，阴若花走进来说："妹妹，外面风景实在太美了，要不

要出去看看？"

"姐姐，你来得正好，帮我想个法子。这碑上文字，我一时背不下来，想抄写，又没有笔砚，你说怎么办？"

"这有什么难？刚好有现成的纸笔可以利用。"

若花到外面摘了几片大蕉叶，又用剑削了几根细竹签拿进亭子来。

"妹妹暂且用竹签写在蕉叶上，回去以后，再誊清岂不正好？"

小山试写几个字，笔画分明，很好写，于是，高高兴兴埋头抄录。刚抄了一行，忽然又抬头说："刚才远远望见对面山峰上全是琼台玉洞，好像仙人住的地方。想来我父亲一定就在那上面，我们应该先往前走，找到父亲，再回来抄写也不迟。"

"妹妹说得也对，不过，如果见不到，也不要太失望，我们到前面去看看再说。"

两人背起行囊，走了半天，只见山上那些楼台渐渐接近，心中欢喜。忽然听到如雷鸣一般的流水声，两人快步走过去一看，只见迎面一片深潭，山中各处瀑布的水都汇归到潭中，全潭有几十丈宽，完全无路可通。小山失望已极，心中暗暗叫苦。两人绕着潭边走来走去，就是想不出任何渡过深潭的方法。小山到了这个地步，眼见仙境就在面前，偏偏"可望而不可即"，跋涉千山万水，到头来还是见不到父亲一面，不禁心痛泪滴。若花劝道："妹妹，不要难过。你看，今天我们遇见的那个老樵夫，来得奇怪，去得又无影无踪，明明是仙人来指引我们。我想姑丈一定已经修仙有成，他信中既然叫妹妹先去应试，考过之后，自可重聚，这话一定有道理。如今，我们还是快点抄了碑文赶回去，免得姑母在家中苦苦盼望，让她看了姑丈的信，也好放心。妹妹觉得我说得对不对？"

小山知道若花的话有理，但望着潭水对岸的山峰楼阁，就是痴痴不忍离去，犹豫彷徨，不知如何是好。忽然发现路边岩壁上，不知什么时候，有人写了几行字，走近一看，又是一首七言绝句：

义关至性岂能忘？	说到父女的天性至情，哪里能够割舍？
踏遍天涯枉断肠！	可是走遍天涯海角仍然没有用！
聚首还须回首忆，	想要重聚，必须回头细细思量，
蓬莱顶上是家乡。	蓬莱绝顶才是真正的故乡！

诗的后面，还有一行比较小的字，写着"某年某月某日岭南唐以亭即事偶题"。

小山念到"聚首还须回首忆，蓬莱顶上是家乡"两句，好像有所领悟，似乎想起了很久很久以前的一些事，但专心细想，却又记不清楚，只管呆呆出神。若花说："妹妹不要发呆了。你看，诗后面写的年月，恰好就是今天，而且'即事偶题'，明明是说姑丈针对妹妹来寻亲这件事才写了这首诗。刚才我们也从这里经过，并没有看见壁上有字迹，转眼间，却有了这首诗，如果姑丈不是神仙，怎么做得到？我们还是听姑丈的吩咐，先回去吧！"

若花说完，拉着小山的手，回到泣红亭来，一路上又摘了许多蕉叶，削了几根竹签。到了亭中，若花问："这碑文要多久才能抄完？"

"快一点儿抄，大概明天就可以写完。"

"既然如此，你只管专心抄写，不要分心。这里到处都是美丽风景，我慢慢欣赏，十天也看不厌的。"

小山果然专心抄录。天黑了，就和若花在亭内住了一夜。第二天，正要继续写，忽然玉碑之上，人名之下，又多出一些字句，写的是各人一生事迹的重点摘要。小山先看自己"唐闺臣"名字下面，写着"只因一局之误，致遭七情之磨"。暗想："我从来不会下棋，这'一局之误'，从何说起？"实在想不明白，只好照样抄下。若花偶然进来看看，惊道："原来妹妹不但会认蝌蚪文，还会写蝌蚪文啊！"

"姐姐别开玩笑，我怎么会写古文！"

若花揉揉眼睛，再看那蕉叶上，明明都是古篆文，一个字也不认得。

"你抄的笔画和那玉碑上的字一模一样，我当然不认得啰！"

小山叹气道："怪不得人家说'有缘千里来相会，无缘对面不相识'，姐姐想来真是无缘了。"

"我能到这里来，也不能算无缘吧！而且，有缘虽然好，无缘也未尝不自由自在。你看，现在我可以尽情欣赏遍山美景，妹妹却要埋头苦写，岂不是没有我自在吗？"

"姐姐，你不过看看风景，我却饱览仙机，能知未来。你们一生的吉凶我都知道，岂不比看风景强多了！"

"你说，我们的一生你都知道，我问你：你自己的来历、自己的结果，你知不知道呢？"

小山听了，不禁冷汗直流，说不出话来。若花又说："你知道，固然好；我不知，也未尝不好。总之，到头来，不论知与不知，都逃不了一死，又有什么差别？"

说完，又出亭闲游去了。小山心中思潮起伏，停笔想了好久，才又提笔继续抄写。

第二天，终于抄完。把蕉叶收好，放进行囊中，小山走出泣红亭，朝着对面山峰跪下行礼，暗暗下定决心：只要应完这次考试，一定重来，和父亲相聚，其他一切都不再挂心。

两人穿过松林，走过松根桥，过了"水月村"，越过"镜花岭"。这天，正往前走，只见路旁一条大瀑布，奔腾而下，水声如雷，壁上刻着字，写的是"流翠浦"。若花、小山手牵手，小心走过滑溜的道路。只见前面出现许多分岔的小径，不知该走哪条路才对。小山说："我们来的时候，好像没看到有这么大的瀑布，难道走错了？赶快找找我刻下的记号。"

找了半天，终于在路旁树上找到，奇怪的是，"唐小山"三字，已经变成了"唐闺臣"。若花说："看来又是姑丈显神通，要不然，怎么说得通呢？"

小山也放下心，跟着记号走，每次到歧路、转弯的地方，总会出现"唐闺臣"的标志指路。她们只管往前走，天晚了就找石洞、树洞休息。若花还吃干粮，小山觉得吃松实、柏子就不饿了，而且特别有精神。

又走了好几天，小山说："算算日子，我们也该快走到了吧？舅舅、舅母不知怎么盼望呢！"

"婉如妹妹少了伴，只怕更盼望我们快点回去。"

正说着话，只听前面松林内，有人喊道："好了！好了！你们终于回来了！"

小山、若花吃了一惊，原来是林之洋气喘吁吁地跑过来："我远远看见两个人，背着包袱，就猜大概是你们。唉！总算回来啦！差点儿没把我急死。"

"舅母身体还好吧？舅舅为什么不在船上等，还到山上来，岂不辛苦？"

"义父上山来多久了？义母和婉如妹妹都好吧？"

"你们是不是迷了路？前面就是'小蓬莱'石碑，马上就下山啦！你们走了快一个月了，我实在不放心，每天都上来看看，终于被我等到了！"

回到船上，换了衣服，坐下来，小山把一路经过择重要的说了一遍，又把父亲的信拿出来给舅舅看。林之洋看了，高兴得很："妹夫既然说，等甥女考中才女，就可相见，那最多也不过一年时间，快得很！你母亲这下也可以放心了。"

小山说："不知道父亲会不会骗我。"

林之洋连忙说："绝不会！否则为什么要写信给你？只管放心

好了！将来你考过试，如果妹夫没有回家，舅舅再带你来，这可不用担心了吧？现在还是早点回去，免得你母亲在家不能安心。"

小山听了，正中下怀，暗暗欢喜。说："既然舅舅答应再带我来，那我就先回去再说。"

"这才对呀！还有，妹夫既然要你改名字，一定有他的道理，你从今就改了吧！"

又对婉如说："你以后就叫她闺臣姐姐，别叫小山姐姐了！"

于是，开船回航。唐闺臣悄悄把蕉叶上的碑文，重写在纸上，然后把蕉叶包好，投入海中。自己暗想："这碑上写了各人种种经历，不知将来是否能遇到有缘的人，把这些事迹，铺叙出来，写成一部书，让大家都能读到啊！"

二九、遇盗绝粮

说也奇怪，回程路上，全是顺风，一点儿阻碍也没有。船走得特别快。这天已经到了两面国。

水手把船靠岸休息。林之洋和闺臣、若花闲谈："我在海外走了这么多年，最怕的还是两面国人，他们头巾下藏着一张恶脸，已经叫人难以防备，而且还常常做强盗，抢人钱财。"

阴若花说："既然知道两面国人的习性，就该特别留意，晚上要派人守夜，小心一点儿总是好。"

林之洋连连点头，吩咐水手，自己也和多九公各处查看。到了天亮，正收拾准备开船，忽然无数小船拥过来，一下子把大船全部包围，枪炮声响成一片。许多强盗跳上船来，人人戴着头巾，拿着刀，满脸杀气。为头的一个首领，大声下令说："查查船上有多少货物，全给我搜出来！"

众喽啰答应一声，分头乱搜，吕氏、婉如、若花、闺臣都被看守起来，林之洋更被盗首用刀抵住，动也不敢动。一会儿，喽啰回报说："船上东西并不多，只有一百多担白米，二十担蔬菜，十几口皮箱。"

盗首听了，似乎有点失望："怎么只有这么一点儿东西？好！全给我拿走，一粒米也不要留。"

有人问："首领，这些人要不要杀了？"

"反正他们没粮食也会活活饿死，算了，我们走吧！"

说着，群盗席卷一空，呼啸而去。

林之洋这才定定神，检点劫后情况，只见全船粮米，真的全被搬空，一粒也不剩，急得多、林两人直跺脚，不知如何是好！叫水手收拾开船，谁知大家说："我们连饭都没得吃了，哪里还有力气开船？"

要上岸买米吧，又怕再碰上强盗，只好和水手商量，先开船往前走，路上遇到客船，再向人家商量分点粮米。

谁知一连走了两天，没有遇到一艘船。两天粒米未进，大家都饿得头昏眼花，四肢瘫软。偏偏风向又变，迎面吹来，没法行船，只好找个岸边，停下船。满船的人饿得只有呻吟声，连说话也没力气了。

忽然岸上走来一个道姑，手中提个竹篮，脸色焦黄，好像也没吃饱，要来化缘。有个水手有气没力地说："我们船上一颗米都没有，你还想来化缘哪！"

那道姑听了水手的话，竟唱起曲子来：

我是蓬莱百谷仙，

与卿相聚不知年。

因怜贬谪来沧海，

愿献"清肠"续旧缘。

闺臣在舱中一听这曲子，忽然想起东口山遇到的百草仙人，只是不知"清肠"是什么东西。勉强撑着走出来，问道："仙姑，请上船来谈谈，好不好？"

"我还要赶路，哪有工夫闲谈呢？"

闺臣暗想，她这"赶路"二字，莫非在说我？又问："仙姑，请问你们出家人，为什么也要赶路？"

"女施主，你要晓得，赶了这趟路之后，也就功德圆满，所有大事都完了。"

闺臣点头说："原来如此。请问仙姑是从哪里来的？"

"我从'聚首山''回首洞'来的。"

闺臣猛然想起父亲的诗中有"聚首还须回首忆"的句子，心中怦然一动，问道："仙姑现在赶到哪里去？"

"我到'飞升岛''极乐洞'去。"

"请教仙姑，这'极乐洞''飞升岛'究竟在哪里呢？"

"无非总在心里。"

闺臣连连点头，更有领悟，说："多谢仙姑指点。仙姑来化缘，按理应该敬奉，可是，船上已断粮两天，实在没有法子，还请仙姑原谅。"

"我一向化缘，和别人不同，只论有缘无缘。如果无缘，即使他米粮堆积如山，我也不要；如果有缘嘛，纵然缺了粮，我这篮里的稻米，也可以帮忙捐助一点。"

阴若花站在旁边静听，这时笑着说："你这小小竹篮，能装多少米？我们船上有三十多个人，就是全捐出来，又能帮什么忙？"

"女施主可别小看这篮子，它与众不同，能大能小，随心而化。"

"大的话，能装多少？"

"大可尽收天下百谷。"

"小呢？"

"小也足供你们船上三个月的粮食。"

闺臣说："仙姑竹篮既然如此奇妙，不知我们船上的人，和仙姑有缘没缘？"

"船上既然有三十多人，哪能个个有缘？"

"那我们这几人，可和仙姑有缘？"

"今天既然相逢，怎会无缘？不但有缘，而且都有宿缘；因有宿缘，所以来结善缘；结了善缘，不免又续旧缘；因为要续旧缘，所以普结众缘；结了众缘，然后才了尘缘。"

说完，将竹篮掷上船头说："可惜，篮中之稻不多，每人只能结'半半之缘'！"

婉如接了篮子，把篮中稻米取出，请水手将竹篮还给道姑，道姑接过，对闺臣说："女施主千万保重，不久即将重会，暂且告辞！"

提着竹篮，飘然而逝。

婉如惊呼："姐姐，快看！道姑送的米好大啊！每粒竟然有一尺长，可是，只有八粒。"

多九公听到婉如在船头叫，赶过来一看，问道："这是从哪里来的？"

闺臣告诉他刚才道姑送米的事。九公说："这就是'清肠稻'！当初我在海外曾经吃过一粒，足足有一整年，肚子不饿。现在我们船上一共三十二人，把清肠稻每粒切成四段，刚好一人一段，大概也可以几十天不饿了！"

"怪不得那道姑说'只能结得半半之缘'，原来是按人数分配，每人只吃到四分之一，恰好是一半的一半哪！"

多九公把清肠稻拿去分好，用几口大锅煮了，大家饱餐一顿，满口清香，精神立刻好起来，都深深感谢道姑救命之恩。

闺臣经历了这次断粮的事，又遇到百谷仙姑的开导，她本来天生的宿慧，越来越觉醒过来，暗念"结了众缘，才了尘缘"，参加才女考试大概就是最后一桩尘缘了吧！

三十、了结尘缘

吃过清肠稻之后，风向忽然转成顺风，水手收拾开船。只见那船像箭一样在海上行驶，快得就如飞行一般，林之洋、多九公都说从来没遇过这样的事。

"也许是神仙帮忙，要让你们都赶上考试的日期吧！"

只有闺臣并不惊奇，他们果然在赴考之前回到家里。林氏已经到娘家来等消息，闺臣见了母亲，将父亲的信取出来，又把上山寻访的经过说了一遍。林氏心中伤痛，无可奈何，幸好女儿平安回来，总算放了心。

大家热热闹闹谈着进京城赴考的事，又在担心考不考得取？会不会来不及？只有闺臣心如止水，她说："不用操心，我们都一定会取的，只是……"

只是，考取之后，也就是分手的时候了，"聚首还须回首忆，蓬莱顶上是家乡！"她虽然回到了家乡，却觉得真正的家乡不在这里。看着年迈的母亲，她想，一定要把家中事先安排一下，才能没有牵挂。

林氏辞别哥哥嫂嫂，带着闺臣回家，才不过两天，想不到廉夫人带着廉亮、廉锦枫、骆红蕖登门来访。林氏早已听女儿说过，红蕖是丈夫聘定的儿媳，这时才亲眼看见，原来是一位容貌温雅秀丽，兼又文武全才的姑娘，欢喜得把这些日子的忧愁都抛开，殷勤周到地招待客人。

不久，考试日期将到，闺臣、红蕖、锦枫、婉如、若花，还有九公的外甥女秦小春、田凤翾一起结伴进京赴考。在京城中，遇到好多才貌双全的女孩子，连当初在黑齿国让多九公大失面子的两位黑丫头：黎红薇、卢紫萱，也千里迢迢地赶来参加这从古未有的考试。

榜发出来，果然众位才女全都考中，奇怪的是，不多不少刚好一百人。唐闺臣把榜文和玉碑上的名字暗暗对照，心中更觉过去未来种种，莫非皆有前因！她那原被俗世尘缘沾染的心镜，如今已恢复清澄明洁，所有才女的荣耀、赞誉，京城的繁华、富庶，权贵之家的声势、豪奢，都再也不能浸染闺臣的心镜了。

回到家中后，林氏选了重阳佳节为小峰和红蕖成婚，众位姐妹，原已订了婚姻的，也都各选良辰，纷纷完姻。闺臣帮着母亲忙完了弟弟的婚事，又有许多媒人，不断来为闺臣做媒。她只推说要等父亲回来，由父亲做主，把媒人一一回绝。

终于等到林之洋又要出海，闺臣对母亲表明，要再去小蓬莱寻访父亲。林氏似乎心有所感，知道这个女儿也留不住了，虽然嘱咐她在外小心，尽快回来，眼中的泪水却没法止住。闺臣拜别了母亲、叔、婶，向弟弟告别，又向红蕖行礼说："我这趟远行，母亲跟前，全仗妹妹偏劳，家中事都要你多费心了。"

红蕖也拭泪还礼，唐闺臣从此走出家门。上船之后，一路都很顺利。抵达小蓬莱，正是暮春，百花盛开的季节。这天清晨，闺臣拜别舅舅、舅母，独自上山，再也不见踪影。

　　林之洋足足等了两个多月，每天上山等候，完全没有消息。终于，又到秋凉时候，海上潮生，山林萧瑟，黄昏将临，忽然一个女道童，从山径下来，交给林之洋一封信，说是"唐仙姑的家书"，信中只说，尘缘已满，不再下山，请舅舅不要再等。

　　林之洋望着满山秋色，怅然良久，只得开船回乡去。

三十一、梦中之梦

百花仙子谪降人间，历劫期满，又回到了蓬莱仙山、薄命岩、红颜洞中，她虽然经历轮回，却没有丧失原有的灵慧，终于返本归原，重归清净无垢、长生不灭的仙界。

可是，仙界真是永恒的洞天福地吗？还是清静寂寥的冰凉世界？没有人能真正知道。然而，向往神仙，渴求长生不老，千百年来，永远是凡人的大梦。虽然，这场大梦，就像镜中之花，水中之月一样，难以把捉，但红尘扰攘，做梦的人仍然会将这"梦中之梦"一代又一代地做下去，究竟谁是真正有缘的人？

附录一 蓬莱诡戏
——论《镜花缘》的世界观

蓬莱诡戏
——论《镜花缘》的世界观

乐蘅军

对于现代的读者来讲，要回过头去读那些已逝时代的作品，往往是件苦差事。这犹如面对一个久被弃置的古董间，只有时间堆积的灰尘，徒然给人不快之感而已。至于这些艺术品当初如何被赋予生命的创造兴味，却大半已消隐在文明的残渣中——但是，另一面，例如就造型艺术而言，许多史前和原始的作品正被不断地从尘土中慎重地移置到博物馆，视觉艺术中尺幅古画，价值连城，而独独只有文学作品却不曾受到同样的优遇。当这些现代眼光一审视到文学作品时，他们原先给予古老艺术的幽默同情和宽大胸襟，立刻变成了苛刻的知性批判。文学作品得不到任何艺术自身永恒的辩护。相反的，人们认为文学作品必须相当地具有时代性；它既然和我们的生存形式和内容同时并在，于是也就被剥去了像艺术品一样的纯粹独立的审美价值。譬如，一部不能够用现代语言（非文体的）来了解的作品，很可能就不及一枚汉简或一张羊皮书那样饶有趣味了。而不幸中国旧小说中，正多的是这一类作品。这些作品在过去时代中，曾经在不加论究的状态下存在着；但是到今天，它们显然已经不起现代的风暴。假如完全听凭读者兴趣来选择，绝大多数作品将在既不被阅读、更不被讨论，也就是毫不具有任何意义下，被永远压埋在文学的地质层。甚至，就是在它仍被阅读的时代，由于它的可能意义和价值未尽掘发，一部文学作品，不论优劣，对读者来说，都是一种残缺的存在。或者是，根本并不具有文学意义的存在，而不再被阅读的（包括就一般读者和文学研究者而言）作品，当然只是一个连审美价值都失去了的"古董"，而非"古典"。

《镜花缘》无疑的正在"古董化"中。虽然在中国近代小说里，它也算得上是一部显赫的作品，胡适之先生对它的研究，曾影响深远；并且胡先生还以"女权意识"，以及李辰冬教授以"民族意识"等，这些尚未完全冷却的社会学或历史的课题来诠释它[1]，但是这一切并不能挽救这本不过写在十九世纪二十年代的作品，面临"存案"的局面。——而胡适之先生曾引来与它比论的《格利佛游记》，出版于一七二六年，却仍然在西方现代文评家笔下不断出现——我相信在《红楼梦》的读者都日渐式微中，一般读者现在恐怕绝不读《镜花缘》这部书了。即使文史家、批评家偶择一两个观念，之后，也不会再对它期待什么文学的或美学的感兴的。这种命运似乎显示着：它不再能效劳于人类所关切的问题了。它属于一个完全逝去的时代。所以落得如此，主要原因当然还是它本身有相当严重的缺点，例如它绝不加节制的冗赘叙述、毫无必要的事件的堆积，以及语言的陈旧，等等，都是文学作品的美学上的大谬误。而它的神话架构，和一些荒诞的异域故事，对现代的一般读者来讲，又仅仅是幼稚而无聊的趣味，同时批评家也还没有将这些元素，跟现代文学中的怪诞和神话运用来类比论述。但是，除了这些阻碍《镜花缘》成为一部有较高可读性的种种缺点之外，这一个运用心思、设计完整的神话故事，就作者用心来说，应该不是毫无意义的。

本来，神话的运用，在中国旧小说里原就占着相当的地位，几乎无所谓浪漫的与写实的作品里，都会有神话的渗透，这可能是"人天交感"这一个通俗信仰的文学投射；在许多小说里神话出现的频繁，甚至快成了一种自动性机能。但是，尽管神话的描述是中国小说的传统性色彩，而《镜花缘》却在不同的完全自觉的意识下，结构了一个自身完整的神话。所谓"自身完整"的神话，一方面是全书的情节都完全纳入这个神话中来，其次这个神话从头到尾都指向一个统一的目的，从而使全书成为一个意义上也自我完足的神话世界。这个自我完足的神话，也像古代民族创造的神话一样，表露出人类某些最基本的欲念，例如蓬莱山百花仙子背叛了天帝的法律，而渴欲到尘世间做一些类于英雄式的寻求，就和窃上帝息壤以填湮洪水拯救人类的鲧颇有相似处。不过和古代创生的神话不同的是，作者一面建立他的神话，一面又加以冷然的嘲弄。首先是用了一个反讽式的结构：他安排故事主角为了满足追求的欲望而走出天界，结果在尘世间的一切作为，却变成了重回天界的努力。

第二个手法是：在全书中，作者对荒唐或琐细的事情，全采用夸大的、故作庄严的语调来叙述，最显著的像蓬莱山西王母寿诞时，群仙大闹蟠桃会、武则天醉中下令百花齐放、林之洋在女儿国、书末群雄（包括英雄）勤王，攻打武氏兄弟把守的"酒、色、财、气"四大关，等等，不一而足。这种明显的假庄严的语言风格，似乎是为了增强神话故事的真实气氛，而结果却刚好相反地表明了作者对他自己构设的神话，并不具有如同古代人的虔信。因为假庄严实际上仍是嬉戏，一种冷漠讥刺而洞晓真相的嬉戏；也就是一种似是而非的反讽，一种完全不相信的嘲谑。譬如全书中虽然采用了若干古老的神话——包括蓬莱山西王母故事、《山海经》《博物志》等早期志怪书所记，这些神话故事当时至少是在疑信两可的情状下存在着的。——但作者却仅仅袭用原来神话的片段，而另加上嘲讽的情节（例如《山海经》记呕丝之野有女子据树呕丝，李汝珍就因而构想蚕妇呕丝缚人以讽刺"情欲毁人"），这就是有意在破坏原始神话的素朴状态。进一步说，作者根本是在利用嘲谑和戏弄的语调，来表明他的神话都是荒唐之言，无端涯之辞而已。这一番自我反证，不仅针对一些超现实的小故事，并且主要在指出全书整个神话结构，都呈现着一个反讽的主题：既然故事本身都不真实存在，那么剧中人的所行所事，也不过是些泡影。他们寻求的意义，是和故事所使用的语言同样的荒诞。说起来《镜花缘》整个的涵义就在这儿。而假装正经的嬉戏语调，则将这个主题更加彻底地虚诞化。在这种语言风格之下，使得真正严肃地来讥刺人生都变成多余了。虔信的神话堕落后，也就意味着整个人生只是一个不足信的游戏式的神话而已。

对于"人生一切作为只是一场神话的游戏"这层嘲讽，作者开卷不久，就用一个上界和尘界对立的情景喻示出来，上界是风光婆娑、景物分明，尘界只是这一个真实世界的倒影。一切意旨必须先发动于上界。界里的众神群仙，并不像奥林帕斯山的诸神那样大多时候去追寻自己的快乐，而是各有所司地，严密地掌管着尘界的大小事宜，其中包括开花的时序，以至于花的须瓣多少、颜色浓淡等。因此上界是秩序严明的，有一个绝对威严的纪律笼罩着这个世界，并且直贯尘界。这个纪律不但是行为的规约，也是内在世界的法纪；一旦有了非分的逾越——包括动念几微之间——当时惩罚就被决定，而且立刻逐步付诸执行。当事者即使并没有进一步确实违背什么，但是他已经无法逃避，他开始陷进安排好了的惩罚的圈套；也就是他被引导向一些错误的行为，为了使得纪律实施它的名正言顺的惩罚，这很像是"上帝"让他的僚属们玩一个绝对没有正确出口的迷阵游戏，失误者不幸落入阵中，只有继续不断地顺着错路走下去。执行者"上帝"把惩罚寄寓在游戏的形式里。

当蓬莱山的百花仙子在赴西王母蟠桃圣会路上，看到主掌人文的魁星，显形女像，预言下界人文兴盛，就不禁怦然动了羡慕的心思，于是毫不容迟的，百花仙子就在这顷刻间掉进了那个游戏的陷阱中。后来，百花仙子为了坚持不肯违令开花替王母祝寿，而和嫦娥、风姨争吵，以致说出假使以后任令百花齐放，就"情愿堕落红尘，受孽海无边之苦，永无反悔"，这最冒渎天纪、妄动"我念"的话。话言未毕，女魁星就用笔点百花顶上而去，西王母在旁暗暗点头叹说："善哉！善哉！这妮子道行浅薄，只顾为着游戏小事，角口生嫌，岂料后来许多因果，莫不从此而萌。适才彩毫点额，已露玄机，无奈这妮子犹在梦中，毫无知觉。这也是群花定数，莫可如何！"

西王母的评论固然说明一个分毫不爽的因果论的世界，但实际上还是执行者"上帝"所玩弄的一个诡计，否则何必说"群花定数，莫可如何"呢！百花仙子发誓之先，这一个惩罚的游戏已经开始了。而现在这个游戏正一路玩下去，不可暂回。所以后来就有心月狐临凡的武则天皇帝，醉中宣旨百花齐放，而百花仙子和麻姑斗棋忘记时间，以致因为洞主不在，群花擅自应命上林苑，终于促成百花获遣红尘的结果。在这一连串的相关事件中，百花仙子并非"亲辨因果"，只不过是居在被动地位的一次"自由选择"而已。在不逸出那一绝对的纪律下，上界的仙神是"自由""自主"的，在"上帝"的天庭里游戏。但是一旦有了差池，就变成了"上帝"手中的牵线傀儡。"上帝"现在把百花仙子放到舞台上去演出，在该动作的时候动作，该收场的时候收场。百花仙子转化为尘身的唐小山，唐小山一生的大事只有两件，一件是参加武则天开的女科考试，中了第十一名；一件是到小蓬莱寻父。

240

前者使她宿愿了结，后者使她重返天界，但是二者都不过是"上帝"的一番预计而已。

不仅唐小山的一生经历是上帝的预计，由天界反映下来的意思看，这个供唐小山活动的世界，且是一个模糊的不真实倒影，是一个机械的对上界的错误模拟。例如武则天皇帝再度在西王母蟠桃宴之后，命令百花齐放，而这次居然奏效了（其实仍是受命于上界整个的大计划），可是这个命令的成功，却直接造成了包括百花仙子及群花之神的谪降大罪案。因此这个举动只是对上界一次错误的模拟。就像《水浒传》洪太尉固执地打开了伏魔殿的石碣，而放走了一百零八个魔君，甚至像潘多拉揭开盒盖，放出疾病悲伤一样，完全是错误而鲁莽的举动。然而事情的微妙却不在这里，而是，下界虽然出了错，但错误的命运却是上界代为拟定的（洪太尉在石碣上看到的是"遇洪而开"四个字，而朱庇特当然也知道潘多拉是好奇的）。隐藏在上界的"上帝"好像是一个恶意而狡猾的教师，他故意拿一个错的句子，让无知的学生一再地错抄误写；而为了上界的尊严，"上帝"把错误的责任清除到人类的身上，并且最后要人类自己来证明自己的错误。因此唐小山虽代自己神性的前身百花仙子在尘世完了宿愿，亲与人文盛会，荣膺才女之誉，但是这一切却没有获得什么具体可见的结果，相反地却促成小山更快地弃绝红尘，回归道山，恢复原身。唐小山走了一圈迷阵，并没有找到另外一个出口，仍旧从原来的地方回到了"上帝"门廊下。这是必然的。"上帝"只能让唐小山给百花仙子一个不能证明什么的证明，然后上界的永恒纪律和秩序才是绝对的，而上界也才是一个独一的绝对的存在。而其他意念都是妄行妄作。那么，作者是不是在这儿轻描淡写地，彻底否定了一个有机世界中生命的意义呢？

但是生命是否绝对不能有所作为，这样的一个问题实在是太大了，作者未必肯骤下定论，而我们读者也无能越俎代庖。我们暂时搁下这部作品空虚、沉寂的结局，回头再来看看别的。也许还可以得到其他的消息，或者把上面的问题再推展一步。

首先是，在对有机生命怀疑的阴暗之上，作者是不是相对的肯定了一个"实在"（以可怀疑的有机生命来肯定"实在"当然已是一个吊诡）？由于抽象思考这类形上的问题，不是一个小说家的任务，作者只能用一个完全属于人的"感觉"，去反映出他对这个"真实"上界的意见，或者说在一个形上的实在笼罩下，来"感觉"人的存在问题。起先我们看到众神中，百花仙子被赋予"人"的气质。这就是一切故事的发轫。具有了"人"的气质的第一个意义是：百花仙子开始做了怀疑者。她先怀疑自己本然的存在，所以虽然身在蓬莱，已成正果，却不以为是最终极的形式；因此当魁星预兆将有才女兴起的时候，百花仙子就思虑着：假使自己无缘亲与，那么这一切文光坤兆，都只是"镜花水月"将要"终虚所望"了。显然的，百花仙子在她神性的存在里，却另有所希冀。

第二个意义是，百花仙子由开始怀疑而进一步背叛这个天庭统治者"上帝"的命令。对于这层意思，作者是用暗喻的反面手法表现的。当嫦娥和众仙兴高忘情，一同催促百花齐放时，百花仙子说"上帝于花号令极严、稽查最密"，"小仙奉令惟谨，不敢参差，亦不敢延缓"。然而这仅仅是一个理智的服从行为，内里却不是如此。有两个理由可证：第一，百花仙子虽然没有直接命令开花，而是群花纷纷擅自违时，可是百花神和群花仙的关系是必须看成一体的，群花只是百花神的分化体（群花之数含百花仙子在内恰为一百），陈受颐的文学史也认为百花仙子谪降歧化为一百个少女②。我们大致也可以这样看：百花仙子本身代表知性的超自我，而群花是百花仙子潜意识的一部分。第二，群花乱时同放，干犯天令后，麻姑劝她具表自检，以求赦罪，而百花仙子却说："当年我原有言在先：如爽前约，教我堕落红尘。今晚犯了此誓，神明鉴察，岂能逃出此厄？"于是终不肯自行检举。将不肯自行检举和早有企慕红尘的意识加起来，我们就可以看到对"上帝"命令反叛的形迹。——就像这样，于是百花神取得了"人"的基本性质。"人"首先是要怀疑天国的和谐与幸福的，"人"也要求从神的纪律里挣脱出来，然后才成为人，像亚当和夏娃终于走出伊甸园一样。

或者依佛家之说，百花神有了因于业的造作，于是乃求努力实现自身。她在一片属于神的宁静纪律中，有了要求自我生命的骚动。一种原始蒙昧的生之欲望和意志，像丛林隐约的鼓声一样，从深处嘭嘭然逐渐响起来。有时甚至跳跃出潜在的意识圈。像她和麻姑下棋的时候，就曾说："小仙闻得下界高手甚多，我去凡间访求明师，就便将弈秋请来，看你可怕！"虽然是戏谑的话，可是却被麻姑点破而说她"这句话未免动了红尘之念"（原书第三回，下同）。其实，像百花神在上界的圆满宇宙里，而企求成为一个有情之物，不过是一个和创世纪以及和人类自己一样古老的故事罢了。

然而要做一个有情之物，也就是要抛掉超时空的神性，而做一个绝对在时空之内的有机生命。"有机生命只在它在时间之中演化的时候存在。"[③]于是百花仙子先必须把自己投到时间之流里去，然后才洗礼而为一个真正的人。恰好，我们看到百花神处处为"时间"问题受窘：西王母寿筵上，百鸟百兽之神都可以率鸟兽群献歌献舞，而百花仙子偏偏就受制于时令，这是一。人皇武则天命令限时开花，百花仙子却在这个关口上玩棋忘返，终致被"时间"的差池而决定了谪降的命运，这是二。至于对尘间的向往，也便是对"未来"这所谓的时间的第三向度的微渺追求。"思想到未来，和生活在未来之中，是人本性的一个必然的部分。"[④]在这些时间的命定意义下，百花仙子来到尘间，具有了肉身。而这种经验的形式（时间）自然更不可能有什么改变。

整个的生存就是一个时间的历程，就百花仙子转化的尘身唐小山而言，作者用了若干事件来加以表明，例如唐小山去小蓬莱寻找父亲，虽然主要是内在考验的象征性历程，但同时也寓有时间的历程在内。唐小山原被期待在八月女科考试前赶回来，可是在来回途中，都有许多险难延阻行程，而不断地制造着时间的焦虑感。李汝珍在第五十三回中曾特别作了戏剧性的强调。那时小山已决心遵奉唐敖信上嘱咐，赶回家乡参加考试，但是她们正走到需要绕行半年的门户山，而时节已交季夏。林之洋说就是"无日无夜朝前赶进"也赶不上考期了，小山因此"闷闷不乐，每日在船惟有唉声叹气"。当时船上共有五位女郎是要参加考试的。正在大家都被这"时间"困顿得无可如何之际，忽然涛声如雷，只见曾经大禹开凿过的门户山，淤断处豁然而通，船"如快马一般，撺了过去"，因此而得以顺利赶上试期。时间的节奏，是如此绝对地掌握着人生。然而在世上千年、山中一日的状态里，时间是凝固的。麻姑长鬓如霜、王母年年祝寿，没有向前推移的时间，也就不能有任何新的事物可以寄托。百花仙子对于个体生命和经验的追求，所得收获，第一个就是被抛出没有钟摆的世界，带着希求与疑惧心，朝着一个必然会燃尽的烛光前进。

百花仙子被时间之流冲下山巅以后，接着便展视两岸的空间。空间问题的广泛喻义就是个体生命的寻求扩大，是企求突破素朴生命的单纯而生的繁华欲（如佛家所言，繁华欲是生存欲分驶于外的一端。作者在书中曾以第五回群花一经挂上红彩和金牌的奖励后，开得更加鲜艳稀罕，如并蒂、抱子等来对这种祈求繁华的欲望，作最鲜活的象喻）。

百花仙子在她司掌的天职之外，渴求到尘世做一名小小的才女，渴求看来可能是光辉的文化生活，否则天国的快乐也是虚幻的。这个向外扩张的历程，荣登才女榜固然是它最具体、最终极的表现，但企求繁华的欲望既多且杂，而空间的扩张似乎也是无止境的，且看全书十之九的事件，莫不是对这一种繁华欲的描绘。其中又特别以唐敖和小山自己海外旅游的神话（两事同时也是全书主要的情节间架）做具体的譬说。第一步，作者把包含多义的人生的空间生存，具象为物理空间的途程。进一步，作者则就两事分别取喻。小山的历程（往小蓬莱寻父）是对她内在信心的考验，包括寻父的意志，和返本归真的禅机的领悟；寻父是伦理的努力，禅悟是宿慧的验证。作者似乎把这两种灵魂上的考验，作为唐小山生命的自我扩张的立足点，通过了这些考验，小山日后固然可以还原为仙，而同时也因这一行接受神谕，肯定了她做才女的荣耀（第一她默许了回乡考试，第二她在泣红亭预睹了天榜），以及某种程度的完成了伦理的责任。不过所有这一切还都是属于唐小山个人的内在经验，至于唐敖的游历就更进一步扩大了人生的空间。

唐敖这个角色，在初步来讲，是在对唐小山具有两层意义下而存在的：第一，他对小山的关系，颇接近于《天路历程》中，"传道者"对"基督徒"的关系，传道者第一个把窄门和远处明灯的消息告诉基督徒；唐敖首先仙隐小蓬莱，对小山当然也是有引领意义的。同时，由于唐敖赋给了小山"寻父"的责任，小山走出闺阁，参与广大的世界，"普结众缘、才了尘缘"（第五十一回）。第二，唐敖的游历，与小山自己的故事交替地描绘了小山整个生存空间的貌相。唐敖游历奇人异国故事，所指涉的，从制度形态、风习浸淫到物质的营求，等等，几乎网罗了人类所有的活动；这些以人类意念为核心而辐射出去的世界，就是围绕着唐小山而存在的世界。小山自己虽未必亲身从事，可是作为人类一分子，小山是属于它的。百花仙借干犯上界天纪而走出蓬莱以后，她的寻求生命扩大的欲求，完全被吞没在这一番营营扰扰的景象中。甚至，像众才女从海内外各地四方云集的热闹、同登名榜的荣宠以及宗伯府夸才逞智的得意，等等，也都是对上述同一世界的华丽回响。

照说，像这样由时空交织起来的世界，应该可以成为一个虽有缺点而仍然是实质的世界，来和上界做不等式的对比存在的。可是，不幸作者却无意于做这种证词。他在故事中间，就不断地警告我们，所见的都是幻象。他好像是一个自嘲的魔术师，随手玩着，随手就把他的魔术世界揭穿。可以捡几件明显的事件来看看。比如整个《镜花缘》的历史定点，武则天所统治的天下。站在李汝珍异族之痛的处境，他可能在这部分情节中参有若干民族意识，不过就全书题意来谈，我们不把重点放在这儿。我们可以确定，武则天统治的世界，并不具有多少历史的或政治的现实意义，相反的，是借它来象喻一个荒诞的存在。

当武则天平定徐敬业的变乱后，她修筑了四座高大的关塞，把她自己坐镇的长安"团团围在居中，真是水泄不通"。且看这四座关名是：酉水关、巴刀关、才贝关、先火关，分别以酒、色、财、气四种幻象设阵，使凡入关者自取败亡。后来四关全被由才女们联络起来的一班武士借神刀攻毁（分见第三回、第九十六回至第九十九回）。因此，作者为武则天努力建造的百花齐放的世界，只是一个充满了空虚欲望的世界；尽管她曾经夺天帝之命，曾经有革新的恩诏、有爱才的盛举，可是她仍旧只象征着一个欲望的暴君。甚且，她由女后而帝，也喻说着人生颠倒纷乱、阴阳失错的乖讹形式（这应该就是作者为什么选定武则天这个历史时间的根本原因）。总之，她所统治的世界只是一个应该被毁弃的荒诞世界。

再拿唐敖所游来看，更不用说，充满着格利佛式的嘲讽，大有"以天下为沉浊，不可与庄语"的浩叹。然而不止于这样，就以《格利佛游记》和《镜花缘》比看，至少二书有两个大不相同的地方，只要一加比较，我们就可以看出李汝珍是如何不惜揭穿自己的幻术。首先，格利佛总是直接进入并参与那些怪异国度的生活，他取得了那些国度里人民的共同经验，和他们具有长久得多的关系；但唐敖则纯粹是一个观光客，即使和当地人小有纠葛，也是属于暂时性的，而绝大多时他只作壁上观。其次，格利佛最后还是回到他本土的家，虽然带着对文明社会憎恶和讥刺的眼光；而唐敖却悄悄地遁隐入小蓬莱，永世不出。他对多九公说，登上小蓬莱"不但名利之心都尽，只觉万事皆空"，而"懒入红尘"。这两种相反的归宿，和游历时心态的差异，正反映着李汝珍对这个世界的看法和斯威夫特同中大有异处，当斯威夫特在 Houyhnhnms 国把人类低贬为 Yahoos 这种畜类时，格利佛对于人类怀着痛切而难言的责备；可是唐敖呢？他和着多九公、林之洋用笑谑的方法，观览了光怪陆离的世界之后，他像吹拂灰尘一样轻轻地把这个世界拂掉。对于人类的缺点，斯威夫特如此耿耿于怀；但李汝珍却用这些现象重复地证明给他的人物说，这些罪恶之花只是镜中幻影。所以唐敖无需回到他所从来的那一个镜中世界去，为虚荣市的人类受苦。他正侥幸从那个幻影的世界逃离出来，去追求另一个世界的真实与纯洁。唐敖在小蓬莱留诗道："逐浪随波几度秋，此身幸未付东流；今朝才到源头处，岂肯操舟复出游。"他干脆"贪嗔痴灭"，做了个"无余涅槃"。

其实，不只像唐敖这个逐浪随波、曾被革去了探花、从竞争世界中被放逐出来的挫败者做了这个选择而已。李汝珍以为对于表象世界的警告是普遍性的。因此小山必须步唐敖的后尘，而且在才女的荣宠之后。以小山一生的形式来看，当然跟她父亲不同，而且正好成微妙的对比。唐敖是一生无成、旋得旋失，就连他入山仙隐也是顺着这种消极的格式而成就的。例如他相信求仙入道只需"远离红尘、断绝七情六欲"（第七回）。后来和林之洋、多九公游山，唐敖独有缘吃了所谓能超凡入圣的朱草，结果一阵浊气下降之后，唐敖把毕生所能，十忘其九（第九回）。在轩辕国，因论黄帝当年骑龙上天，小臣号呼攀援，唐敖感叹说："若凡心未退，纵能跟去，又有何益？倘主意拿定，心如死灰，何处不可去？"（第三十八回）因此唐敖在一路放弃之下，窥破红尘，修成正果。而小山则不然，她既生赋异禀，智慧超常，早就可以预见将有天启的光荣加于她；而且她天生有尊严的荣誉感与责任心，和勇往精进的气魄。当她听到父亲在小蓬莱不回，立刻决心去寻找。她开始以跳越桌椅来锻炼自己将来走山路的能力，至于后来在沿途所受的考验，更是危难震惧，动心忍性，而小山都以大无畏的坚忍克服。无论她有没有把父亲找回来，这种执着的努力，也算得是作为"人"的成就了；至于才女的荣誉也经一番努力而获致（作者用归途上种种危险，诸如猛虎、匪盗、饥饿等意象，来隐喻它的过程之艰难——恰好小山来回途程分别象征她两大努力），总之，对比于唐敖，小山完全展现出一种积极的人生意态。她一生两大努力：伦理（也就是感情的、道德的）、名业（也就是理智的、意志的），应是人类自信可以依赖的两种事物了，而小山，也算得是人类肯定精神的典型了；但纵使如此，也仍旧逃不过作者最后的揭穿。

唐小山曾屡遭警告，最严重的一次是她第一回到小蓬莱的时候。小山在小蓬莱所见的景物，纯然是一个充满禅机的暗示的世界。李汝珍只用几个词字，就架构了一个徒具名相的世界的图画。他的构图大致如此：一条名叫"镜花"的山岭，围绕着一个封闭的荒凉的世界，岭下有一堆荒坟，题名"镜花冢"，再过去是一座白玉牌楼，曰"水月村"。据指路樵夫（自然就是唐敖）说水月村住着几个山民，但实际既无屋舍，又看不到人影。越过一条溪，又有一座"金光万道、瑞气千条"，且悬着金字大匾的"泣红亭"，泣红亭里碧玉的座上，竖着白玉碑，碑上刻着一百才女名榜；而碑上正面写的是"镜花水月"。这一连串的象征喻义已经无需费辞解释了。不过，其中倒有一点儿不妨略为提醒，就是作者一再使用对比的词字所造成的语调：白玉牌楼下是空无所有的水月村，金光瑞气围绕着的泣红亭，美玉载录的才女榜，被总括进"镜花水月"中。那么，人生的荒谬不在这里的话，又在哪里呢？就是对于像唐小山这样的一个人（她从上界寻求到下界）又怎能逃过"金玉其相"的世界呢！

而作者以为这个对比还不够。于是小山远远望见对面山峰上另有一番天地，那是"琼台玉洞、金殿瑶池，宛如天堂一般"，相形之下，镜花岭的风光未免寒伧。而当然，天堂之境是绝不可攀登的，有一个几丈宽的深潭，把山分成两段，"无一线之可通"。因此它只冷漠地不动心地下临着。于是掉头回顾镜花岭的一切，越发遏止不住荒凉的恐惧感。

那么唐小山又寻求到了什么呢？你也许说泣红亭的才女榜虽属镜花水月，但是千里跋涉来寻找父亲，那总是一件实实在在的人性的大光辉；不错，作者也没有忘记这件事，然而对它的交代却是这样的：小山并没有看到真实的作为"父亲"的唐敖。她只看到一个化身的唐敖——一个觌（dí）面不相认的白发樵夫；她只听到一个隐形的唐敖，他藏起来，用一首诗来训令这个称他为父亲的女孩。小山彷徨中在石壁上看到这样的句子:"义关至性岂能忘,踏遍天涯枉断肠。聚首还须回首忆,蓬莱顶上是家乡。"似乎,唐敖虽然不愿看父女之"情"的分上,却站在人类"大义"的立场,来承认这件事;然而就现在已"成仙入道"的唐敖来讲,它终竟是枉然的。唐敖告诉小山,他们应该建立一种新的关系,也就是只有在新的情况下,他们才能彼此互认。——可是这又是一个大吊诡。假使在靠着伦理才建立起来的人类社会中,父亲已不愿承认亲子关系,那么在无需伦理的蓬莱顶上又何来父女的聚首呢?如此看来,唐敖实际上已经把小山人伦的努力,绝对地转变成对永恒的"家乡"的追求。因此小山的这一种尘世间的成就也便无可陈述了。

于是唐敖对于小山,不是骨肉的血亲父亲,而是精神上引领的"父亲"。小山对其中奥义也深有领会,所以她荣取才女后,立刻屏当一切,重访小蓬莱,并且作一去不回的打算。当然在这之前,小山因为宿慧的禀赋,再屡经道姑的启发,已有朦胧的感悟,只是镜花岭所见则具有"大彻大悟"的意境。那里的景物像一面巨大的迎面而立的镜子,把人生过去、未来、结局种种赫然呈现眼前⑤,而小山正是其中最主要的影像。因此镜花岭俨然是一个"现前地"⑥。在这之前的小山,可能还有与"红尘"牵扯不清的地方。此后的小山,就很像是贾宝玉重游太虚幻境之后一样,别用一只眼睛看世界(例如小山未至镜花岭之前,读唐敖信时说:"父亲既说等我中过才女与我相聚,何不就在此时同我回去,岂不更便!"可见这时小山"我执"犹存。

252

镜花岭以后才能诸事随缘而化）。而且在寻求血亲的父亲变成寻求永恒的父亲之后，本来是光祖荣身的才女试，也变成了返本归真的一个手段了。这些语意的转变，都显示出作者在题旨上的苦心经营。

繁华由来一梦，就是天生异禀的人，也不能凭他特别的智慧彻底超越。因此作者在第四十九回借阴若花向小山说："你知，固好；我不知也未尝不妙。总而言之，大家无常一到，不独我不知的，化为飞灰，依然无用；就是你知的，也不过同我一样，安能有什么妙术？"然则，生命的过程与归宿都是绝对平等的。唐小山这一切朝向返本归真、蓬莱顶上的努力，究其竟也就是对有机生命的结局——死亡的努力而已。但作者却要努力想象一种超越死亡的死亡。他借着宗教的语言说："苦海边，就是回头岸"（第四十四回），或是借用神话的不死之蓬莱以为陈述。起初百花仙子只居住在一个未经证实的永恒里，今而后，百花仙子似乎可以凭借唐小山的故事来证明：蓬莱才是惟一的永恒的洞天福地。但是我们还不能如此快地就代作肯定。在一本小说里，李汝珍（并非宗教小说家）既没有宗教的信念，也没有哲学的权威可以仅凭纯粹理智就构建起一个永恒的实在，毋宁说，他仍旧回到我们常人的忧虑里。他对上界的真实疑云重重。蛛丝马迹如：不死的蓬莱山，却有薄命岩、岩上有红颜洞（第一回）、百草仙子化身的道姑自称从"不忍山、烦恼洞、轮回道上来"（第四十四回）、西王母宴上极像人生战场（第一、二回），而泣红亭中才女榜唐闺臣（即小山）的绰名是"梦中梦"（第四十八回），那么，下界同属一梦，上界却也不免是一个大梦了。易言之，不但小山这一场英雄式的生之寻求到头来是一吊诡，就是全书，或者说全宇宙的设计，也是一大吊诡了。

所以李汝珍虽然时常在宗教的笼盖下诠释人生，可是最后却出离了宗教所保证的乐园和天堂，徘徊于文学的游移和暧昧中（这也许就是文学比宗教甚至哲学都自由的地方）。而无疑的，两百多年前，李汝珍所表现的这些追求生时的不安，与向往死后的永恒，会像三棱镜中的光影一样，将永远在人们心中反复映照无穷。

【附注】

①　见胡适之先生《胡适文存》第二集第二卷《〈镜花缘〉的引论》第四节《〈镜花缘〉是一部讨论妇女问题的书》。及李辰冬教授为台湾世界书局《镜花缘》刊本所作序文:《〈镜花缘〉的价值》。此文又收在李教授的《文学欣赏的新途径》（台湾三民书局）中。

②　见陈受颐 Chinese Literature-A Historical Introduction. The Ronald Press Company. New York. Chapter.30 Ch'ing Fiction. p.590.

③　恩斯特·卡西尔（Ernst Cassirer）语，见刘述先先生译《论人》第一部第四章第 50 页。

④　同前注，第 61 页。

⑤　佛家有"大圆镜"之喻，熊十力《佛家名相通释》卷下，

第 121 页（广文书局本）在"四智心品"条下云："已说菩提即四智。四智者何？一大圆镜相应心品。谓金刚喻定现在前时，即大圆镜智现起，同时有净第八识俱起。与此镜智相应。是名大圆镜相应心品。此智寂静圆明，故喻圆镜。具无边功德，故喻如圆镜能现众像，即从喻立名。"惟本文此处仅随意譬喻，而与大圆镜"能现众像"的意思不谋而合。

⑥ 同前注书卷下，第 120 页，"十地"条下："六现前地，谓观诸法缘起，有胜智故，能引发最胜般若令现前故。"

附录二　原典精选

第十二回　双宰辅畅谈俗弊
两书生敬服良箴

　　话说吴之和道："小子向闻贵处世俗，于殡葬一事，作子孙的，并不计及'死者以入土为安'，往往因选风水，置父母之枢多年不能入土，甚至耽延两代之久，相习成风。以至庵观寺院，停枢如山；圹野荒郊，浮厝（cuò）无数。并且当日有力时，因选风水蹉跎，及至后来无力，虽要求其将就殡葬，亦不可得，久而久之，竟无入土之期。此等情形，死者稍有所知，安能瞑目！况善风水之人，岂无父母？若有好地，何不留为自用？如果一得美地，即能发达，那通晓地理的，发达曾有几人？今以父母未曾入土之骸骨，稽迟岁月，求我将来毫无影响之富贵，为人子者，于心不安，亦且不忍。此皆不明'人杰地灵'之义，所以如此。即如伏羲、文王、孔子之陵，皆生蓍草，卜筮极灵；他处虽有，质既不佳，卜亦无效。人杰地灵，即此可见。

　　"今人选择阴地，无非欲令子孙兴旺，怕其衰败。试以兴衰而论，如陈氏之昌，则有'凤鸣'之卜；季氏之兴，则有'同复'之筮：此由气数使然呢，阴地所致呢？卜筮既有先兆，可见阴地好丑，又有何用。总之，天下事非大善不能转祸为福，非大恶亦不能转福为祸。《易经》'余庆余殃'之言，即是明证。今以阴地，意欲挽回造化，别有希冀，岂非'缘木求鱼'？与其选择徒多浪费，何不遵着《易经》'积善之家，必有余庆'之意，替父母多做好事，广积阴功，日后安享余庆之福？较之阴地渺渺茫茫，岂不胜如万万？据小子愚见：殡葬一事，无力之家，自应急办，不可蹉跎；至有力之家，亦惟择高阜之处，得免水患，即是美地。父母瞑目无恨，人子扪心亦安。此海外愚谈，不知可合尊意？"

唐、多二人正要回答，只见吴之祥道："小子闻得贵处世俗，凡生子女，向有三朝、满月、百日、周岁之称。富贵家至期非张筵即演戏，必猪羊鸡鸭类大为宰杀。吾闻'上天有好生之德'，今上天既赐子女与人，而人不知仰体好生之意，反因子女宰杀许多生灵。是上天赐一生灵，反伤无数生灵，天又何必再以子女与人？凡父母一经得有子女，或西庙烧香，或东庵许愿，莫不望其无灾无病，福寿绵长。今以他的毫无紧要之事，杀无数生灵，花许多浪费，是先替他造孽，忏悔犹恐不及，何能望其福寿？往往贫寒家子女多享长年，富贵家子女每多夭折，揆其所以，虽未必尽由于此，亦不可不以为戒。为人父母的，倘以子女开筵花费之资，尽为周济贫寒及买物放生之用，自必不求福而福自至，不求寿而寿自长。并闻贵处世俗，有将子女送入空门的，谓之'舍身'。盖因俗传做了佛家弟子，定蒙神佛护佑，其有疾者从此自能脱体，寿短者亦可渐渐长年。此是僧尼诱人上门之语，而愚夫愚妇无知，莫不奉为神明，相沿既久，故僧尼日见其盛。此教固无害于人，第为数过多，不独阴阳有失配合之正，亦生出无穷淫奔之事。据小子愚见：凡乡愚误将子女送入空门的，本地父老即将'寿夭有命'以及'无后为大'之义，向其父母剀切劝谕。久之舍身无人，其教自能渐息。此教既息，不惟阴阳得配合之正，并且乡愚亦可保全无穷贞妇。总之，天下少一僧或少一道，则世间即多一贞妇。此中固贤愚不等，一生未近女色者，自不乏人；然如好色之辈，一生一世，又岂止奸淫一妇女而已。鄙见是否，尚求指教。"

吴之和道："吾闻贵处向有争讼之说。小子读古人书，虽于'讼'字之义略知梗概，但敝地从无此事，不知究竟从何而起。细访贵乡兴讼之由，始知其端不一：或因口角不睦，不能容忍；或因财产较量，以致相争。偶因一时尚气，鸣之于官。讼端既起，彼此控告无休。其初莫不苦思恶想，掉弄笔头，不独妄造虚言，并以毫无影响之事，硬行牵入，惟期耸听，不管丧尽天良。自讼之后，即使百般浪费，并不爱惜钱财；终日屈膝公堂，亦不顾及颜面。幸而官事了结，花却无穷浪费，焦头烂额，已属不堪；设或命运坎坷，从中别生枝节，拖延日久，虽要将就了事，欲罢不能，家道由此而衰，事业因此而废。此皆不能容忍，以致身不由己。即使醒悟，亦复何如。尤可怪的，又有一等唆讼之人，哄骗愚民，勾引兴讼，捕风捉影，设计铺谋，或诬控良善，或妄扳无辜。引人上路，却于暗中分肥；设有败露，他即远走高飞。小民无知，往往为其所愚，莫不被害。此因唆讼之人造孽无穷，亦由本人贪心自取。据小子看来：争讼一事，任你百般强横，万种机巧，久而久之，究竟不利于己。所以《易经》说：'讼则终凶。'世人若明此义，共臻美俗，又何争讼之有！

"再闻贵处世俗，每每屠宰耕牛，小子以为必是祭祀之用。及细为探听，却是市井小人，为获利起见，因而饕餮口馋之辈，竞相购买，以为口食。全不想人非五谷不生，五谷非耕牛不长。牛为世人养命之源，不思所以酬报，反去把他饱餐，岂非恩将仇报？虽说此牛并非因我而杀，我一人所食无几；要知小民屠宰，希图获利，那良善君子倘尽绝口不食，购买无人，听其腐烂，他又安肯再为屠宰？可见宰牛的固然有罪，而吃牛肉之人其罪更不可逃。若以罪之大小而论，那宰牛的原算罪魁，但此辈无非市井庸愚，只知惟利是趋，岂知善恶果报之道，况世间之牛，又焉知不是若辈后身？据小子愚见：'《春秋》责备贤者'，其罪似应全归买肉之人。倘仁人君子终身以此为戒，胜如吃斋百倍，冥冥中岂无善报！

"又闻贵处宴客，往往珍羞罗列，穷极奢华，桌椅既设，宾主就位之初，除果品冷菜十余种外，酒过一二巡，则上小盘小碗——其名南唤'小吃'，北呼'热炒'——少者或四或八，多者十余种至二十余种不等；其间或上点心一二道；小吃上完，方及正肴，菜既奇丰，碗亦奇大，或八九种至十余种不等。主人虽如此盛设，其实小吃未完而客已饱，此后所上的，不过虚设，如同供献而已。更可怪者：其肴不辨味之好丑，惟以价贵的为尊。因燕窝价贵，一看可抵十肴之费，故宴会必以此物为首。既不恶其形似粉条，亦不厌其味同嚼蜡。及至食毕，客人只算吃了一碗粉条子，又算喝了半碗鸡汤，而主人只觉客人满嘴吃的都是'元丝课'（编者按：古代一种标准银锭）。岂不可笑？至主人待客，偶以盛馔一二品，略为多费，亦所不免，然惟美味则可。若主人花钱而客人嚼蜡，这等浪费，未免令人不解。敝地此物甚多，其价甚贱，贫者以此代粮，不知可以为菜，向来市中交易，每谷一升，可换燕窝一担。庶民因其淡而无味，不及米谷之香，吃者甚少；惟贫家每多屯积，以备荒年。不意贵处尊为众肴之首。可见口之于味，竟有不同嗜者。

"孟子云：'鱼我所欲，熊掌亦我所欲。'鱼则取其味鲜，熊掌取其肥美。今贵处以燕窝为美，不知何所取义；若取其味淡，何如嚼蜡？如取其滋补，宴会非滋补之时，况荤腥满腹，些须燕窝，岂能补人？如谓希图好看，可以夸富，何不即以元宝放在菜中？——其实燕窝纵贵，又安能以此夸富？这总怪世人眼界过浅，把它过于尊重，以致相沿竟为众肴之首，而并有主人亲上此菜者。此在贵处固为敬客之道，若在敝地观之，竟是捧了一碗粉条子上来，岂不肉麻可笑？幸而贵处倭瓜甚贱，倘竟贵于诸菜，自必以他为首。到了宴会，主人恭恭敬敬捧一碗倭瓜上来，能不令人喷饭？若不论菜之好丑，亦不辨其有味无味，竟取价贵的为尊，久而久之，一经宴会，无可卖弄，势必煎炒真珠，烹调美玉，或煮黄金，或煨白银，以为首菜了。当日天朝士大夫曾作《五簋论》

一篇，戒世俗宴会不可过奢，菜以五样为度，故曰'五簋'。其中所言，不丰不俭，酌乎其中，可为千古定论，后世最宜效法。敝处至今敬谨遵守。无如流传不广。倘惜福君子，将《五簋论》刊刻流传，并于乡党中不时劝诫，宴会不致奢华，居家饮食自亦节俭，一归纯朴，何患家室不能充足。此话虽近迂拙，不合时宜，后之君子，岂无采取？"

吴之祥道："吾闻贵地有三姑六婆，一经招引入门，妇女无知，往往为其所害，或哄骗银钱，或拐带衣物。及至妇女察知其恶，惟恐声张家长得知，莫不忍气吞声，为之容隐。此皆事之小者。最可怕的，来往既熟，彼此亲密，若辈必于此中设法，生出奸情一事，以为两处起发银钱地步。怂恿之初，或以美酒迷乱其性，或以淫词摇荡其心，一俟言语可入，非夸某人豪富无比，即赞某人美貌无双。诸如哄骗上庙，引诱朝山，其法种种不一。总之，若辈一经用了手脚，随你三贞九烈，玉洁冰清，亦不能跳出圈外。甚至以男作女，暗中奸骗，百般淫秽，更不堪言。良家妇女因此失身的不知凡几。幸而其事不破，败坏门风，吃亏已属不小；设或败露，名节尽丧，丑声外扬，而家长如同聋聩，仍在梦中。此固由于妇女无知所致，但家长不能预为防范，预为开导，以致'绿头巾'戴在顶上，亦由自取，归咎何人？小子闻《礼经》有云：'内言不出于梱，外言不入于梱。'古人于妇女之言，尚且如此谨慎；况三姑六婆，里外搬弄是非，何能不生事端？至于出头露面，上庙朝山，其中暧昧不明，更不可问。倘明哲君子，洞察其奸，于家中妇女不时正言规劝，以三姑六婆视为寇仇，诸事预为防范，毋许入门，他又何所施其伎俩？

"再闻贵处向有'后母'之称，此等人待前妻儿女莫不视为祸根，百般茶毒，或以苦役致使劳顿，或以疾病故令缠绵，或任听饥寒，或时常打骂。种种磨折，苦不堪言。其父纵能爱护，安有后眼？此种情形，实为儿女第一黑暗地狱。——贫寒之家，其苦尤甚。至富贵家，虽有乳母亲族照管，不能过于磨折；一经生有儿女，希冀独吞家财，莫不铺谋设计，枕边谗言，或诬其女不听教训，或诬其儿忤逆晚娘，或诬好吃懒做，或诬胡作非为，甚至诬男近于偷盗，诬女事涉奸淫。种种陷害，此等弱女幼儿，从何分辩？一任拷打，无非哀号，因此磨折而死或忧愤而亡。历来命丧后母者，岂能胜计，无如其父始而保护婴儿，亦知防范，继而谗言入耳，即身不由己；久之染了后母习气，不但不能保护，并且自己渐渐亦施毒手。是后母之外，又添'后父'。里外夹攻，百般凌辱，以致'枉死城'中，不知添了若干小鬼。此皆耳软心活，只重夫妇之情，罔顾父子之恩。请看大舜捐阶焚廩，闵子冬月芦衣，申生遭谤，伯奇负冤，千古之下，一经谈起，莫不心伤。处此境者视此前车之鉴，仍不加意留神，岂不可悲！"

吴之和道："吾闻尊处向有妇女缠足之说。始缠之时，其女百般痛苦，抚足哀号，甚至皮腐肉败，鲜血淋漓。当此之际，夜不成寐，食不下咽，种种疾病，由此而生。小子以为此女或有不肖，其母不忍置之于死，故以此法治之。谁知系为美观而设，若不如此，即不为美！试问鼻大者削之使小，额高者削之使平，人必谓为残废之人；何以两足残缺，步履艰难，却又为美？即如西子、王嫱，皆绝世佳人，彼时又何尝将其两足削去一半？况细推其由，与造淫具何异？此圣人之所必诛，贤者之所不取。惟世之君子，尽绝其习，此风自可渐息。

"又闻贵处世俗，于风鉴卜筮外，有算命合婚之说。至境界不顺，希冀运转时来，偶一推算，此亦人情之常，即使推算不准，亦属无伤。婚姻一事，关系男女终身，理宜慎重，岂可草草。既要联姻，如果品行纯正，年貌相当，门第相对，即属绝好良姻，何必再去推算？左氏云：'卜以决疑，不疑何卜？'若谓必须推算，方可联姻，当日河上公、陶弘景未立命格之先，又将如何？命书岂可做得定准？那推算之人，又安能保其一无错误？尤可笑的，俗传女命北以属羊为劣，南以属虎为凶。其说不知何意？至今相沿，殊不可解。人值未年而生，何至比之于羊？寅年而生，又何至竟变为虎？——且世间惧内之人，未必皆系属虎之妇。况鼠好偷窃，蛇最阴毒，那属鼠、属蛇的，岂皆偷窃、阴毒之辈？龙为四灵之一，自然莫贵于此，岂辰年所生，都是贵命？此皆愚民无知，造此谬论，往往读书人亦染此风，殊为可笑。总之，婚姻一事，若不论门第相对，不管年貌相当，惟以合婚为准，势必将就勉强从事，虽有极美良姻，亦必当面错过，以致日后儿女抱恨终身，追悔无及。为人父母的，倘能洞察合婚之谬，惟以品行、年貌、门第为重，至于富贵寿考，亦惟听之天命，即日后别有不虞，此心亦可对住儿女，儿女似亦无怨了。"

吴之祥道："小子向闻贵地世俗最尚奢华，即如嫁娶、殡葬、饮食、衣服以及居家用度，莫不失之过侈。此在富贵家不知惜福，妄自浪费，已属造孽；何况无力下民，只图目前适意，不顾日后饥寒，倘惜福君子于乡党中不时开导，毋得奢华，各留余地，所谓：'常将有日思无日，莫待无时思有时。'如此剀切劝谕，奢侈之风，自可渐息，一归俭朴，何患家无盖藏。即偶遇饥岁，亦可无虞。况世道俭朴，愚民稍可糊口，即不致流为奸匪；奸匪既少，盗风不禁自息，天下自更太平。可见'俭朴'二字，所关也非细事。……"

正说的高兴，有一老仆，慌慌张张进来道："禀二位相爷：适才官吏来报，国主因各处国王约赴轩辕祝寿，有军国大事，面与二位相爷相商，少刻就到。"多九公听了，暗暗忖道："我们家乡每每有人会客，因客坐久不走，又不好催他动身，只好暗向仆人丢个眼色。仆人会意，登时就来回话，不是'某大老即刻来拜'，就是'某大老立等说话'。如此一说，客人自然动身。谁知此处也有这个风气，并且还以相爷吓人。——即或就是相爷，又待如何？未免可笑。"因同唐敖打躬告别。吴氏弟兄忙还礼道："蒙二位大贤光降，不意国主就临敝宅，不能屈留大驾，殊觉抱歉。倘大贤尚有耽搁，愚弟兄俟送过国主，再至宝舟奉拜。"

唐、多二人匆匆告别，离了吴氏相府。只见外面洒道清尘，那些庶民都远远回避。二人看了，这才明白果是实情。于是回归

267

旧路。多九公道："老夫看那吴氏弟兄举止大雅，器宇轩昂，以为若非高人，必是隐士。及至见了国王那块匾额，老夫就觉疑惑，这二人不过是个进士，何能就得国王替他题额？那知却是两位宰辅！如此谦恭和蔼，可谓脱尽仕途习气。若令器小易盈、妄自尊大那些骄傲俗吏看见，真要愧死！"唐敖道："听他那番议论，却也不愧'君子'二字。"不多时，回到船上。林之洋业已回来，大家谈起货物之事。原来此地连年商贩甚多，各色货物，无不充足，一切价钱，均不得利。

正要开船，吴氏弟兄差家人拿着名帖，送了许多点心、果品，并赏众水手倭瓜十担，燕窝十担。名帖写着："同学教弟吴之和、吴之祥顿首拜。"唐敖同多九公商量把礼收了，因吴氏弟兄位尊，回帖上写的是："天朝后学教弟多某、唐某顿首拜。"来人刚去，吴之和随即来拜，让至船上，见礼让坐。唐、多二人，再三道谢。吴之和道："舍弟因国主现在敝宅，不能过来奉候。小弟适将二位光降之话奏明，国主闻系天朝大贤到此，特命前来奉拜。小弟理应恭候解缆，因要伺候国主，只得暂且失陪。倘宝舟尚缓开行，容日再来领教。"即匆匆去了。

众水手把倭瓜、燕窝搬到后梢，到晚吃饭，煮了许多倭瓜燕窝汤。都欢喜道："我们向日只听人说燕窝贵重，却未吃过；今日倭瓜叨了燕窝的光，口味自然另有不同。连日辛辛苦苦，开开胃口，也是好的。"彼此用箸，都把燕窝夹一整瓢，放在嘴里嚼了一嚼，不觉皱眉道："好奇怪！为何这样好东西，到了我们嘴里把味都走了！"内中有个几哑嘴道："这明明是粉条子，怎么把他混充燕窝？我们被他骗了！"及至把饭吃完，倭瓜早已干干净净，还剩许多燕窝。林之洋闻知，暗暗欢喜，即托多九公照粉条子价钱给了几贯钱向众人买了，收在舱里道："怪不得连日喜鹊只管朝俺叫，原来却有这股财气！"

第十七回　因字声粗谈切韵
闻雁唳细问来宾

　　话说紫衣女子道："婢子闻得要读书必先识字，要识字必先知音。若不先将其音辨明，一概似是而非，其义何能分别？可见字音一道，乃读书人不可忽略的。大贤学问渊博，故视为无关紧要，我们后学，却是不可少的。婢子以此细事上渎高贤，真是贻笑大方。即以声音而论，婢子素又闻得，要知音，必先明反切；要明反切，必先辨字母。若不辨字母，无以知切；不知切，无以知音；不知音，无以识字。以此而论，切音一道，又是读书人不可少的。但昔人有言，每每学士大夫论及反切，便瞪目无语，莫不视为绝学。若据此说，大约其义失传已久。所以自古以来，韵事虽多，并无初学善本。婢子素于此道潜研细讨，略知一二，第义甚精微，未能穷其秘奥。大贤天资颖悟，自能得其三昧，应如何习学可以精通之处，尚求指教。"

　　多九公道："老夫幼年也曾留心于此，无如未得真传，不能十分精通。才女才说学士大夫论及反切尚且瞪目无语，何况我们不过略知皮毛，岂敢乱谈，贻笑大方！"紫衣女子听了，望着红衣女子轻轻笑道："若以本题而论，岂'吴郡大老倚闾满盈'么？"

红衣女子点头笑了一笑。唐敖听了，甚觉不解。

多九公道："适因才女谈论切音，老夫偶然想起《毛诗》句子总是叶著音韵。如'爰居爰处'，为何次句却用'爰丧其马'，末句又是'于林之下'？'处'与'马''下'二字，岂非声音不同，另有假借么？"紫衣女子道："古人读'马'为'姥'，读'下'为'虎'，与'处'字声音本归一律，如何不同？即如'吉日庚午，既差我马'，岂非以'马'为'姥'？'率西水浒，至于岐下'，岂非以'下'为'虎'？韵书始于晋朝，秦、汉以前，并无韵书。诸如'下'字读'虎'，'马'字读'姥'，古人口音，原是如此，并非另有假借。即如'风'字《毛诗》读作'分'字，'服'读作'逼'字，共十余处，总是如此。若说假借，不应处处都是假借，倒把本音置之不问，断无此理。即如《汉书》《晋书》所载童谣，每多叶韵之句。既称为童谣，自然都是街上小儿随口唱的歌儿。若说小儿唱歌也会假借，必无此事。其音本出天然，可想而知。但每每读去，其音总与《毛诗》相同，却与近时不同。即偶有一二与近时相同，也只得《晋书》。因晋去古已远，非汉可比，故晋朝声音与今相近。音随世转，即此可见。"多九公道："据才女所讲各音古今不同，老夫心中终觉疑惑，必须才女把古人找来，老夫同他谈谈，听他到底是个什么声音，才能放心。若不如此，这番高论，只好将来遇见古人，才女再同他谈罢。"

紫衣女子道："大贤所说'爰居爰处，爰丧其马，于以求之，于林之下'这四句，音虽辨明，不知其义怎讲？"多九公道："《毛传》郑笺、孔疏之意，大约言军士自言，'我等从军，或有死的、病的，有亡其马的。于何居呢？于何处呢？于何丧其马呢？若我家人日后求我，到何处求呢？当在山林之下。'是这个意思。才女有何高见？"紫衣女子道："先儒虽如此解，据婢子愚见：上文言'从孙子仲，平陈与宋，不我以归，忧心有忡'，军士因不得归，所以心中忧郁。至于'爰居爰处……'四句，细绎经文，倒像承着上文不归之意，复又述他忧郁不宁，精神恍惚之状，意谓：偶于居处之地，忽然丧失其马；以为其马必定不见了，于是各处找求，谁知仍在树林之下。这总是军士忧郁不宁，精神恍惚，所以那马明明近在咫尺，却误为丧失不见，就如'心不在焉，视而不见'之意。如此解说，似与经义略觉相近。尚求指教。"多九公道："凡言诗，总要不以文害辞，不以辞害志，方能体贴诗人之意。即以此诗而论。前人注解，何等详明，何等亲切。今才女忽发此论，据老夫看来：不独妄作聪明，竟是'愚而好自用'了。"

紫衣女子道："大贤责备，婢子也不敢辩。适又想起《论语》有一段书，因前人批注，甚觉疑惑，意欲以管见请示。惟思大贤又要责备，所以不敢乱言，只好以待将来另质高明了。"唐敖道："适才敝友失言，休要介意。才女如有下问，何不明示？《论语》又是常见之书，或者大家可以参酌。"紫衣女子道："婢子要请教的，并无深微奥妙，乃'颜路请子之车，以为之椁'这句书，不

272

知怎讲？"多九公笑道："古今各家批注，言颜渊死，颜路因家贫不能置椁，要求孔子把车卖了，以便买椁。都是这样说。才女有何见教？"紫衣女子道："先儒虽如此解，大贤可另有高见？"多九公道："据老夫之意，也不过如此，怎敢妄作聪明，乱发议论。"紫衣女子道："可惜婢子虽另有管见，恨未考据的确，原想质之高明，以释此疑，不意大贤也是如此，这就不必谈了。"唐敖道："才女虽未考据精详，何不略将大概说说呢？"

紫衣女子道："婢子向于此书前后大旨细细参详，颜路请车为椁，其中似有别的意思。若说因贫不能买椁，自应求夫子资助，为何指名定要求卖孔子之车？难道他就料定孔子家中，除车之外，就无他物可卖么？即如今人求人资助，自有求助之话，岂有指名要他卖物资助之理！此世俗庸愚所不肯言，何况圣门贤者。及至夫子答他之话，言当日鲤死也是有棺无椁，我不肯徒行，以为之椁。若照上文注解，又是卖车买椁之意。何以当日鲤死之时，孔子注意要卖的在此一车；今日回死之际，颜路觊觎要卖的又在此一车？况椁非希世之宝，即使昂贵，亦不过价倍于棺。颜路既能置棺，岂难置椁？且下章又有门人厚葬之说，何不即以厚葬之资买椁，必定硬派孔子卖车，这是何意？若按'以为之椁'这个'为'字而论，倒像以车之木要制为椁之意，其中并无买卖字义，若将'为'字为'买'，似有未协。但当年死者必要大夫之车为椁，不知是何取义？婢子历考诸书，不得其说。既无其说，是为无稽之谈，只好存疑，以待能者。第千古疑团，不能质之高贤一

273

旦顿释，亦是一件恨事。"

多九公道："若非卖车买椟，前人何必如此注解？才女所发议论，过于勉强，而且毫无考据，全是谬执一偏之见。据老夫看来，才女自己批评那句'无稽之谈'，却有自知之明；至于学问，似乎还欠功夫。日后倘能虚心用功，或者还有几分进益；若只管闹这偏锋，只怕越趋越下，岂能长进！况此等小聪明，也未有甚见长之处，实在学问，全不在此。即如那个'敦'字，就再记几音，也不见得就算通家；少记几音，也不见得不通。若认几个冷字，不论腹中好歹，就要假作高明，混充文人，只怕敝处丫鬟小厮比你们还高哩！"

正在谈论，忽听天边雁声嘹亮。唐敖道："此时才交初夏，鸿雁从何来？可见各处时令自有不同。"只见红衣女子道："婢子因这雁声，偶然想起《礼记》'鸿雁来宾'，郑康成批注及《吕览》《淮南》诸注，各有意见。请教大贤，应从某说为是？"多九公见问，虽略略晓得，因记不清楚，难以回答。唐敖道："老夫记得郑康成注《礼记》，谓'季秋鸿雁来宾'者，言其客止未去，有似宾客，故曰'来宾'。而许慎注《淮南子》，谓先至为主，后至为宾。迨高诱注《吕氏春秋》，谓'鸿雁来'为一句，'宾爵入大水为蛤'为一句，盖以仲秋来的是其父母，其子羽翼稚弱，不能随从，故于九月方来；所谓'宾爵'者，就是老雀，常栖人堂宇，有似宾客，故谓之'宾爵'。鄙意'宾爵'二字，见之古今注，虽亦可连；但按《月令》，仲秋已有'鸿雁来'之句，若将'宾'字截入下句，季秋又是'鸿雁来'，未免重复。如谓仲秋来的是其父母，季秋来的是其子孙，此又谁得而知？况《夏小正》于'雀入于海为蛤'之句上无'宾'字，以此更见高氏之误。据老夫愚见，似以郑注为当。才女以为何如？"两个女子一齐点头道："大贤高论极是。可见读书人见解自有不同，敢不佩服！"

多九公忖道："这女子明知郑注为是，他却故意要问，看你怎样回答。据这光景，他们那里是来请教，明是考我们的。若非唐兄，几乎出丑。他既如此可恶，我也搜寻几条，难他一难。"因说道："老夫因才女讲《论语》，偶然想起'未若贫而乐，富而好礼'之句。以近来人情而论，莫不乐富恶贫，而圣人言'贫而乐'，难道贫有甚么好处么？"红衣女子刚要回答，紫衣女子即接着道："按《论语》自遭秦火，到了汉时，或孔壁所得，或口授相传，遂有三本，一名《古论》，二名《齐论》，三名《鲁论》。今世所传，就是《鲁论》，向有今本、古本之别。以皇侃古本《论语义疏》而论，其'贫而乐'一句，'乐'字下有一'道'字，盖'未若贫而乐道'与下句'富而好礼'相对。即如'古者言之不出'，古本'出'字上有一'妄'字。又如'虽有粟吾得而食诸'，古本'得'字上有一'岂'字。似此之类，不能枚举。《史记》世家亦多类此。此皆秦火后阙遗之误。请看古本，自知其详。"

多九公见他伶牙俐齿，一时要拿话驳他，竟无从下手。因见案上摆着一本书，取来一看，是本《论语》。随手翻了两篇，忽然翻到"颜渊、季路侍"一章，只见"衣轻裘"之旁写着"衣，读平声"。看罢，暗暗喜道："如今被我捉住错处了！"因向唐敖道："唐兄，老夫记得'愿车马衣轻裘'之'衣'倒像应读去声。今此处读作平声，不知何意？"紫衣女子道："'子华使于齐，……乘肥马，衣轻裘'之'衣'，自应读作去声，盖言子华所骑的是肥马，所穿的是轻裘。至此处'衣'字，按本文明明分着'车''马''衣''裘'四样，如何读作去声？若将'衣'讲作穿的意思，不但与'愿'字文气不连，而且有裘无衣，语气文义，都觉不足。若读去声，难道子路裘可与友共，衣就不可与友共么？这总因'裘'字上有一'轻'字，所以如此；若无'轻'字，自然读作"愿车马衣裘与朋友共"了。或者'裘'字上既有'轻'字，'马'字上再有'肥'字，后人读时，自必以车与肥马为二，衣与轻裘为二，断不读作去声。况'衣'字所包甚广，'轻裘'二字可包藏其内；故'轻裘'二字倒可不用，'衣'字却不可少。今不用'衣'字，只用'轻裘'，那个'衣'字何能包藏'轻裘'之内？若读去声，岂非缺了一样么？"

多九公不觉皱眉道："我看才女也过于混闹了！你说那个'衣'所包甚广，无非纱的绵的，总在其内。但子路于这轻裘贵重之服，尚且与朋友共，何况别的衣服？言外自有'衣'字神情在内。今才女必要吹毛求疵，乱加批评，莫怪老夫直言：这宗行为，不但近于狂妄，而且随嘴乱说，竟是不知人事了！"因又忖道："这两个女子既要赴试，自必时常用功，大约随常经书也难他不住。我闻外国向无《易经》，何不以此难他一难？或者将他难倒，也未可知。"

第十八回　辟清谈幼女讲羲经
发至论书生尊孟子

　　话说，多九公思忖多时，得了主意，因向两女子道："老夫闻《周易》一书，外邦见者甚少。贵处人文极盛，兼之二位才女博览广读，于此书自能得其精奥。第自秦、汉以来，注解各家，较之说《礼》，尤为歧途叠出。才女识见过人，此中善本，当以某家为最，想高明自有卓见定其优劣了？"紫衣女子道："自汉、晋以来，至于隋季，讲《易》各家，据婢子所知的，除子夏《周易传》二卷，尚有九十三家。若论优劣，以上各家，莫非先儒注疏，婢子见闻既寡，何敢以井蛙之见，妄发议论。尚求指示。"

　　多九公忖道："《周易》一书，素日耳之所闻，目之所见，至多不过五六十种；适听此女所说，竟有九十余种。但他并无一字评论。大约腹中并无此书，不过略略记得几种，他就大言不惭，以为吓人地步。我且考他一考，教他出出丑，就是唐兄看着，也觉欢喜。"因说道："老夫向日所见，解《易》各家，约有百余种，不意此地竟有九十三种，也算难得了。至某人注疏若干卷，某人章句若干卷，才女也还记得么？"紫衣女子笑道："各书精微，虽未十分精熟，至注家名姓、卷帙，还略略记得。"多九公吃惊道：

"才女何不道其一二？其卷帙、名姓，可与天朝一样？"紫衣女子就把当时天下所传的《周易》九十三种，某人若干卷，由汉至隋，说了一遍，道："大贤才言《周易》有一百余种，不知就是才说这几种，还是另有百余种？请大贤略述一二，以广闻见。"

多九公见紫衣女子所说书名倒像素日读熟一般，口中滔滔不绝。细细听去，内中竟有大半所言卷帙、姓名，丝毫不错。其余或知其名，未见其书；或知其书，不记其名；还有连姓名、卷帙一概不知的。登时惊的目瞪神呆，惟恐他们盘问，就要出丑。正在发慌，适听紫衣女子问他书名，连忙答道："老夫向日见的，无非都是才女所说之类，奈年迈善忘，此时都已模模糊糊，记不清了。"紫衣女子道："书中大旨，或大贤记不明白，婢子也不敢请教，苦人所难。但卷帙、姓名，乃书坊中三尺之童所能道的，大贤何必吝教？"多九公道："实是记不清楚，并非有意推辞。"紫衣女子道："大贤若不说出几个书名，那原谅的不过说是吝教，那不原谅的就要疑心大贤竟是妄造狂言欺骗人了。"多九公听罢，只急的汗如雨下，无言可答。紫衣女子道："刚才大贤曾言百余种之多，此刻只求大贤除婢子所言九十三种，再说七个，共凑一百之数。此事极其容易，难道还吝教么？"

多九公只急的抓耳搔腮，不知怎样才好。紫衣女子道："如此易事，谁知还是吝教！刚才婢子费了唇舌，说了许多书名，原是抛砖引玉，以为借此长长见识，不意竟是如此！但除我们所说之外，大贤若不加增，未免太觉空疏了！"红衣女子道："倘大贤

279

七个凑不出，就说五个；五个不能，就是两个也是好的。"紫衣女子接着道："如两个不能，就是一个；一个不能，就是半个也可解嘲了。"红衣女子笑道："请教姐姐，何为半个？难道是半卷书么？"紫衣女子道："妹子惟恐大贤善忘，或记卷帙，忘其姓名；或记姓名，忘其卷帙；皆可谓之半个——并非半卷。我们不可闲谈，请大贤或说一个，或半个罢。"多九公被两个女子冷言冷语，只管催逼，急得满面通红，恨无地缝可钻。莫讲所有之书，俱被紫衣女子说过；即或尚未说过，此时心内一急，也就想不出了。

那个老者坐在下面，看了几篇书，见他们你一言、我一语，不知说些甚么。后来看见多九公面上红一阵、白一阵，头上只管出汗，只当怕热，因取一把扇子，道："天朝时令交了初夏，大约凉爽不用凉扇。今到敝处，未免受热，所以只管出汗。请大贤扇扇，略为凉爽，慢慢再谈。莫要受热，生出别的病来。你们都是异乡人，身子务要保重。——你看，这汗还是不止，这却怎好？"因用汗巾替九公揩道："有年纪的人，身体是个虚的，那里受的惯热！唉！可怜，可怜！"多九公接过扇子道："此处天气果然较别处甚蒸。"老者又献两杯茶道："小子茶虽不甚佳，但有灯心在内，既能解热，又可清心。大贤吃了，就是受热，也无妨了。今虽幸会，奈小子福薄重听，不能畅聆大教，真是恨事。大贤既肯屈尊同他们细谈，日后还可造就么？"多九公连连点头道："令爱来岁一定高发的。"

只见紫衣女子又接着说道："大贤既执意不肯赐教，我们也不必苦苦相求。况记几个书名，若不晓得其中旨趣，不过是个卖书佣，何足为奇。但不知大贤所说百余种，其中讲解，当以某家为最？"多九公道："当日仲尼既作《十翼》，《易》道大明。自商瞿受《易》于孔子，嗣后传授不绝。前汉有京房、费直各家，后汉有马融、郑元诸人。据老夫愚见：两汉解《易》各家，多溺于象占之学。到了魏时，王弼注释《周易》，撇了象占旧解，独出心裁，畅言义理，于是天下后世，凡言《易》者，莫不宗之，诸书皆废。以此看来，由汉至隋，当以王弼为最。"紫衣女子听了，不觉笑道："大贤这篇议论，似与各家注解及王弼之书尚未了然，不过撝拾前人牙慧，以为评论，岂是教诲后辈之道！汉儒所论象占，固不足尽《周易》之义；王弼扫弃旧闻，自标新解，惟重义理，孔子说'《易》有圣人之道四焉'，岂止'义理'二字？晋时韩康伯见王弼之书盛行，因缺《系辞》之注，于是本王弼之义，注《系辞》二卷，因而后人遂有王、韩之称，其书既欠精详，而又妄改古字，如以'嚮'为'鄉'，以'驅'为'歐'之类，不能枚举。所以昔人云：'若使当年传汉《易》，王、韩俗字久无存。'当日范宁说王弼的罪甚于桀、纣，岂是无因而发。今大贤说他注的为最，甚至此书一出，群书皆废，何至如此？可谓痴人说梦！总之，学问从实地上用功，议论自然确有根据；若浮光掠影，中无成见，自然随波逐流，无所适从。大贤恰受此病。并且强不知以为知，一味大言欺人，未免把人看得过于不知文了！"

多九公听了，满脸是汗，走又走不得，坐又坐不得，只管发愣，无言可答。正想脱身，那个老者又献两杯茶道："斗室屈尊，致令大贤受热，殊抱不安。但汗为人之津液，也须忍耐少出才好。大约大贤素日喜吃麻黄，所以如此。今出这场痛汗，虽痎疟之症，可以放心，以后如麻黄发汗之物，究以少吃为是。"二人欠身接过茶杯。多九公自言自语道："他说我吃麻黄，那知我在这里吃黄连哩！"

只见紫衣女子又接着说道："刚才进门就说经书之义尽知，我们听了甚觉钦慕，以为今日遇见读书人，可以长长见识，所以任凭批评，无不谨谨受命。谁知谈来谈去，却又不然。若以'秀才'两字而论，可谓有名无实。适才自称'忝列胶庠'，谈了半日，惟这'忝'字还用的切题。"红衣女子道："据我看来：大约此中亦有贤愚不等，或者这位先生同我们一样，也是常在三等、四等的亦未可知。"紫衣女子道："大家幸会谈文，原是一件雅事，即使学问渊博，亦应处处虚心，庶不失谦谦君子之道。谁知腹中虽离渊博尚远，那目空一切，旁若无人光景，却处处摆在脸上。可谓'螳臂当车，自不量力'！"两个女子，你一言，我一语，把多九公说的脸上青一阵，黄一阵，身如针刺，无计可施。唐敖在旁，甚觉无趣。

正在为难之际，只听外面喊道："请问女学生可买脂粉么？"一面说着，手中提着包袱进来。唐敖一看，不是别人，却是林之洋。多九公趁势立起道："林兄为何此时才来？惟恐船上众人候久，我们回去罢。"即同唐敖拜辞老者。老者仍要挽留献茶。林

282

之洋因走的口渴，正想歇息，无奈二人执意要走。老者送出门外，自去课读。

三人匆匆出了小巷，来至大街。林之洋见他二人举动怆惶，面色如土，不觉诧异道："俺看你们这等惊慌，必定古怪。毕竟为着甚事？"二人略略喘息，将神定了一定，把汗揩了，慢慢走着。多九公把前后各话，略略告诉一遍。唐敖道："小弟从未见过世上竟有这等渊博才女！而且伶牙俐齿，能言善辩！"多九公道："渊博倒也罢了，可恨他丝毫不肯放松，竟将老夫骂的要死。这个亏吃的不小！老夫活了八十多岁，今日这个闷气却是头一次！此时想起，惟有怨恨自己！"林之洋道："九公，你恨什么？"多九公道："恨老夫从前少读十年书，又恨自己既知学问未深，不该冒昧同人谈文。"

唐敖道："若非舅兄前去相救，竟有走不出门之苦。不知舅兄何以不约而同，也到他家？"林之洋道："刚才你们要来游玩，俺也打算上来卖货，奈这地方从未做过交易，不知那样得利。后来俺因他们脸上比炭还黑，就带了脂粉上来。那知这些女人因搽脂粉反觉丑陋，都不肯买，倒是要买书的甚多。俺因女人不买脂粉，倒要买书，不知甚意。细细打听，才知这里向来分别贵贱，就在几本书上。"唐敖道："这是何故？"林之洋道："他们风俗，无论贫富，都以才学高的为贵，不读书的为贱。就是女人，也是这样，到了年纪略大，有了才名，才有人求亲；若无才学，就是生在大户人家，也无人同他配婚。因此，他们国中，不论男女，自幼都要读书。闻得明年国母又有甚么女试大典，这些女子得了这个信息，都想中个才女，更要买书。俺听这话，原知货物不能出脱，正要回船，因从女学馆经过，又想进去碰碰财气，那知凑巧遇见你们二位。俺进去话未说得一句，茶未喝得一口，就被你们拉出，原来二位却被两个黑女难住。"

唐敖道："小弟约九公上来，原想看他国人生的怎样丑陋。谁知只顾谈文，他们面上好丑，我们还未看明，今倒被他们先把我们腹中丑处看去了！"多九公道："起初如果只做门外汉，随他谈甚么，也不至出丑。无奈我们过于大意，一进门去，就充文人，以致露出马脚，补救无及。偏偏他的先生又是聋子，不然，拿这老秀才出出气，也可解嘲。"唐敖道："据小弟看来，幸而老者是个聋子。他若不聋，只怕我们更要吃亏。你只看他小小学生尚且如此，何况先生！固然有'青出于蓝而胜于蓝'的，究竟是他受业之师，况紫衣女子又是他女，学问岂能悬殊？若以寻常老秀才看待，又是'以貌取人'了。世人只知'纱帽底下好题诗'，那里晓得草野中每每埋没许多鸿儒！大约这位老翁就是榜样。"

多九公道："刚才那女子以'衣轻裘'之'衣'读作平声，其言似觉近理。若果真如此，那当日解作去声的，其书岂不该废么？"唐敖道："九公此话未免罪过！小弟闻得这位解作去声的乃彼时大儒，祖居新安。其书阐发孔、孟大旨，殚尽心力，折中旧解，言近旨远，文简义明，一经诵习，圣贤之道，莫不灿然在目。汉、晋以来，注解各家，莫此为善，实有功于圣门，有益于后学的，岂可妄加评论。即偶有一二注解错误，亦不能以蚊睫一毛，掩其日月之光。即如《孟子》'诛一夫'及'视君如寇仇'之说，后人虽多评论，但以其书体要而论，昔人有云：'总群圣之道者，莫大乎六经；绍六经之教者，莫尚乎《孟子》。'当日孔子既没，儒分为八；其他纵横捭阖，波谲云诡。惟孟子挺命世之才，距杨、墨，放淫辞；明王政之易行，以救时弊，阐性善之本量，以断群疑。致孔子之教，独尊千古。是有功圣门，莫如孟子，学者岂可訾议。况孟子'闻诛一夫'之言，亦因当时之君，惟知战斗，不务修德，故以此语警戒；至'寇仇'之言，亦是劝勉宣王，待臣宜加恩礼，都为要救时弊起见。时当战国，邪说横行，不知仁义为何物，若单讲道学，徒费唇舌；必须喻之利害，方能动听，故不觉言之过当。读者不以文害辞，不以辞害志，自得其义。总而言之，尊崇孔子之教，实出孟子之力；阐发孔、孟之学，却是新安之功。小弟愚见如此，九公以为何如？"多九公听了，不觉连连点头。

第十九回　受女辱潜逃黑齿邦
观民风联步小人国

　　话说多九公闻唐敖之言，不觉点头道："唐兄此言，至公至当，可为千载定论。老夫适才所说，乃就事论事，未将全体看明，不无执着一偏。即如左思《三都赋·序》，他说扬雄《甘泉赋》'玉树青葱'，非本土所出，以为误用。谁知那个玉树，却是汉武帝以众宝做成，并非地土所产。诸如此类，若不看他全赋，止就此序而论，必定说他如此小事尚且考究未精，何况其余。那知他的好处甚多，全不在此。所以当时争着传写，洛阳为之纸贵。以此看来，若只就事论事，未免将他好处都埋没了。"

　　说话间，又到人烟辏集处。唐敖道："刚才小弟因这国人过黑，未将他的面目十分留神，此时一路看来，只觉个个美貌无比。而且无论男妇，都是满脸书卷秀气，那种风流儒雅光景，倒像都从这个黑气中透出来的。细细看去，不但面上这股黑气万不可少，并且回想那些脂粉之流，反觉其丑。小弟看来看去，只觉自惭形秽。如今我们杂在众人中，被这书卷秀气四面一衬，只觉面目可憎，俗气逼人。与其教他们看着耻笑，莫若趁早走罢！"三人于是躲躲闪闪，联步而行。一面走着，看那国人都是端方大雅；再看自己，只觉无穷丑态。相形之下，走也不好，不走也不好；紧走也不好，慢走也不好，不紧不慢也不好：不知怎样才好！只好叠着精神，稳着步儿，探着腰儿，挺着胸儿，直着颈儿，一步一趋，望前而行。好容易走出城外，喜得人烟稀少，这才把腰伸了一伸，颈项摇了两摇，嘘了一口气，略为松动松动。

林之洋道："刚才被妹夫说破，细看他们，果都大大方方，见那样子，不怕你不好好行走。俺素日散诞惯了，今被二位拘住，少不得也装斯文混充儒雅。谁知只顾拿架子，腰也酸了，腿也直了，颈也痛了，脚也麻了，头也晕了，眼也花了，舌也燥了，口也干了，受也受不得了，支也支不住了。再要拿架子，俺就瘫了！快逃命罢！此时走的只觉发热——原来九公却带着扇子。借俺扇扇，俺今日也出汗了！"

多九公听了，这才想起老者那把扇子还在手中，随即站住，打开一齐观看。只见一面写着曹大家七篇《女诫》，一面写着苏若兰《璇玑图》，都是蝇头小楷，绝精细字。两面俱落名款：一面写着"墨溪夫子大人命书"，下写"女弟子红红谨录"；一面写着"女亭亭谨录"。下面还有两方图章："红红"之下是"黎氏红薇"，"亭亭"之下是"卢氏紫萱"。唐敖道："据这图章，大约红红、亭亭是他乳名，红薇、紫萱方是学名。"多九公道："两个黑女既如此善书而又能文，馆中自然该是诗书满架，为何却自寥寥？不意腹中虽然渊博，案上倒是空疏，竟与别处不同。他们如果诗书满架，我们见了，自然另有准备，岂肯冒昧，自讨苦吃？"林之洋接过扇子扇着道："这样说，日后回家，俺要多买几担书摆在桌上作陈设了。"唐敖道："奉劝舅兄，断断不要树这文人招牌！请看我们今日光景，就是榜样。小弟足足够了！今日过了黑齿，将来所到各国，不知那几处文风最盛？倒要请教，好作准备，免得又去'太岁头上动土'。"

林之洋道："俺们向日来往，只知卖货，那里管他文风、武风。据俺看来：将来路过的，如靖人、跂踵、长人、穿胸、厌火各国，大约同俺一样，都是文墨不通；就只可怕的前面有个白民国，倒像有些道理；还有两面、轩辕各国，出来人物，也就不凡。这几处才学好丑，想来九公必知，妹夫问他就知道了。"唐敖道："请教九公……"说了一句，再回头一看，不觉诧异道："怎么九公不见了？又到何处去了？"林之洋道："俺们只顾说话，那知他又跑开。莫非九公恨那黑女，又去同他讲理么？俺们且等一等，少不得就要回来。"

二人闲谈，候了多时，只见多九公从城内走来道："唐兄，你道他们案上并无多书，却是为何？其中有个缘故。"唐敖笑道："原来九公为这小事又去打听。如此高年，还是这等兴致，可见遇事留心，自然无所不知。我们慢慢走着，请九公把这缘故谈谈。"多九公举步道："老夫才去问问风俗，原来此地读书人虽多，书籍甚少。历年天朝虽有人贩卖，无如刚到君子、大人境内，就被二国买去。此地之书，大约都从彼二国以重价买的。至于古书，往往出了重价，亦不可得，惟访亲友家，如有此书，方能借来抄写。要求一书，真是种种费事。并且无论男妇，都是绝顶聪明，日读万言的不计其数，因此，那书更不够他读了。本地向无盗贼，从不偷窃，就是遗金在地，也无拾取之人。他们见了无义之财，叫作'临财毋苟得'。就只有个毛病：若见了书籍，登时就把'毋苟得'三字撇在九霄云外，不是借去不还，就是设法偷骗，那作贼的心肠也由不得自己了。所以此地把窃物之人叫作'偷儿'，把偷书之人却叫作'窃儿'；借物不还的叫作'拐儿'，借书不还的叫作'骗儿'。因有这些名号，那藏书之家，见了这些窃儿、骗儿，莫不害怕，都将书籍深藏内室，非至亲好友，不能借观。家家如此。我们只知以他案上之书定他腹中学问，无怪要受累了。"

说话间，不觉来到船上。林之洋道："俺们快逃罢！"分付水手，起锚扬帆。唐敖因那扇子写的甚好，来到后面，向多九公讨了。多九公道："今日唐兄同那老者见面，曾说'识荆'二字，是何出处？"唐敖道："再过几十年，九公就看见了。小弟才想紫衣女子所说'吴郡大老倚闾满盈'那句话，再也不解。九公久惯江湖，自然晓得这句乡谈了？"九公道："老夫细细参详，也解不出。我们何不问问林兄？"唐敖随把林之洋找来，林之洋也回不知。唐敖道："若说这句隐着骂话，以字义推求，又无深奥之处。据小弟愚见，其中必定含着机关。大家必须细细猜详，就如猜谜光景，务必把他猜出。若不猜出，被他骂了还不知哩！"林之洋道："这话当时为甚起的？二位先把来路说说。看来，这事惟有俺林之洋还能猜，你们猜不出的。"唐敖道："何以见得？"林之洋道："二位老兄才被他们考的胆战心惊，如今怕还怕不来，那里还敢乱猜！若猜的不是，被黑女听见，岂不又要吃苦出汗么？"

多九公道："林兄且慢取笑。我把来路说说。当时谈论切音，那紫衣女子因我们不知反切，向红衣女子轻轻笑道：'若以本题而论，岂非'吴郡大老倚闾满盈'么？'那红衣女子听了，也笑一笑。这就是当时说话光景。"林之洋道："这话既是谈论反切起的，据俺看来：他这本题两字自然就是甚么反切。你们只管向这反切书上找去，包你找得出。"多九公猛然醒悟道："唐兄，我们被女子骂了！按反切而论：'吴郡'是个'问'字，'大老'是个'道'字，'倚闾'是个'于'字，'满盈'是个'盲'字。他因请教反切，我们都回不知，所以说："岂非'问道于盲'么！"

林之洋道："你们都是双目炯炯，为甚比作瞽目？大约彼时因他年轻，不将他们放在眼里，未免旁若无人，因此把你比作瞽目，却也凑巧。"多九公道："为何凑巧？"林之洋道："那'旁若无人'者，就如两旁明明有人，他却如未看见。既未看见，岂非瞽目么？此话将来可作'旁若无人'的批语。海外女子这等淘气，将来到了女儿国，他们成群打伙，聚在一处，更不知怎样利害。好在俺从来不会谈文，他要同俺论文，俺有绝好主意，只得南方话一句，一概给他'弗得知'。任他说得天花乱坠，俺总是弗得知，他又其奈俺何！"

多九公笑道："倘女儿国执意要你谈文，你不同他谈文，把你留在国中，看你怎样？"林之洋道："把俺留下，俺也给他一概弗得知。你们今日被那黑女难住，走也走不出，若非俺去相救，怎出他门？这样大情，二位怎样报俺？"唐敖道："九公才说恐女儿国将舅兄留下，日后倘有此事，我们就去救你出来，也算'以德报德'了。"多九公道："据老夫看来，这不是'以德报德'，倒是'以怨报德'。"唐敖道："此话怎讲？"多九公道："林兄如被女儿国留下，他在那里，何等有趣，你却把他救出，岂非'以怨报德'么？"林之洋道："九公既说那里有趣，将来到了女儿国，俺去通知国王，就请九公住他国中。"多九公笑道："老夫倒想住在那里，却教那个替你管舵呢？"

唐敖道："岂但管舵，小弟还要求教韵学哩。请问九公：小弟素于反切虽是门外汉，但'大老'二字，按音韵呼去，为何不是'岛'字？"多九公道："古来韵书'道'字本与'岛'字同音；近来读'道'为'到'，以上声读作去声。即如是非之'是'古人读作'使'字，'动'字读作'董'字，此类甚多，不能枚举。大约古声重，读'岛'；今声轻，读'到'。这是音随世传，轻重不同，所以如此。"林之洋道："那个'盲'字，俺们向来读与'忙'字同音，今九公读作'萌'字，也是轻重不同么？"多九公道："'盲'字本归八庚，其音同'萌'；若读

'忙'字，是林兄自己读错了。"林之洋道："若说读错，是俺先生教的，与俺何干！"多九公道："你们先生如此疏忽，就该打他手心。"林之洋道："先生犯了这样小错，就要打手心，那终日旷功误人子弟的，岂不都要打杀么？"

第二十回　丹桂岩山鸡舞镜
碧梧岭孔雀开屏

这日到了白民国交界，迎面有一危峰，一派清光，甚觉可爱。唐敖忖道："如此峻岭，岂无名花？"于是请问多九公是何名山？多九公道："此岭总名麟凤山，自东至西，约长千余里，乃西海第一大岭。内中果木极盛，乌兽极繁。但岭东要求一禽也不可得，岭西要求一兽也不可得。"唐敖道："这却为何？"多九公道："此山茂林深处，向有一麟一凤。麟在东山，凤在西山。所以东面五百里有兽无禽，西面五百里有禽无兽，倒像各守疆界光景。因而东山名叫麒麟山，上面桂花甚多，又名丹桂岩；西山名叫凤凰山，上面梧桐甚多，又名碧梧岭。此事不知始于何时，相安已久。谁知东山旁有条小岭名叫狻猊（suān ní）岭，西山旁有条小岭名叫鹔鹴（sù shuāng）岭。狻猊岭上有一恶兽，其名就叫'狻猊'，常带许多怪兽来至东山骚扰；鹔鹴岭上有个恶鸟，其名就叫'鹔鹴'，常带许多怪鸟来至西山骚扰。"唐敖道："东山有麟，麟为兽长；西山有凤，凤为禽长。难道狻猊也不畏麟，鹔鹴也不怕凤么？"多九公道："当日老夫也甚疑惑。后来因见古书，才知鹔鹴乃西方神鸟，狻猊亦可算得毛群之长，无怪要来抗衡了。大约略为骚扰，麟凤也不同他计较；若干犯过甚，也就不免争斗。数年前老夫从此路过，曾见凤凰与鹡鸲争斗，都是各发手下之鸟，或一个两个，彼此剥啄撕打，倒也爽目。后来又遇麒麟同狻猊争斗，也是各发手下之兽，那撕打迸跳形状，真可山摇地动，看之令人心惊。毕竟邪不胜正，闹来闹去，往往狻猊、鹡鸲大败而归。"

正在谈论，半空中倒像人喊马嘶，闹闹吵吵。连忙出舱仰观，只见无数大鸟，密密层层，飞向山中去了。唐敖道："看这光景，莫非鹡鸲又来骚扰？我们何不前去望望？"多九公道："如此甚好。"于是通知林之洋，把船拢在山脚下，三人带了器械，弃舟登岸，上了山坡。唐敖道："今日之游，别的景致还在其次，第一凤凰不可不看，他既做了一山之主，自然另是一种气概。"多九公道："唐兄要看凤凰，我们越过前面峰头，只检梧桐多处游去，倘缘分凑巧，不过略走几步，就可遇见。"大家穿过峻岭，寻找桐林，不知不觉，走了数里。林之洋道："俺们今日见的都是小鸟，并无一只大鸟，不知甚故？难道果真都去伺候凤凰么？"唐敖道："今日所见各鸟，毛色或紫或碧，五彩灿烂，兼之各种娇啼，不啻笙簧，已足悦耳娱目，如此美景，也算难得了。"

忽听一阵鸟鸣之声，婉转嘹亮，甚觉爽耳，三人一闻此音，陡然神清气爽。唐敖道："《诗》言：'鹤鸣于九皋，声闻于天。'今听此声，真可上彻霄汉。"大家顺着声望去，只当必是鹤鹭之类。看了半晌，并无踪影，只觉其音渐渐相近，较之鹤鸣尤其洪亮。多九公道："这又奇了！安有如此大声，不见形象之理？"唐敖道："九公，你看：那边有棵大树，树旁围着许多飞蝇，上下盘旋，这个声音好像树中发出的。"说话间，离树不远，其声更觉震耳。三人朝着树上望了一望，何尝有个禽鸟。

林之洋忽然把头抱住，乱跳起来，口内只说："震死俺了！"二人都吃了一吓，问其所以。林之洋道："俺正看大树，只觉有个苍蝇，飞在耳边。俺用手将他按住，谁知他在耳边大喊一声，就如雷鸣一般，把俺震的头晕眼花。俺趁势把他捉在手内。"话未说完，那蝇大喊大叫，鸣的更觉震耳。林之洋把手乱摇道："俺将你摇的发昏，看你可叫！"那蝇被摇，旋即住声。唐、多二人随向那群飞蝇侧耳细听，那个大声果然竟是"不啻若自其口出"。多九公笑道："若非此鸟飞入林兄耳内，我们何能想到如此大声，却出这群小鸟之口。老夫目力不佳，不能辨其颜色。林兄把那小鸟取出，看看可是红嘴绿毛？如果状如鹦鹉，老夫就知其名了。"

林之洋道："这个小鸟，从未见过，俺要带回船去给众人见识见识。设或取出飞了，岂不可惜？"于是卷了一个纸桶，把纸桶对着手缝，轻轻将小鸟放了进去。唐敖起初见这小鸟，以为无非苍蝇、蜜蜂之类，今听多九公之话，轻轻过去一看，果然都是红嘴绿毛，状如鹦鹉。忙走回道："他的形状，小弟才去细看，果真不错。请教何名？"多九公道："此鸟名叫'细鸟'，元封五年，勒毕国曾用玉笼以数百进贡，形如大蝇，状似鹦鹉，声闻数里。国人常以此鸟候日，又名'候日虫'。那知如此小鸟，其声竟如洪钟，倒也罕见！"

林之洋道："妹夫要看凤凰，走来走去，遍山并无一鸟。如今细鸟飞散，静悄悄连声也不闻。这里只有树木，没甚好玩，俺们另向别处去罢。"多九公道："此刻忽然鸦雀无闻，却也奇怪。"只见有个牧童，身穿白衣，手拿器械，从路旁走来。唐敖上前拱手道："请问小哥，此处是何地名？"牧童道："此地叫作碧梧岭，岭旁就是丹桂岩，乃白民国所属。过了此岭，野兽最多，往往出来伤人，三位客人须要仔细！"说罢去了。

多九公道："此处既名碧梧岭，大约梧桐必多，或者凤凰在这岭上也未可知。我们且把对面山峰越过，看是如何。"不多时，越过高峰，只见西边山头无数梧桐，桐林内立着一只凤凰，毛分五彩，赤若丹霞；身高六尺，尾长丈余；蛇颈鸡啄，一身花文。两旁密密层层，列着无数奇禽：或身高一丈，或身高八尺；青黄赤白黑，各种颜色，不胜枚举。对面东边山头桂树林中也有一只大鸟，浑身碧绿，长颈鼠足，身高六尺，其形如雁。两旁围着许多怪鸟：也有三首六足的，也有四翼双尾的，奇形怪状，不一而足。多九公道："东边这只绿鸟就是鹡鹈。大约今日又来骚扰，所以凤凰带着众鸟把去路拦住，看来又要争斗了。"

忽听鹡鹈连鸣两声，身旁飞出一鸟，其状如凤，尾长丈余，毛分五彩，撺至丹桂岩，抖擞翎毛，舒翅展尾，上下飞舞，如同一片锦绣；恰好旁边有块云母石，就如一面大镜，照的那个影儿，五彩相映，分外鲜明。林之洋道："这鸟倒像凤凰，就只身材短小，莫非母凤凰吗？"多九公道："此鸟名'山鸡'，最爱其毛，每每照水顾影，眼花坠水而死。古人因他有凤之色，无凤之德，呼作'哑凤'。大约鸂鶒以为此鸟具如许彩色，可以压倒凤凰手下众鸟，因此命他出来当场卖弄。"

忽见西林飞出一只孔雀，走至碧梧岭，展开七尺长尾，舒展两翅，朝着丹桂岩盼睐起舞，不独金翠夺目，兼且那个长尾排着许多圆文，陡然或红或黄，变出无穷颜色，宛如锦屏一般。山鸡起初也还勉强飞舞，后来因见孔雀这条长尾变出六颜五色，华彩夺目，金碧辉煌，未免自惭形秽；鸣了两声，朝着云母石一头撞去，竟自身亡。唐敖道："这只山鸡因毛色比不上孔雀，所以羞忿轻生。以禽鸟之微，尚有如此血性，何以世人明知己不如人，反觍颜无愧？殊不可解。"林之洋道："世人都像山鸡这般烈性，那里死得许多！据俺看来，只好把脸一老，也就混过去了。"

孔雀得胜退回本林。东林又飞出一鸟，一身苍毛，尖嘴黄足，跳至山坡，口中唧唧咋咋，鸣出各种声音。此鸟鸣未数声，西林也飞出一只五彩鸟，尖嘴短尾，走到山冈，展翅摇翎，口中鸣的娇娇滴滴，悠扬宛转，甚觉可耳。唐敖道："小弟闻得'鸣鸟'毛分五彩，有百乐歌舞之风，大约就是此类了。那苍鸟不知何名？"多九公道："此即'反舌'，一名'百舌'。《月令》'仲夏反舌无声'，就是此鸟。"林之洋道："如今正是仲夏，这个反舌与众不同，他不按月令，只管乱叫了。"忽听东林无数鸟鸣，从中撺出一只怪鸟，其形如鹅，身高二丈，翼广丈余，九条长尾，十颈环簇，只得九头。撺出山冈，鼓翼作势，霎时九头齐鸣。多九公道："原来'九头鸟'出来了。"

第二十一回　逢恶兽唐生被难
施神枪魏女解围

话说多九公指着九头鸟道："此鸟古人谓之'鸧鸹（cāng guā）'，一身逆毛，甚是凶恶。不知凤凰手下那个出来招架？"登时西林飞出一只小鸟，白颈红嘴，一身青翠，走至山冈，望着九头鸟鸣了几声，宛如狗吠。九头鸟一闻此声，早已抱头鼠窜，腾空而去。此鸟退入西林。

林之洋道："这鸟为甚不是禽鸣，倒学狗叫？俺看他油嘴滑舌，南腔北调，到底算个甚么！可笑这九头鸟枉自又高又大，听得一声狗叫，他就跑了。原来小鸟这等厉害！"

多九公道："此禽名叫'鸿鸟'，又名'天狗'。这九头鸟本有十首，不知何时被犬咬去一个，其项至今流血。血滴人家，最为不祥。如闻其声，须令狗叫，他即逃走。因其畏犬，所以古人有'掩狗耳禳之'之法。"

只见鹳鹲林内撺出一只鸵鸟，身高八尺，状似橐驼，其色苍黑，翅广丈余，两只驼蹄，奔至山冈，吼叫连声。西林也飞出一鸟，赤眼红嘴，一身白毛，尾长丈二，身高四尺，尾上有勺，其大如斗，走至山冈，与鸵鸟斗在一处。林之洋道："这尾上有勺的

299

倒也异样。俺们捉几个送给无肠国，他必欢喜。"唐敖道："何以见得？"林之洋道："他们得了这鸟，既可当菜大嚼，再把尾子取下作为盛饭盛粪的勺子，岂不好么？"唐敖道："怪不得古人言，'鸵鸟之卵，其大如瓮。'原来其形竟有如许之大！这尾上有勺的，它比鸵鸟，一个身高八尺，一个身高四尺，大小悬殊，何能争斗？岂非自讨苦么？"多九公道："此鸟名唤'鹦勺'。他既敢与鸵鸟相斗，自然也就非凡。"

鹦勺斗未数合，竖起长尾，一连几勺，打的鸵鸟前撺后跳，声如牛吼。东林又跳出一只秃鹙，身高八尺，长颈身青，头秃无毛，撺至山冈。

林之洋道："忽然闹出和尚来了。"西边林内也飞出一鸟，浑身碧绿，一条猪尾，长有丈六，身高四尺，一只长足，跳跃而出，撺至山冈，抡起猪尾，如皮鞭一般，对着秃鹙一连几尾，把个秃头打的鲜血淋漓，吼叫连声。林之洋道："这个和尚今日老大吃亏，怪不得大人国的和尚不肯削发，他怕秃头吃苦。"多九公道："原来'跋踵'出来争斗。他这猪尾，随你勇鸟也敌他不过，看来鹦鹦又要大败了。"

那边百舌敌不住鸣鸟，早已飞回东林；秃鹙被打不过，腾空而去；鸵鸟两翅受伤，逃回本林。只听鹦鹦大叫几声，带着无数怪鸟，奔至山冈；西林也有许多大鸟飞出，登时斗成一团。那鹦勺抡起大勺，跋踵舞起猪尾，一起一落，打的落花流水。正在难解难分，忽听东边山上，犹如千军万马之声，尘土飞空，山摇地

300

动，密密层层，不知一群甚么，狂奔而来。登时众鸟飞腾，凤凰鹔鹴，也都逃窜。

三人听了，忙躲桐林深处，细细偷看。原来是群野兽，从东奔来：为首其状如虎，一身青毛，钩爪锯牙；弭耳昂鼻，目光如电，声吼如雷，一条长尾，尾上茸毛，其大如斗。走至凤凰所栖林内，吼了两声，带着许多怪兽，浑身血迹，撺了进去。随后一群怪兽赶来，也是血迹淋漓，走至鹔鹴所栖林内，也都撺入。为首一兽，浑身青黄，其体似麇（jūn），其尾似牛，其足似马，头生一角。

唐敖道："请教九公：这个独角兽自然是麒麟，西边那个青兽可是狻猊？"多九公道："西林正是狻猊，大约又来骚扰，所以麒麟带着众兽赶来。"

只见狻猊喘息片时，将身立起，口中叫了两声。旁边撺出一头野猪，扇着两耳，一步三摇，倒像奉令一般，走到跟前，将头伸出，送到狻猊口边；狻猊嗅了一嗅，吼了一声，把嘴一张，咬下猪头，随将野猪吃入腹中。林之洋道："这个野猪，据俺看来，生的甚觉悭吝，那肯真心请客。他的意思，不过虚让一让，那知狻猊并不推辞，竟自啖了。原来狻猊腹饥，大约吃饱就要争斗了。"

正自指手画脚，谈论狻猊，不意手中那个细鸟，忽又鸣声震耳，连忙用手乱摇，那肯住声。狻猊听了，把头扬起，顺着声音望了一望，只听大吼一声，带着许多怪兽，一齐奔来。三人吓得四处奔逃。多九公喊道："林兄！还不放枪救命，等待何时！"林之洋跑的气喘嘘嘘，弃了细鸟，迎着众兽放了一枪，虽然打倒两个，无奈众兽密密层层，毫不畏惧，仍旧奔来。多九公道："我的林兄！难道放不得第二枪么！"林之洋战战兢兢，又放一枪，好像火上浇油，众兽更都如飞而至。林之洋不觉放声哭道："只顾要看撕斗，那知狻猊腹饥，要吃俺肉！无臀国以土当饭，他是以人当饭！俺闻秀才最酸，狻猊如怕酸物倒牙，九公同妹夫还可躲这灾难，就只苦杀俺了！顷刻就到眼前，只要把口一张，就吞到腹中！这狻猊肚肠不知可像无肠国？但愿吞了随即通过，俺还有命；若不通过，存在里面，就要闷杀了！"

唐敖正朝前奔，只觉身后鸣声震耳，回头一看，狻猊相离不远，竟向身后扑来。不由手慌脚乱，无计可施，说声"不好"，一时着急，将身一纵，就如飞舞一般，撺在空中。众兽都向多、林二人扑去，二人惟有叫苦，左右乱跑。忽听山冈上呱剌剌如雷鸣一般，响了一声，一道黑烟，比箭还急，直奔狻猊；狻猊将身纵起，方才躲过；转眼间，又是一声响亮，狻猊躲避不及，登时打落山上。众兽撇了多、林二人，都来围护狻猊。只听呱剌剌、呱剌剌……响亮连声，黑烟乱冒，尘土飞空，满山响声不绝，四处烟雾迷漫。那个声响，如雨点一般，滚将出来，把些怪兽打得尸横遍地，四处奔逃，霎时无踪。麒麟带着众兽，也都逃窜。

《中国历代经典宝库》总目